Qianxun - Culture
—图书·影视—

ZhuYi 竹已 ★ 著

总有颗星星在跟踪我

天津出版传媒集团
天津人民出版社

图书在版编目（CIP）数据

总有颗星星在跟踪我 / 竹已著 . -- 天津 : 天津人民出版社 , 2020.9
ISBN 978-7-201-16383-3

Ⅰ . ①总… Ⅱ . ①竹… Ⅲ . ①中篇小说 - 中国 - 当代 Ⅳ . ① I247.5

中国版本图书馆 CIP 数据核字 (2020) 第 159338 号

总有颗星星在跟踪我
ZONGYOUKE XINGXING ZAI GENZONG WO
竹已 著

出　　版　天津人民出版社
出 版 人　刘　庆
地　　址　天津市和平区西康路 35 号康岳大厦
邮政编码　300051
电话号码　（022）23332469
电子信箱　tjrmcbs@126.com

责任编辑　玮丽斯
特约编辑　潇　潇
封面设计　微　凉

制版印刷　长沙鸿发印务实业有限公司
开　　本　880 毫米 ×1230 毫米 1/32
印　　张　9.5
字　　数　229 千字
版次印次　2020 年 9 月第 1 版　2020 年 9 月第 1 次印刷
定　　价　39.80 元

目录 contents

目录

contents

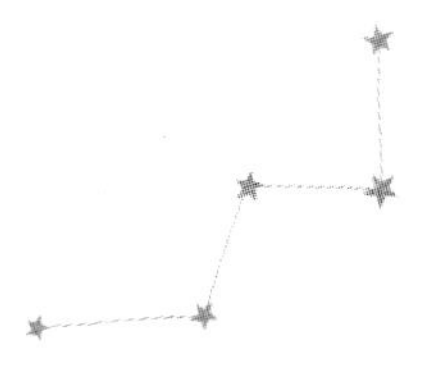

楔子

奇怪的星星

是夜，天空暗沉如墨，没沾染半点儿云雾，像是一片深不见底的黑海。盛夏难耐，从耳边刮过的风，在这夜里依然夹杂着几丝燥热。

街道上空荡荡的，半个人影也没见着。小巷里更是万籁俱寂，偶尔传来几声猫叫声，断断续续，尖锐刺耳，更显得阴森诡谲。

此时已经快凌晨了。

于清觉得有些瘆人，下意识从口袋里摸出手机，一看，原来今天是十五。

她抬头看向天空。

圆月高挂，比起往常都要明亮。一般来说，这会儿应该是衬得星星稀少黯淡，可此刻仍有一颗星星脱颖而出，甚至抢尽了月亮的风头。

很少能见到这么亮的星星。

于清觉得稀奇，忍不住多看了两眼。还没走几步，星星就被远处的高楼挡住了。

整齐的高楼连成一排，挡住了她的视线，所以她没看见那颗星星也没太在意，继续往前走了好长一段路。

于清本以为走出那片区域，那颗星星就会再度出现，但直到她看到冒出头的月亮，都没再看到那颗星星，就像是刚刚看到的画面只是她的幻觉一样。

她疑惑地挠了挠头，但很快就开始纳闷自己为什么要在意这莫名其妙的事情。她回过神，不想这么晚还在外边逗留，抬脚继续往前走。

于清又走了一段路。

尽管她心里是这么想的，但目光总时不时地往天空的方向看。没几秒，她叹了一口气，还是认命般地折返，走到最开始的那个位置。

出乎意料的是，从那儿再往上看，无边的天空中除了明亮的月，只有几颗光淡得可以忽视的星子，而刚刚那颗极其引人目光的星星奇异地在这夜里消失不见了。

于清有些蒙。

什么情况？难不成是被云挡住了？可是今天没有云啊……

于清皱了眉，嘀咕道："是我看错了吗？"

想到自己因为这事在这条街上来回地走，于清心里多了几丝烦躁，忽然无理取闹地发了一通脾气，一字一句地说："还是说，我被星星耍了？"

话音刚落，于清再抬眼，意外地发现那颗星星又出现了，但它是出现在远处那几栋高楼的前面。

这极其古怪的状况，让于清开始怀疑自我。

于清自问：刚刚自己没眼花吧？

就算是自己看错了，总不会看错两次吧？她又不是神志不清，眼睛也没有毛病，但她现在感觉自己像进入了诡异的异世界。

于清狐疑地盯着那颗星星看。

几秒后，正当她想收回视线时，原本闪着白光的星星倏地变成了红色，在这样的夜里透着一股诡异的气息。

闷热的微风吹过，却让于清感受到一股寒意。

这像是在告诉她，即将有不好的事情发生。

她搓了搓手臂，再不停留，步伐也比刚才快了不少。

在不知不觉间，原本空荡的街上似乎有了其他人存在。

在路灯的照耀下，于清往侧边一瞥，注意到除了自己外，地上还有另外一个人的影子，身后还传来隐隐约约的脚步声。

那人时快时慢，跟她的步伐完全一致。

于清呼吸紧张，心脏也提了起来。她将手伸入包里，翻到里面的防狼喷雾，屏着气，步子迈得更大更快，最后她感觉自己都快奔跑起来了。

这个反应格外明显，在她身后的人知道自己暴露了，就不再隐藏，猖狂地追了上去。

于清被对方这样的举动吓到了，大脑一片空白，呼吸也越发急促。

脚步声越来越近，越来越近，像是马上就要从她背后将她抓住一样。

于清自知跑不过对方，便咬了咬牙，决定迎面而上。她猛地转身，将喷雾对着后面的人，胡乱地按压了几下喷嘴。

虽然方向没完全对准，但还是有些液体进了中年男人的双眼。男人瞬间哀号起来，并伴随着沉重而痛苦的咳嗽声。

于清刚松一口气，却看到那个男人身后还有一个年轻男人。

年轻男人目不斜视地给中年男人递了一包纸巾和一瓶喝过的矿泉水，脸上带着猥琐而狰狞的笑容，对着她啧啧赞叹身材很好。

于清刚放下的心顿时又提到了嗓子眼，瞳孔一缩，恐惧就像一只无形的手扼住了她的脖子，让她半点声音都发不出来。

不过她的身体比大脑反应得更快，立刻转头就跑。

但不过一秒的时间，年轻男人就拽住了于清的头发，并用力向后扯。男人用手捂住于清的嘴巴，转头对着还在用纸巾擦眼睛的中年男人说："去那边那条小巷，赶紧过来。"

烟酒混杂的恶臭味扑面而来，熏得于清几乎都要吐出来。她拼尽全力挣扎，但手脚都被年轻男人固定住了，力气也被压制了。

与此同时，路的尽头出现了一个男人，身材高大而清隽。

而在这之前，没有人注意到，那颗让于清在意了那么久的星星在夜空中闪了两下，然后忽然消失了。

于清下意识想要向那人求救，却只能发出"唔唔"的声音。她能预想到即将发生的事情，但又无力至极，眼泪不受控制地涌了出来。

中年男人很快就跟上来，被喷雾折磨了半天，他满脸通红，明显一肚子火。他啐了一口，扯开年轻男人的手，狠狠地扇了于清一个巴掌。

"这妞折腾死人了。"

中年男人的这一巴掌使了十足的力气。

于清被扇得脸一偏，顿时眼冒金星，甚至有种要失去意识的感觉。她费劲地睁开眼，完全顾不上疼痛，带着哭腔喊道："救命！有人吗！救救我！"

在安静而空荡的巷子里，于清的叫喊声格外突兀。中年男人屏住呼吸，立刻将手里的那包纸巾塞入于清的口中。

年轻男人皱起眉头，声音里带了几丝不悦："你有病吧？打肿了，我还有哪门子的兴致？"

被年轻男人这么一说，中年男人也有些后悔："这不是，火一上来就……"

他的话还没说完，于清蓦地感觉自己身上一松，接着，瞬间瘫软在地。尽管不知道发生了什么，但于清的第一反应就是跑。她把嘴里的纸巾拿出来丢掉，喉间传出"呜呜"的哭声，努力挣扎着爬起来。

而后，在她身后的寂静被巨大的尖叫声取代。

于清动作停住，往声源处看去。

此时，两个男人的身体同时飘起来，定格在半空中。

他们似乎也不知道是什么情况，两张脸变得煞白，像是被什么东西捆绑着，一动也不能动，只能大张着嘴巴，发出恐慌的叫声。

于清完全被这场景震住了，半天没回过神，连逃跑的事儿都忘掉了。

不过几秒光景，两人突然就失去了禁锢，直直下坠，重重地摔在水泥地上。中年男人的脑袋磕到地上，晕了过去；年轻男子的腿摔成了扭曲的样子，而且因为恐惧，他痛得话都说不出来了。

这时小巷的转弯处响起了轻而平缓的脚步声。

只一瞬，一个高高瘦瘦的男人出现在于清跟前。

他的模样极为出众，肤色白得几近透明。他面色平静，身上泛着清淡的白光，一副不食人间烟火的样子。

男人垂下眼，慢慢蹲了下来，然后向于清伸出了手。他注意到她脸上的红肿，目光一顿，嘴角轻轻往下，眼里多了几分戾气。

那个在原地挣扎的年轻男人再度哀号起来，像是受到了极大的痛苦。

于清仿佛完全没听见，她的身体四周浮起一层白色的雾，将她与外界隔开来，而她周围变成了大片色块，一切渐渐变得不真切，唯有眼前的男人，清晰到难以忽视。

她觉得意识有些模糊，哑着嗓子问：“你是谁？”

男人没说话，指尖触碰她脸上的红肿。

于清不由自主向后瑟缩。

男人的手定在原处，没有多余的动作，只是直直地看着于清，表情没太多的变化，似乎没有因为她的反应感到不悦。

于清想，面前的男人大概不是个普通人。这是她对此刻的情况可以作出的唯一解释。

这是一个奇幻得像梦境一样的夜晚。

想到那两个男人的下场，于清觉得自己也不太妙。刚出虎口，又入狼窝，虽然因为这男人她才出得虎口。她开始后悔自己今晚拖拖拉拉的行为，绝望地低下头，闭了眼。

两人陷入安静之中。

许久，于清仿佛听到了男人的轻叹声。

她重新睁开眼，就见男人的手指上移，指尖在她的眉心轻点，白光随之亮起。

于清稍稍睁大了眼。

男人面无表情地开了口，声线清冷、低沉，让人禁不住沉醉其中。

“不要怕。”

话音刚落，于清的眼神变得空洞，但心底的惧意消失得无影无踪。

男人站起身，并把她从地上扯了起来。

似乎只有在这种状况下，他才敢稍微放肆一些。男人抬起手，轻抚着于清脸上的红肿处，轻声说：“脸上的伤是拍戏时伤到的，回家路上都跟平时一样，什么都没有发生。但不能忘了，”他的声音低了下来，眼里的情绪意味难明，说，“见到我时的感受。”

第一章

你曾赐予我名字

于清觉得最近有些不对劲儿。

比如某一天醒来后，脸上有被人打过的痕迹。在印象里，是拍戏的时候弄到的，但是她当天饰演的角色根本没有被人掌掴的戏份，而且她也完全没有被人碰到脸的记忆。

为此，于清专门找了那天的导演问，同样得到了否定的回答。

如果不是非常确定自己没有喝酒，于清都要怀疑是不是哪天出去跟人喝断片了，然后在这段时间里被人打了一顿。

想不到缘由，她也没太纠结这件事情，还是随意地将它归为不小心磕碰到哪儿了。

因为比起这件事儿，于清还发现了一件更令人匪夷所思的事情——她好像，被一颗星星跟踪了。

这个想法刚在脑海中浮现时，于清也觉得荒谬，甚至几乎立刻就将其否定了，还因为自己会有这样的想法觉得有些丢人。她想，大概是最近休息得不够，引起了短时间的神志不清。

可有些想法一旦冒出来，即使是立刻否定了，但之后又觉得有什么怪异的地方，这些想法就会重新冒出来。

于清百思不得其解，因为她实在不想把结论归为自己精神错乱了。她在床上翻来覆去了好一阵儿，终于没忍住爬起来，找发小许小云倾诉。

于清打了两通电话过去，许小云都迟迟未接。

但她锲而不舍地打。

可能是察觉到于清不到黄河心不死的心，这次电话只响了三次就接通了。许小云显然带着睡意，语气十分恶劣，暴躁地吼道："谁啊！"

于清正想说话，突然瞥见一旁闹钟上的时间，才发现现在已经是深夜两点了。

她瞬间闭上嘴。

过了半分钟的时间。

"要是你不给我一个合理的解释，我现在立刻杀到你家——"听起来许小云的声音清醒了些，但怒火半点未消，还咬牙切齿地说，"跟你同归于尽！"

于清觉得自己要说的内容本就不在正常人能接受的范围内，也不敢说了，只舔了下嘴角，犹豫着说："倒也不至于……吧？"

许小云冷笑道："你看我至不至于。"

"行吧。"于清也找不到其他人说了，想了想说，"不过你要不要先冷静一下？因为我接下来说的事情，可能会颠覆你的世界观。"

许小云嘴角一抽，说："你说不说？"

"那你别跟别人说啊。"于清小心翼翼道，"就是，我最近觉得有一颗星星一直跟着我……”

许小云无语。

“我往东，它绝对不会往西。”

许小云沉默了三秒，说：“这就是你说的会颠覆我世界观的事情？”

于清兀自点头道：“嗯。”

话音刚落，电话那头的许小云就咆哮道：“你没吃错药吧？”

于清只能硬着头皮说：“我说真的。”

“嗯，真的太吓人了。”许小云忽地平静下来，附和般地说，“听你这么一提，我突然想起，我跟你也有一样的情况。”

“什么？”

“从我记事起，天上就有一颗星星一直跟踪我。我走，它走；我停，它停。我为了躲它，东南西北各个方向都走过，但不管我去哪个方向，它都跟着我。我太害怕了，打算明天就去报警，咱俩一块儿去。”

许小云继续飞快地说：“不过现在太晚了，我们先睡觉。”

于清很不爽：“你这摆明是不信我。”

许小云语气略带诧异：“你听出来啦？”

“我没跟你开玩笑！”

“我知道。”许小云一本正经地道，“但我现在的精神状态不太适合听这么正经的事情。”

“反正也不差这几分钟，你就听我说完嘛。”于清说道，“我也是纠结了很久才跟你说的啊，而且，我昨天还特地试了一下。”

听她这语气，许小云也觉得自己的态度有点不好，软下声音，说：“怎么试的？”

“我昨天在路上走着走着，突然狂奔了起来。”

“然后呢？”

于清眨了眨眼，说：“那颗星星也跟着我狂奔了啊。”

这话瞬间将许小云刚消散的火气再度点燃了，她说：“于清！你是不是大晚上闲得慌，来耍我玩了！”

“等……等等，我还没说完……”感觉许小云下一秒就要挂电话了，于清飞快地补充道，“重点在后面，后来我出其不意地刹住脚了。”

“什么？”

“它果然没反应过来。”于清压低声音，像在说鬼故事一样，神神秘秘地道，“我都停下了，它还在狂奔。过了几秒，大概是发现我没动了，它又默默地回来了……”

见对方半天不说话，于清又开口说：“你睡着了吗？”

话音刚落，许小云总算出了声：“我也感觉我现在是睡着了。”

“啊？”

“不然，我无法解释，为什么深夜两点我在这儿认真地听你说这些鬼话。”

“不过，还有一种可能。”许小云痛心疾首地说，“你要不要去看个医生？”

听到这话，于清愣了一下，顿时不知道该说什么。她知道许小云是开玩笑的，她刚刚说的那些话，在周围人看来确实荒谬而不可理喻。她也理解许小云的反应，换作是她听到这样的话，第一反应估计也会觉得莫名其妙。

又有谁会相信她说的这些话？

是该去看看医生了。

想到这个，于清苦笑了起来。

她哪有那个闲钱去看病啊……

于清挂了电话，拉开窗帘，看了一眼天空。

除了大片乌云，她没看到别的东西。

她叹了一口气，用力向后一倒，陷入被窝里。她把被子拉到头顶，费力地抛却脑子里的所有东西，不知不觉就睡着了。

远处的地平线渐渐出现，天色微明，可见空中的半个月亮在暗沉的云中若隐若现。

悄然无声的房间里毫无预兆地响起一阵振动声，伴随而来的是能将人耳膜撕裂的手机铃声。这个声音将熟睡中的于清瞬间吵醒，她迷迷糊糊地摸起手机看了眼来电显示。

傅崇然。

这是一个跟于清认识了挺长时间的小导演，两人因为工作有些往来，关系还算不错。之前于清看过他的朋友圈，最近他似乎是在跟一个悬疑网剧，是里边的副导演。

于清在微博刷到过这个网剧，是翻拍一个大火作者的成名作。因为是大 IP（IP 指知识财产，现指某种作品是品牌的意思），演员阵容和热度都很不错，官宣之后还接连着上了好几次热搜。

于清的神志顿时清醒，坐起来接电话。

“最近有时间吗？”傅崇然的声线温润，似乎还带着浅淡的笑意，“我这边有个配角，如果你感兴趣的话，我一会儿给你发个地址，你明天下午来一趟吧。”

于清有些没反应过来：“什么配角？”

“是剧里一个案件的女受害者，先被侵犯后被杀。”电话那头传来翻页的声音，随后傅崇然语速缓慢而又吐字清晰地说：“戏份不多，分几场拍，应该一两天就能结束。你看看你那边能不能腾出时间。”

于清慢一拍地应道：“嗯，可以的。”

傅崇然失笑：“你怎么迷迷糊糊的，还没睡醒？”

“昨天睡得有点儿晚。”于清也笑了，“而且，也没想过还能在你这剧组当个配角，所以听得一愣一愣的。我还以为自己在做梦呢。”

“也没多少戏份，你再这样说，我可要不好意思了啊。”

“老受你照顾，我才不好意思。”说到这儿，于清的神色不由得多了几分认真，“可能这对你来说是微不足道的事情。但崇然，真的谢谢你，真心实意的。”

“跟我客气什么啊？”傅崇然没太在意，“那你明天下午过来拿一下服装和剧本，后天深夜两点左右吧，到锦西街等。最好是换了衣服再过来，因为在户外，没地方给你换衣服。”

于清点头道：“我知道了。”

到了指定的那天，于清提前一个小时起床，洗漱完就把衣服翻出来换上。这是一套职业装，上衣是一件白色雪纺衬衫，下搭一条黑色的包臀裙。

在傅崇然的要求下，她还穿了条肉色的丝袜。

于清对着镜子自我欣赏了几秒，十分自恋地感叹了一句：“又漂亮了啊。”

随后她摸了摸脸颊，想着到了剧组还会化妆，就只打了个底。见时间不早了，她啃了几块面包便出了门。

此刻天空还是黑漆漆一片，整个世界都还在沉睡之中。街道上的路灯泛着暖黄色，光打在她身上，在地上显出墨色的剪影。

在这静谧中，于清抬起头，果不其然地看到了那颗亮晶晶的星星。她轻轻地笑出声，小虎牙若隐若现：“突然觉得……”她一顿，“你跟着我也挺好的。”

星星似乎是闪了闪。

“至少……”于清抬起手隔空抚摸它，动作轻柔得不像话，“没那么寂寞了。”

锦西街恰好在于清的家附近，再往里走一点便到了这次取景的小巷。

这片区域是G市一个比较小的旅游景点，不怎么出名，所以游客没有多少。路灯不算亮，放眼望去只有大片的矮房和自带色调的古老街道。

从锦西街走到巷子要经过一条颇为老旧的石板路，石板上长满青苔，人走上去总有一种要滑倒的感觉。于清走得格外小心，一切都像是慢下来了。

于清要饰演的配角是一个从小娇生惯养的都市小白领，无故死在了一条她根本没有机会路过的巷子里，而且经过取证，这条巷子还是第一现场。

这也是这个案子最大的疑点。

从这个位置，于清能看到巷子旁边已经停了几辆车。

一个年轻男人站在摄像机旁调整拍摄角度，旁边站了个大肚子的中年男人，神色不悦、正趾高气扬地指挥着年轻男人。

那个中年男人就是导演王伟。

见状，于清的眉头一皱，眼里也失了几分神采。她吐了一口气，低头调整表情，而后缓慢走到人多的区域，听到剧组的几个人在八卦——

“困死我了！我昨天熬夜玩游戏，刚闭上眼闹钟就响了……对了，听说最近这附近发现两个疯男人，现在咱还在这儿拍这种戏，是不是有点儿晦气啊？”

“啊？什么情况？”

“我也不知道啊，听我朋友说的。这两人好像是兄弟，好像说还很正常。被发现的时候，两个人一直在喊‘好疼’，说自己动都动不了，让路人送他们去医院。但他们身上一点伤痕都没有啊……真的细思极恐……”

于清扫了一圈，在人群中找到了傅崇然。他生得高而挺拔，面容清俊，站在那儿反倒像某个不知名的“小鲜肉”，此时他正指挥着道具组布置片场。

于清松了一口气，走过去跟他打了一声招呼。

闻声，傅崇然转头看她，笑道：“来了？先过去跟王导打声招呼。”

说完这话，他又跟旁边的人嘱咐了几句，很快便带着于清往王伟的方向走，说：“剧本看了吗？有没有什么要问的地方？”

于清点头说：“看了，好像没什么不懂的。”

“行。”傅崇然说，“一会儿两个主演也要过来，咱不能占用太多时间，你酝酿一下情绪，我跟王导说一下应该就差不多开拍了。”

于清应了声。她抿了抿唇，想起之前的事情，犹豫着要不要跟他提。

可能是注意到她的表情，傅崇然温和道：“怎么了？”

见没几步就要走到王伟面前，于清把话咽了回去，摇摇头道：“没什么。”

傅崇然明显理解成另一个意思了，出声安慰道：“没事儿，你不用太有压力，正常发挥就行，别紧张。”

于清只能点点头。

两人走到王伟面前。这会儿他没跟摄像师说话，而是衔着一根烟，坐在显示器后边。瞥见于清的脸，王伟若有所思地吐了一口烟圈，笑容意味不明。

于清只是饰演剧中一个不重要的角色，全程由傅崇然负责。

昨天她去剧组目前所住的酒店拿剧本时，王伟和傅崇然恰好出了外景，她也没见着人，拿到东西就离开了，所以她也不太清楚这部剧的导演是这个人。

之前于清跟过一部古装剧，她在里边演一个配角的丫鬟，在剧组住了好一段时间。王伟就是那部剧的导演，总借着一些举动不经意地揩女演员的油。

大部分人对此是选择忍耐的，只有于清出声制止他的行为，但是没有任何作用，反而让对方觉得她是欲拒还迎，动作幅度更大了。

所以于清直接给了他一巴掌。

“王导，这是于清，来演聂芹的。”说着，傅崇然转头看向于清，“叫王导。”

“王导好。”

王伟咧开嘴笑，露出泛黄的牙齿，说：“倒是挺眼熟的。”

傅崇然有些惊讶，说：“可能您以前和她合作过？”

于清勉强扯了个笑容，想说点什么的时候，王伟已经移开视线，说：“可能是吧。不过长得也没啥特色，我认成别人也指不定。还有，你怎么这样就过来了？先去把妆化了。今天这儿好几场戏，没太多时间给你用，别耽搁了。”

傅崇然接话，指了指不远处道：“化妆师在那边，你喊她小张就行。”

于清抿了抿唇，点头。

昨天拿到剧本后，于清一整天都在翻这几页纸，几乎都能倒背如流了。她一个人在家翻来覆去地演了几十遍，所以此时表现不错，甚至有些超常发挥了。

不过也有一点很神奇的原因。

一站在这条巷子里，于清就有种身临其境的感觉，似乎真的在这儿经历过同样的事情，呼吸都不由自主地变得粗重起来。

猛然间，一只手从后面捂住于清的嘴，她的眼睛瞪大，尖叫声被堵在嘴里，镜头在这里停住——

王伟满意地喊了一声："可以了！"

这场戏结束后，于清又被小张拉到一旁化妆。

这次主要是伤痕妆，所以化妆的时间稍微长些。小张的手法很好，熟稔地在于清脸上涂画着，伤痕从脸延伸到脖子。脖子上的妆耗时最多，伤口长而骇人。

那是死者的致命伤。

小张还在她的手臂上画了些被人掐出来的青紫。随后，小张上下扫视于清，解开了她衬衣上的几颗扣子，又把她的丝袜扯出几条痕，说："对了，裙子得脱掉。"

于清愣了愣，但想到聂芹的遭遇又点点头说："好。"

这儿没别的地方可以坐着脱衣服，于清只能坐在椅子上把裙子脱掉。

所幸衬衫很长，能将她的臀部遮住。因为她穿的丝袜很透，她在里边还穿了件肉色的打底裤。

也许是因为耗费的时间太长了，不远处的王伟已经在催促了。

"马上！"小张拿起眼影盘，语速加快，"腿上再化几条伤痕就差不多了。"

一切准备妥当后，在傅崇然的指挥下，于清走到小巷尽头的位置，按照说好的姿势仰躺在地上，道具组在她旁边洒了特制的血浆。

周围被布置得十分脏乱，泥水混杂着血在四周漫延，蹭到她的发丝处。这感觉格外不舒服，她瞪大眼睛，等着王伟喊出"Action（开始）"。

于清的脑袋贴着地，周遭的声音忽然都变得清晰起来。她听到晚风刮过的声音，下水道里的流水声，还有大树发出窸窸窣窣的声音。

在这个时候，显示屏后的王伟说了一声：“这不行啊。”

于清的眼皮动了动。

王伟把剧本卷起来，敲了敲桌面说：“那个谁，你过来。”

傅崇然在旁边问：“王导，怎么了？”

王伟指了指于清，说：“叫她过来。”

于清茫然地爬了起来，把衣摆向下拉。她身上沾了不少泥水，白衬衣也被染出褐色和红色的痕迹，显得格外狼狈。

她不知道自己哪儿做得不对，但也只能按王伟的话走过去。

王伟盯着她的脸，又道：“脸上的伤不太逼真啊。”

听到这话，小张忙走了过来，说：“那我重新补一下……”

但没等她说完，王伟已经站了起来，举起手用力地扇了于清一巴掌。他这一下耗了十足的力气，于清顺着力道退了几步，觉得自己的半张脸都麻掉了，脑袋嗡嗡响。

这情况让人始料未及。

所有人的动作都停住了，最先反应过来的是傅崇然。他站到于清面前，话里带了几分火气：“王导！你这样就过分了吧？”

“这不是逼真些吗？还不耽误时间。”这两人在王伟的眼里就是两只任人揉捏的蚂蚁，他重新坐到位子上，眼神阴郁，“顺带还把我的债给还回去了。”

于清低头捂着脸，一声也不吭。

傅崇然也不知道是什么债还回去了，虽说这个导演的风评确实不佳，但是在剧组里的这些时间也没做过太出格的事情，所以现在傅崇然也不知道该怎么办。

他觉得歉疚至极，回头看向于清说：“没事儿吧？”

“行了，继续吧。”王伟说，“那个谁，躺回刚刚那个位置，然后把你里面那条裤子也脱了，内裤拉到膝盖的位置。”

傅崇然皱眉，说：“王导，之前没有这个要求。”

“现在有了。”王伟说，“不这样，怎么能看出她是被侵犯了？赶紧的，别浪费我的时间。”

傅崇然深吸一口气，看上去是真恼了。

因为疼痛，于清的眼里浮起一层雾气，她伸手擦掉，脸上沾了手上的污渍。她突然明白过来，刚刚王伟平静的反应并不是不计较她先前的行为，只不过是在酝酿大招。

这可能只是一个开始。

就算她的戏份不多，王伟可能还会有不断刁难她的理由。于清深吸了一口气，小声地跟傅崇然说了句“抱歉”，而后道：“之前没跟我说过这个要求，我没法接受，你们另找人吧。”

“你这是耍哪门子的大牌？临时让我上哪儿去找人？你这行为传出去了——”王伟冷笑，将剧本狠狠地扔到地上，“你觉得你以后还能接到戏吗？”

于清一句话都不想反驳，只想快点离开这个地方。

傅崇然说：“王导，没必要这么刁难一个小姑娘吧？”

与此同时，小巷拐弯处出现了一个男人。

身着白衬衣和黑色西装裤，手上拿着一件黑色大衣，如果不是因为于清换了装，他们两人的打扮就像是穿了情侣装。

他的步伐迈得很大，在这种情况下出现显得突兀，却又理所应当。他像是赶着做什么事情，没一会儿就走到了于清旁边。

男人的眼里只有于清，完全忽视了其他人的存在。他蹲下身，将大衣披到于清身上，而后调整大衣，将她整个人包裹在内。

于清忍了半天的眼泪莫名其妙地就掉了下来。

即使她从没见过这个人，可是她却有一种以前一定见过他的感觉。

男人沉默地将于清抱了起来，随后往王伟的方向走去。

王伟此刻才回过神，正想出声骂男人打扰他们拍戏，却发现自己根本动弹不得。王伟的表情渐渐变得恐慌起来，嚷嚷着："什么情况！为什么我动不了！"

话音刚落，其他人也发现，从这个男人出现到现在，他们都一直定在原地不能动。十几个人发出恐惧的声音，在这荒凉的地方显得嘈杂至极。

男人皱眉，所有人的四周便出现了一片雾气。

男人往四周看了一眼，目光定在两台摄像机上，然后指尖动了动，直到摄像机都停止运作，他才移开视线。男人思忖片刻，忽地冒出一句话："回到原来的地方，今天你们都睡晚了，没有过来。"

同时，空气中有细细碎碎的光点落下。

所有人的眼神变得空洞起来，面无表情地提着东西各自离开。薄雾在其他人四周消散，仅仅将男人、于清和王伟包围。

见状，王伟心中的恐惧升到了顶端。他用尽全力大吼，他想离开这个地方，可无论他怎么求救，都动弹不得。

男人看着王伟，眼神黯下来。他把于清的脑袋摁到自己的胸前，挡住她的所有视线。

想到于清刚刚遭受的委屈，男人的指尖一扬，随着动作的结束，王伟整个人往一旁倒去，像是被一个无形的人打了一巴掌。

这力道明显比刚刚王伟打于清要重得多。

王伟的五官都变形了，他这回痛得连声音都发不出来。因为疼痛，身体不断地抽搐着。直到能缓过来了，他才开始道歉，眼泪直往下掉，说："放过我！放过我！我有很多钱！你……你想要什么……"

"我没什么想要的。"男人淡淡地道，"但你现在拥有的，都不是你该拥有的东西。"

"什么意思……"

“你会得到你应得的。”

王伟完全听不懂男人的话，要不是动不了，他几乎想跪下来求饶。

男人继续说道：“你今天睡晚了，没有到片场。并且，一旦你未来再做坏事，现在的疼痛就会成百上千地叠加，没有人能帮你。”

薄雾伴随着尾音散尽。

王伟的五官恢复正常，一切也恢复如初。眼神空洞的王伟应了一声，转身离开了。

脏乱的巷子里只剩两个人——于清和这个男人。

男人往四周扫了一圈，确定没有摄像头，这才抬脚往于清家的方向走去。

也许是察觉到一切都结束了，于清才小心翼翼地抬起头，僵在男人的怀里。因为这奇异的事情，她完全不敢在眼前的男人面前反抗，似乎也不需要反抗。在这个人的身上，她没有感觉到任何伤害自己的气息。

于清哑声问：“你是谁？”

男人没有出声，只是腾出手盖住了她的眼睛。

于清站起来，往房间的方向走，她说：“你先在这儿等一下。”

男人坐在原本的位置未动，似乎没反应过来，停了几秒才应答：“嗯。”

她忍不住看了他一眼，心想：真像个机器人，话也没几句，反应还格外迟钝，看上去智商不太高的样子……

于清进了房间，顺手关上房门。她打开衣柜，一边翻衣服一边碎碎念：“想想还有点儿后悔……”

于清觉得有点儿不对劲儿。

“不是，我今天是犯了什么病啊，难道我就不穷了吗？”找到一件之前买大了的T恤，她用力扯出来，“我自己也快揭不开锅了！”

“他长得好看，我难道就——”于清继续往里翻，勉强找到一条宽松的裤子，突然说不下去了，话锋一转，“唉，行吧，我还真没见过长得这么好看的。”

她嘀咕道：“估计我去当他的经纪人，可能红得更快些。”

这话一出，于清瞬间有点儿沮丧，但这情绪涌上来没几秒，就被极重的睡意打败了。她揉了揉眼，抱着衣服往外走。

很奇怪，虽然在记忆里自己是睡过头了，没去片场，但是她现在怎么跟没睡一样困，而且脸上又麻又热，感觉像是刚被人打过一样。

于清没心思想别的事情了，只想赶紧睡觉。她走回客厅，把手上的衣服递给男人，咕哝道：“你先穿这个吧，我也不知道你能不能穿上，但我没别的衣服了。”

男人站起来接过，说：“好。”

“对了，你的行李呢？你那房东连行李都不让你拿走啊？”于清说，“你明天回去拿一趟吧，不然我真没衣服给你穿。”

“嗯。”

“我去睡了，我真的太困了。”于清感觉自己的眼睛都快睁不开了，“你今晚先在沙发上凑合一晚吧，那儿有抱枕和毯子。”

男人点头说：“好。”

刚往回走两步，于清转头问：“对了。”她的脑袋歪了歪，发现也不知道怎么称呼他，便问了句，“你叫什么名字？”

男人一顿，声音略显干涩：“温梓新。”

“什么？”

“我叫温梓新。”他重复了一遍。

温梓新，是你曾赐予我的名字。

于清回到房间，锁上房门，迅速关灯上床。

她钻进被窝，合上眼，用仅剩的神志思考，让温梓新睡在客厅是不是有点残忍。在坠于梦境的最后一刻，她的脑海里莫名浮起了一个念头。

她今天一定是太困了，才会做出这么匪夷所思的行为。

隔天一早，于清照例被闹钟吵醒。她觉得自己有点儿睡眠不足，但还是没赖床，乖乖地爬起来。

她迷迷糊糊地打开房门，走进卫生间，正想开始刷牙的时候，突然注意到镜子中的自己——白皙透亮的左脸多了一个巴掌印，又红又肿，看上去触目惊心。她定定地看着镜中的自己，在这一刻有种回到了几周前的感觉。

到底是什么情况？她为什么又被打了？

于清下意识摸了摸脸，能感受到刺痛。

看来不是化上去的。

她目光呆滞地往侧边看去，注意到脏衣篓里有没见过的衣服，上面有褐红色的痕迹。

昨晚的记忆顷刻间席卷而来。

哦，她昨晚带了个男人回来。

她花了整整三分钟缓过来，才敢相信这个事实。她魂不守舍地洗漱完，完全不知道该怎么面对接下来的情况。

她怎么可能让他住在这儿！

但昨天说了那样的话，今天就要把他轰走，这好像不太好吧？

可是，她怎么能跟一个陌生男人住一块儿啊？

于清深吸一口气，思考要怎么跟这男人沟通，才会让事情不至于太尴尬。她缓慢地打开门，往客厅的方向看去，发现并没有看到其他人。

难道他走了？

于清正想去厨房看看，门铃声响起。她往四周看了看，这才迟疑地走到门前。透过猫眼往外看，她便清晰地看到了门外站着昨天那个被她带回来的男人。他只是按了一下门铃，没有多余的动作，安安静静地站着，像是笃定了她一定会开门。

能不能不开啊！

可她总得解释一下，不然他赖着不走了怎么办？

于清闭了闭眼，咬着牙开了门，刚想说点什么，就看到男人身旁的黑色行李箱，她瞬间就咽下了心里的话。

温梓新换了一套衣服，相较只围了一条浴巾时的模样，多了几分清冷和难以靠近。

他确实是长得好看。

于清在娱乐圈混了好一段时间，见过各式各样的美男，看到他的脸时仍然觉得惊艳。她回过神，舔了下嘴角，问道："你回去拿行李了吗？"

"嗯。"

怎么办啊！

人都把行李带过来了！这还怎么轰走？

于清调整好心态，正想狠下心把该说的话一口气说完，却撞上了他的视线。

他的表情没有任何变化，似是在等待她接下来的话。他的黑眸似点漆，里边像是有星星，让人不由自主就被吸引过去了，也让于清有种如果把心里的话说出口，这抹光就会消失了的感觉。

于清一顿，内心摇摆不定，沉默半晌才让了个位置，干巴巴地说："你先进来吧……"

温梓新应了声"好"，拖着行李箱往里走，默不作声地脱掉了鞋子。

看着他的背影，于清真想给自己两个耳光。

他怎么样跟她有什么关系？

为什么这么在意他的情绪？

以前也不是没见过好看的，照样能一视同仁。这次怎么会因为对方长得好看，就丧失了所有的底线啊！

于清破罐子破摔般地关上门。

算了，反正也这样了，就当合租了。而且，昨天她都那样跟他说了，他应该也不会待太久。

她的思绪被温梓新的话打断："涂药了吗？"

于清抬头问："啊？"

温梓新眼眸漆黑，垂眼看着她，轻声道："你的脸。"

这话让于清想到了自己脸上的惨状，她突然意识到了些什么，难以置信地瞪大眼，说："是你打的？"

温梓新眉心一跳，说："什么？"

"不……不是吗？"于清狐疑道，"可我昨天好像也没见过什么别的人啊……"

理解了她的意思后，温梓新抿了抿唇，语气突然沉了下来："不是。"

于清没有他打自己的记忆，也没有半点证据，直接这么下结论，确实不太好。见他似乎不高兴了，她才有些尴尬地解释了一句："我也就随口一说。"

不等男人再说些什么，于清忙扯开话题，带了几分讨好："你先坐吧，行李放这儿就行，我还没来得及把房间腾出来……"

她的话还没说完，温梓新就坐到了沙发上，再度道："涂药。"

于清讷讷地应了声："那我回房间，对着镜子涂……"说着，她拿上桌上的药膏，飞快地走进房间。

于清坐到梳妆台前，往脸上抹药膏，突然觉得有点莫名其妙。不是，她一个帮助他人的好心人，为什么要这么卑微？而且，他为什么一直叫她涂药，是不是想让这唯一的证据趁早在这个世界上消失？

昨天她睡前有这个伤吗？难道是他晚上偷偷进来扇了她一巴掌，但她锁门了啊。

于清完全解释不通这些诡异至极的事情，甚至觉得自己真的是神经错乱了。这一刻，她觉得自己有点可怕，万一以后疯起来了，外面那个男人的处境似乎更危险些。

于清想不通，也懒得再想了。回房间后，她干脆换了套衣服。

她照了照镜子，格外郁闷，她这模样今天去电影城那边也没什么用，只能休息一天了。

于清翻出个口罩戴上，一边走出客厅一边说："我打算出去买点吃的，你要跟我一块去吗？"

温梓新站了起来，点头。

走到玄关旁，于清在衣帽架上随便扯了一顶帽子戴到头上："那走吧。"

温梓新跟在她后边，低声道："嗯。"

"你怎么不是点头就是'嗯'的，跟不会说话一样。"于清没忍住，然后扯了一顶帽子下来，递给他，"你也戴一顶吧，外面太晒了。"

温梓新没动静，只盯着她的手。

等了一会儿，于清有点不耐烦了，干脆自己帮他戴上："你怎么像个……"

像个脑子不太好使的人。

意识到这不是什么好听的话，于清反应非常快地收回了剩下的话。帽子把他的头发压得有些乱，她眨了眨眼，非常自然地帮他顺了顺额前的头发。

她的眼睛向上抬，撞上了他的视线。

于清动作僵住，温梓新一动不动，平静地看着她。

尴尬在此刻发酵。

于清迅速收回手，背在身后，不知道该怎么解释自己这个轻举妄动。她的脑袋一片空白，盯着他的脸，半天也只憋出几个字：“这……这样……”

温梓新的眼睫动了动。

于清觉得沉默更显得心虚，只能硬着头皮说完：“这样会帅一点……”

温梓新没太大的反应，只是愣了愣。

不等他有所反应，于清先一步打开房门往外走。她装作在调整口罩，低下头，含糊不清地说：“走吧，我饿了。”

后头传来温梓新低沉的声音：“嗯。”

于清走在前边，一边下楼梯，一边说：“把门关好。”

温梓新把门关上，又“嗯”了一声。

感觉前面那尴尬的小插曲已经过了，于清才恢复原本的状态。

她纳闷地回头问道：“你除了‘嗯’，还会说什么吗？能不能多说几个字？热情点。要是因为没有钱，就努力赚钱啊，犯不着这么死气沉沉。”

温梓新跟在她后边，思考了一下，回了两个字：“好的。”

于清默默地翻了一个白眼。

她把这归为温梓新的性格原因，也没再提，换了个话题：“因为我是一个人住，所以家里很多东西都是一人份的。你想想你有没有什么缺的东西，一会儿去买？”

温梓新摇头：“没有。”

“那你……”

“你对谁都这样吗？所有人，包括——”温梓新忽地打断她的话，语速慢下来，“我这样的陌生人。”

“啊……”一个原本像哑巴一样的人突然说这么多个字，于清有些猝不及防，讷讷道，“倒也不是……”

温梓新点头，没再发问，似是不需要她的解释，或者不管得到怎样的答案他都会相信。

“可能你不太信，但我还是要说一下，我绝对不是搭讪的意思。”于清斟酌言辞，“当然也不是说我想勾搭你，吸引你的注意……我真的说的是实话，只是单纯地觉得你很熟悉。”

闻言，温梓新抿了下唇。

“具体哪儿熟悉，我也说不上，也可能是美色误人吧，而且我也没什么好骗你的。骗财，你没有；骗色的话，我这长相也骗不到你。”

像是觉得有些好笑，温梓新的嘴角浅浅地弯了弯，低不可闻道：“真的骗不到我吗？”

于清完全没听见他的话，自顾自地说：“而且我总觉得你不会做什么坏事。”说到这儿，她顿了一下，若有若无地补充道：“除非我看走了眼。”

二人进了小区旁的一家小面馆。

于清随便选了个位置，点了两碗这家店的招牌牛肉面。

这会儿店里没什么人，所以两人点的牛肉面很快就上了。于清把其中一碗推到温梓新的面前。她扯下口罩，在另一碗里倒了点辣椒酱搅拌均匀，随口问：“不过，你怎么就跟着我回来了？”

温梓新学着她的动作，也倒了辣椒酱，抬眼，说：“嗯？”

“虽然我是个女生，但你不怕我是坏人啊？比如犯罪团伙什么的。”于清咬了口面，提醒道，“现在男孩子在外面也很危险呀！而且，你长得真的还挺好看的。”

温梓新拿起筷子，说：“我认识你。”

于清看他，说：“啊？”

他低着眼，慢条斯理地说：“我是你的粉丝。”

这令人极为难以置信的话，让于清差点把嘴里的面喷出来，她被呛得满脸通红，忙拿起桌上的水往嘴里灌。等缓过来了，她才语气略显慌张地冒出了一句：“你是不是认错人了？”

“没有。”

“我不是不信你，但我哪来的粉丝？”

温梓新一本正经道：“你的所有作品我都看过。”

于清狐疑道：“比如？”

温梓新似乎也不太在意她的态度，从旁边扯了张纸巾，递给她。随后，他没有思考，很流畅地说出十几部电视剧的名字。

于清越听越熟悉，全部都是她之前跑过龙套的剧，角色也基本是一闪而过，如果把片段摆在她面前，她说不定都找不到自己在哪儿。

于清眼里的怀疑渐散，小声道：“你真是我的粉丝啊？”

温梓新神色平静地说：“嗯。”

“这还是第一次有人说是我的粉丝……”于清有点儿不好意思，一时也不知道如何反应，胡乱地说，“那你这样算不算私生饭啊？”

温梓新问：“私生饭是什么？”

于清摆了摆手说：“没什么，你快吃吧，一会儿面坨了。”

没吃多久，于清又忍不住说：“那你可是我唯一的粉丝呢。”

“嗯。”

“那你还喜欢别的演员吗？”于清问他，“比如最近很红的那个……”

“没有。”温梓新咽下嘴里的东西，慢条斯理地回答，“只有你。”

于清的表情一滞，良久才默默地“哦”了一声。

她这个目前还称不上是演员的人，凭空出现了一个粉丝，看这迹象还是她的死忠粉。并且，还是个一般都会眼高于顶的绝世大帅哥。

于清此刻甚至有种天上掉钱了的感觉，她晕乎乎地往家里的方向走，一边走一边问：“你真没有要买的东西吗？”

“没有。”

“那回去了啊？”

“嗯，回去。”

于清拿出手机，习惯性地翻了翻由特约演员组织的微信群。她想起件事儿，便把手机递给他说：“对了，为了方便我们以后联系，你把你的联系方式给我吧。”

温梓新没接手机，停顿几秒才道：“我没有手机。”

这跟直接说不想跟她交换联系方式有什么区别？而且，正常粉丝能拿到偶像的联系方式不应该很高兴的吗？

于清又开始质疑了：“你真是我的粉丝？”

“是。”温梓新没半点心虚，看上去很老实，“但我没有手机。”

行吧。

于清确实没见他拿过手机，想着他连房子都住不起，买不起手机，倒也不是什么奇怪的事情。她把手机放回兜里：“那就等你有手机了再说吧。”

“嗯。”

第一章

初次合作

两人回到家时刚过十一点。于清瞥见沙发旁的行李箱，忽然想起要给他腾房间。她回主卧换了身衣服，走到另外一个房间门前，思考着该怎么收拾。

房子是早些年父亲买下来给她当嫁妆用的，房产证上也只写了她一个人的名字。

两室两厅一厨一卫，八十多平方米，还带了一个小阳台。虽然面积不算大，但是装修风格是按着于清的审美来的，格外温馨。

另外一间房也不算小，本来是给于清当书房用的，但她根本用不上，渐渐地就变成了杂物房。

此时里边乱七八糟的，什么东西都有。靠里边放了一张闲置的床垫，是于清前段时间买的。她觉得太硬的床睡得不舒服，就把它丢进这间房里，重新买了一张，现在恰好能给温梓新当作床来睡觉。

于清尝试着先把靠在外边的纸箱搬出来。注意到她的动静，在沙发上坐着的温梓新站了起来，往她的方向走去，说：“你在收拾吗？”

于清“嗯”了一声。

温梓新接过她手里的箱子，说：“我来吧。”

“我现在得把这些东西清理一下，太乱了。”于清往纸箱里看了看，为自己的邋遢感到羞愧，“我什么都往这里面丢，其实好多东西我都不要了。”

“嗯，现在要做什么？”

“咱先把杂物清理一下好了。”于清指了指堆在最外头的那些东西，“我一会儿看看里面的东西，不要的就扔了吧，免得堆在这儿生虫。”

温梓新说：“好。”

虽然于清的意思很明显，是两人一起收拾，但温梓新完全不让她动手，全程都是她说他做，好像见到她要干活，他就有些不乐意。

可能还是对于免费寄住在她这儿的事情感到不好意思，所以想要通过这些体力活来弥补她。这么一想，反倒让于清觉得不好意思了。

等杂物清理干净，温梓新去楼下扔垃圾的时候，于清从一旁的收纳盒里拿出一套旧的床上四件套铺好，套上枕头套，顺带把他的行李箱也拖了进去。

完事后，温梓新也回来了。

于清擦了擦汗，将他房间的空调打开，解释说：“我这儿条件普通，床只能这样，你就将就一下。如果实在睡得不舒服，再和我说，行吗？”

温梓新扫了一眼铺上粉蓝色床单的床，轻声说：“不将就。”

“什么？”

“挺好的。”

于清眨了眨眼，说：“那就好。”

就这么一会儿工夫，于清感觉自己已经出了一身汗。她站了起来，说道：“那我不打扰你了，你休息一下吧。”

说着，她往外走。

正想把门关上的时候，温梓新突然喊她：“于清。”

于清的动作一顿，问：“怎么了？”

他抬眼，淡淡地说了一句：“我不会白住的。”

于清回到房间，拿了一套新衣服，打算去洗个澡。她琢磨着温梓新刚刚的话，开始逐字分析他的意思。

他大概是觉得她人还挺好的？能给他一个容身之所，还不收任何费用，并且十分照顾他的感受，他十分感动，所以他不会白住的，以后他赚到钱了，会报答她？

——是这个意思吗？

不管怎样，他能说这句话，于清也觉得这个好人也没白当。

她之前收入低的时候，也想过把这间房间腾出来租给别人。找个合租室友也不至于孤零零的，但因为实在太懒，这个想法很快抛弃了。

现在这样也挺好。

等温梓新走了之后，她也不用怎么收拾就可以租给别人了。

于清进了浴室，把头发绑起，打开花洒，哼着歌往身上抹沐浴露，忽然想起温梓新说是她粉丝的事情。

“他还挺幸运。”于清自言自语道，“还能近距离追星。”

没两天，于清脸上的红肿就消得差不多了。她的账户里没剩多少钱了，不敢继续休息，恰好看到有个副导演在招群演，便打算去试一试。

洗漱完后，她用遮瑕膏把剩余的红痕遮住。她换了身衣服，刚出房门，温梓新就从房间里走了出来。

出于客气，昨天于清还熬了一锅粥给他当早餐，但今天实在是来不及了。她按照以往的习惯，从冰箱里拿出面包，说："今天吃这个吧。"

温梓新问："你要出门？"

"对，你今天中午煮泡面吃吧。家里没什么食材，我回来的时候买。"于清顺带拿了两瓶酸奶出来，"不过，我也不知道什么时候回来。"

温梓新接过她手里的东西，沉默了两秒，道："我能跟你一块儿去吗？"

于清一愣："你知道我要去哪儿吗？"

"不知道。"温梓新语气很淡，提醒道，"但你放我一个人在这里，不怕我偷你东西吗？"

"不怕啊。"于清咬了一口面包，"我没什么可偷的。"

"对了，我也忘了问。"于清说，"你是做什么的啊？"

"什么？"

"你是做什么工作的？"于清说得明确些，"怎么也没见你去上班？"

温梓新理解了，面无表情地答："没有。"

"没有？"

"没有工作。"

于清觉得怪怪的："我怎么感觉你不像是被赶出来的，反倒像是个离家出走的小孩。你是刚被辞退了，还是什么？那你不打算再找工作吗？你没工作，哪有钱吃饭？"

“所以……”温梓新说，“我想跟你一块儿出门。”

于清反应过来，说：“你是想跟我一起去片场吗？”

半小时后，站在离小区最近的公交站旁，于清低头看手机，又不动声色地朝温梓新的方向看了一眼。

他说不定根本不是她的粉丝，只是不知道有什么渠道拍戏，所以想从她这边下手，成功进入特约演员的行列。

刚开始她是真没往这处想，当温梓新提出要跟她一块出门的时候，她也只是觉得，他可能心情不大好，不太想一个人待在家里。但照这个发展趋势，她觉得他是有备而来的。

虽然她觉得这个解释也不太靠谱。

此时温梓新插兜站在站牌旁，盯着往来的车，脸上不带什么表情，像是在走神。但很神奇的是，他又像身上到处都长了眼睛一样，她这么小心翼翼都能被他立刻抓住视线。

温梓新看过来，眼神里带了些疑问，于清瞬间收回视线。

周围也有其他人在偷偷看他，怎么他就把那些人当空气，而她看了一眼，他就用眼神警告。

不过于清也不太介意，如果他真能因此赚到钱，那也可以尽早搬出去了。

这个时间点正是下班高峰期，车子很多，好不容易等到车了，远远看去，却发现里面挤满了人。

于清忙拽住温梓新的手肘，往车门的位置涌。但前门的人实在太多了，她只能挤进去刷了两次卡，而后喊了一声：“师傅，后门上。”

两人上了车。

车内剩余的空间极小，他们只能站在靠车门的位置。随着车的晃动，于清时不时还会碰到旁边的陌生男人。

这让她有些不舒服，便下意识往温梓新的方向靠了靠，他不由得看向她。

注意到他的目光，于清才想起自己跟这人也不算很熟，略显尴尬地退了一些，解释道："我站不太稳……抱歉……"

温梓新垂眼，应了一声，忽地抓住她的手。

于清不知道他要干什么，仰头问："怎……怎么？"

温梓新把于清的手搭在自己的胳膊上，无波无澜道："你扶这儿。"

"哦，好。"

不知为何，于清的脸莫名烧了起来。

过了好几个站，两人的位置渐渐靠车厢里面，旁边有个坐着的乘客刚好下车，于清很幸运地坐上了这个位置，温梓新便站在她的旁边。

没多久，有个女生走到温梓新的旁边，细声跟他打了个招呼："你好。"

温梓新没反应。

女生似乎也不大介意，很大胆地继续道："能加个微信吗？"

过了十几秒，温梓新仿佛才察觉到这话是跟他说的。他瞥了女生一眼，又垂眸看向于清，像报备一样地说："她跟我要微信。"

本来坐着看戏的于清懵了："关我什么事儿？"

闻言，温梓新抿了抿唇，看向女生："抱歉。"

女生皱眉，表情瞬间不好看了。她"啧"了一声，语气很不爽："有女朋友直接说啊，还得问一句，我服了。"

于清发誓，刚刚那句话的意思，真的完全是觉得这事情跟自己一点关系都没有，怎么别人就像是吃醋发脾气了一样？而且，温梓新前天拒绝她的劲儿去哪儿了！不是没有手机吗？直说不就得了！

见那个女生走了，于清瞪着眼，压低声音问：“你干吗？”

温梓新像得了健忘症一样，说：“什么？”

“别人跟你要微信，你问我干什么？”

“没问你。”温梓新说，“是跟你说。”

于清快炸了：“那你干吗跟我说？”

“我没有别人可以说。”

所以这是想炫耀的意思？

于清对此一言难尽，道：“我也不是没有人跟我要过微信的好吗？”

温梓新的嘴角下拉，说：“你不用跟我报备。”

于清觉得自己完全没法跟他沟通。

下了车，于清跟着导航，带着温梓新走到片场附近街道。

这个剧组租了一间理发店取景，位置很偏，周围的人也少，所以于清一眼就看到其中一家店外面站了不少人。

虽说温梓新先前表达的意思大概是想过来看看有没有什么机会，但是片场是封闭的，无关人士没法进去，于清是一个群演，也没那个权利把他带进去。

今天权当带他出来散心了。

她的戏份不算多，预计花的时间也不会太多。

于清往周围看，带着温梓新进了对面的咖啡店：“你先在这儿等一会儿吧，这儿你应该能看到里面。如果你还是有兴趣的话，我过几天带你去电影城那儿办个证。”

温梓新点头，找了一个位置坐下。

于清给他点了一杯饮料，然后犹豫了一下，从包里拿出手机，点开一个游戏，有些歉疚地说：“我也不知道要多久，你用这个打发一下时间吧。”

“知道怎么用吗？”

温梓新仍然没说话。

于清也不生气，耐心又仔细地跟他说起了玩法，语气温柔，像是在跟什么都不懂的孩子说话。

他沉醉其中，直直地盯着她，恍惚间有种回到过去了的感觉。

他又开始有不好的预感。因为回到了过去，也就代表着会再次经历同样的事情。

这是一部小 IP、低成本的剧。

于清难得地拿到了个有名字的角色，在里面饰演普通的女大学生慕慕，所以也不用换衣服，直接入镜就行。

剧情很简单，慕慕来到学校附近唯一的理发店，想把头发稍微修短一些。

这是女主苏小语家的店，而且苏小语从小就在店里帮忙，手艺还算不错，但在给慕慕剪头发的过程中走神了，不小心把慕慕的头发剪到及肩的长度。

慕慕的眼泪瞬间掉出来了，给男朋友打了个电话。

男朋友来了之后，也没着急着骂女主，而是直接上前哄慕慕，使她破涕为笑，也因此不再在意自己的头发了。

理发店很小，没有多余的位置腾当临时化妆间。化妆师找了个角落给于清化妆，而后给她戴了一顶及腰的假发。

她悄悄往旁边看了一眼，发现饰演女主苏小语的女演员岑欣已经来了，此时正坐在导演身旁聊天，笑得很甜。

于清对岑欣没什么印象，她只记得之前谁提起过，好像是个网红。

一切准备妥当后，于清刚起身就听到导演突然大骂了起来：“什么玩意儿！你跟我说说，你是怎么找的人！”

副导演唯唯诺诺道：“我再催催。”

“别催了，这种眼高于顶的人我这儿也恭候不起。”导演憋着火，指着门外，“现在随便联系一个过来，看得过去就行了。”

副导演说：“那我马……马上……”

导演更来气了：“快点！”

于清正犹豫着要不要过去的时候，突然看到温梓新走了进来。她吓了一大跳，忙走过去低声问：“你怎么进来了？”说着就扯着他往外走。

温梓新将手机递给她，说：“你的手机刚刚响了。”

于清道了声谢，正想叫他快点回咖啡店的时候，副导演走了过来，问道：“于清，这位是？”

闻声，于清转头，表情有些不安道：“是我朋友，我刚刚手机落在他那儿了，他过来送给我……”她怕导演说自己随意带人来片场，又忙道：“他现在就走，我先——”

没等她说完，副导演摆了摆手说：“我不是那个意思，我就想问问，能不能让他顶一下向景时的角色，我这临时……也不好找人……”

向景时就是那个没来的特约演员。

于清没预料到副导演会说这样的话，明显愣了，下意识看向温梓新，试图从他的表情中看出他的想法。

温梓新什么也没问，直接应下：“可以。”

“那谢谢了啊，帮大忙了。”副导演心下一松，露出了个愉悦的笑容，把手中的剧本递给温梓新，“你先看看，你在剧里饰演慕慕的男朋友林卓，也没几句话。你们两个都准备一下，半个小时之后拍。”

等副导演走了，于清把温梓新扯到角落，往他脸上看了两眼，忍不住说："你运气还挺好。"

温梓新垂眸看剧本，漫不经心地回道："是吗？"

"当然啊。"于清说，"我第一次当群演，连脸都没有露，播出的时候我还特地去看了，找了半天只找我的一个背影。"

温梓新没再应话，神色认真又专注。

剩余的时间不多，于清想跟他对对戏，干脆凑过去跟他一块儿看："怎么样？有哪里不懂吗？"

"没有。"温梓新停了两秒，又道，"但我不会。"

"不会什么？"

"不会演。"

于清真不觉得他那部分有什么难度，便教他："你就把台词背下来，然后把我当成你女朋友，看到我哭了，哄我就行了。"

温梓新摇头说："可你不是。"

于清的一口气险些没提起来，她说："我当然知道我不是！所以，我不是让你假装我是你女朋友，这样的话，你会比较有代入感。"

"我没法假装。"温梓新说，"这跟演没区别。"

于清快没耐心了，说："又是你自己说要演的！"

温梓新很老实，说："我想赚钱。"

"那这样。"他这话又激起了于清的一丝同情心，她指了指他手里的纸，认真道，"演戏最重要的一点就是，你自己要相信你的角色。"

温梓新"嗯"了一声。

"所以，我们现在就是情侣关系，我就是你的女朋友，你不用假装我是。"于清强调道，"我现在就是你的女朋友。"

温梓新没说话，只是低头盯着她。

于清也没跟人说过这些道理，此时见他这么盯着自己看，莫名就手脚都不知道往哪儿放。她躲开他的视线，嘀咕道：“你看我干吗？”

像是在思考，温梓新过了好几秒才问：“你刚刚——”

“怎么了？”

“是在跟我示爱吗？”

于清实在搞不懂这个人的思维方式。

她懒得再跟他解释，催促他赶紧把台词背下，跟他对了好几次戏，直到副导演喊人了，两人才往导演的方向走。

岑欣还坐在原来的位置，目光若有若无地瞥向温梓新。

导演跟他们三个大致说了一下戏。

怕温梓新听不懂，于清还压低声音，非常简洁地重复了一遍：“一会儿那边那个助理指示了之后，你就可以上场了，从这个门进来。”

温梓新点头。

“然后，就像我们刚刚对的戏那样，别紧张。”

“嗯，好。”

导演皱眉道：“你们俩还在窃窃私语些什么呢？开始了！”

于清瞬间闭了嘴。

理发店里清了场，无关人员都被清到画面外。随着导演的一声“Action”，于清饰演的慕慕走进了理发店。

理发店的面积虽小，但装修大气、舒服，整体明亮、干净，倒也不显得低档次。此时里边只有苏小语一人，像是被迫看店的，表情有些不高兴。

苏小语勉强露出一个笑容，带着慕慕坐到中间的位置，说：“要洗头吗？想怎么剪？”

“不用洗了。”慕慕的要求很简单，“帮我把发尾修一下就行，分叉太多了。”

苏小语点头示意明白，再没说话，不像平常的理发师一样会唠家常。她低着头，全程只拿着梳子和剪刀在慕慕的头上摆弄。

过了几分钟，慕慕觉得不太对劲儿，隐隐有种头发被剪短了的感觉。

因为苏小语是把于清的头发全部拢到背后在剪，所以她也看不到是什么样子。她怕是自己想太多了，但又格外担心，小声问道：“你把我头发剪短了吗？”

苏小语像是一下子回过了神，立刻收了手，表情满是惊慌：“对……对不起啊！我……我……”

苏小语的反应也让慕慕有了答案，但又不太敢相信，伸手把头发扯到前边来。只见半边头发变得超过肩膀一点，另一边还是原本的长度。

看上去有些滑稽。

慕慕完全无法接受，眼泪瞬间掉了出来。她完全不顾苏小语在一旁道歉，从包里掏出手机，不知给谁打了电话。

慕慕压着哭腔说：“你快过来……我就在学校外面的这家理发店。”

“没哭。”慕慕压不住了，“呜呜呜，我的头发被剪没了……”

“有事！”慕慕往电话那边大吼了一声，哭得更凶了，“你快点过来！”

苏小语手忙脚乱地给她递纸巾，完全不知道怎么办，说：“对不起啊，你别哭了……我可以赔偿的，对不起。”

慕慕红着眼看着苏小语，很快就一声不吭地垂下头，但眼泪还在掉。

时间差不多了，助理在门外朝温梓新做了个手势，示意他可以上场了。

温梓新调整表情，推门的力道加重，似是很着急。一进去便走到慕慕的身旁，伸手擦掉她脸上的泪水，好笑道：“怎么哭成这样？”

“你还笑！”慕慕更气了，哭着把头发抓给他看，“你看我头发！你看！呜呜呜！丑死了！”

林卓很顺从地看向她的头发，认真地盯着看了好一会儿，说：“不是，你能不能明确给我指一下哪儿丑了？不然我实在找不着。”

“你就不看我的脸。”慕慕呜咽着说，“就看头发。”

林卓挑眉道：“那我哪能不看你的脸？”

慕慕松开手，情绪格外低落，说：“那……那不是你说的，喜欢我长头发的样子。”

“我喜欢你长头发的样子。”林卓凑近她的脸，笑道，“但我也没说，只喜欢长头发的你啊，而且我不是也没看过你短发的样子。”

慕慕看着他，说：“好看吗？”

林卓用力揉了揉她的头发，说：“等没别人的时候再告诉你。”

慕慕没再哭，心情明显好了不少。

见状，林卓松了一口气，拉住她的手，让她坐回椅子上。

林卓转过头看向苏小语时，表情冷了下来，轻声说：“就这个长度，这次别再剪短了，谢谢。”

大概是忍着话里的不悦，林卓的语气很平静，但却泛着冷意，让苏小语不禁捏了把汗。她很快就反应过来，应了一声便拿起了梳子和剪刀。

看着还有些不放心的慕慕，林卓神色若有所思，又突然出声：“等等。”

苏小语疑惑地抬头。

林卓指了指她手里的东西，说道：“我来吧。”

导演大喊：“Cut！很好！”

一条就过，还让于清有些意外。

本以为温梓新在镜头前会觉得不自然，但他好像能把那些都当成空气，发挥得比他们两个私下演练的时候还要好。

于清站起身，走到温梓新旁边，夸他：“你演得还挺好。”

温梓新盯着她红彤彤的眼说：“我没演。”

“怎么没演？”她一愣，还想说些什么的时候，副导演走了过来。

他感激地拍了拍温梓新的肩膀，扫了一眼导演的位置，而后压低声音道：“今天谢谢你了，我本来还担心你要几十条才能过，那我可得被导演骂死了。”

温梓新面无表情地颔首。

“对了，你的工资我发哪儿？”注意到温梓新似乎没有跟他说话的欲望，副导演转头看向于清，“要不就一起发到于清的账户里？”

于清连忙点头。

“表现得都挺好的，有机会我会再找你们的。”

“好的，谢谢导演。”

接下来另外再补几个镜头，两人就没有什么戏份了。

于清把假发卸下来，正想去找温梓新的时候，突然注意到他就在门口，岑欣站在他旁边，不知道在跟他说些什么。

她也没打扰，在原地坐了一会儿，等岑欣回来之后，她才走过去。于清跟剧组里的人道了别，而后叫住温梓新：“我们走吧。”

温梓新说：“好。”

于清没忍住八卦：“刚刚岑欣跟你说什么了呀？”

“岑欣？”

“就刚刚跟我们一起拍戏的那个，女主。”

“哦。”温梓新说，“问我跟你是什么关系。”

没想到跟自己有关系，于清“啊”了声：“那你怎么说的？”

“情侣关系。”

于清：“啊？什么……”

注意到她的表情，温梓新低声提醒：“这话是你说的。”

于清难以置信：“我什么时……”后面的话还没说完，她就想起了在开拍前跟温梓新说的话，她咽回原本要说的话，极为古怪地改口道：“我只是说拍戏的时候我们是情侣关系，那是因为剧本是这么写的。”

“但现在都结束了。”于清往他眼前晃了晃手，说：“该出戏了！”

温梓新没说话，只是看她，看得反倒让她有一种自己成了负心人的感觉。

于清觉得他的行为举止很怪异，脱口而出道：“我这话没什么恶意，我就是想问问你，你是不是哪儿……哪儿有点缺陷……”

温梓新收回眼，语气莫名平淡：“你为什么进行人身攻击？”

“那你……你确实……”于清也觉得这话确实有点过分，声音低了下来，“你确实还挺奇怪的嘛。”

说着，她小心翼翼地瞅了他一眼：“好吧，你当我没说。”

不知道他是不是生气了，于清觉得自己多说也是错，也不敢再出声。她垂头拿出手机，看到一个未接来电，上边显示着傅崇然的名字。

她没作多想，回拨过去。

那头很快就接了起来。

于清主动问：“崇然，你找我有什么事儿吗？”

傅崇然声音温润：“啊，于清，是这样的，我这边刚刚接到制片人的通知，说这部剧要换导演了。我就想问问，之前那个角色你还演吗？我这边也没找着合适的人选。”

“啊？怎么突然换导演了？”

“这个我也不太清楚，好像是突然间精神状态不太好……不说这个了。”傅崇然说，“怎么样？还能腾出来时间吗？”

于清也没再在意这事儿：“当然能。”

“那具体时间我再通知你。”傅崇然说，“这次可别再迟到了啊。”

于清忙道：“绝对不会了。”

那头笑了一声，而后似乎遇到了什么意外的事情，语调突然扬了起来：“那先这样，我这边还有事，先挂了。”

还没等于清回话，那边便挂了电话。

她还没来得及猜测发生了什么事情，便看到了一旁的温梓新依然绷着脸，似乎确实是因为她刚刚的话生气。

这都过了几分钟了，于清咕哝道：“你也不用这么小气吧……”

温梓新眼也没抬。

于清鼓起勇气，跟他讲道理：“那不是你先说一些莫名其妙的话，我只是提出合理的怀疑而已……”

闻言，温梓新侧头，面无表情地看她。他生得好看，但因为总板着张脸，看上去反倒多了几分薄情。不说话的时候更显得难以靠近，让人望而生怯，却又会莫名地被深深吸引。

她立刻㞞了：“好吧，我确实不该说那样话，我道歉。”

温梓新搞不懂她为什么突然开始谴责他，又突然开始自我反省。他皱了皱眉，正想说点什么，又听她再度开口。

“你倒也不必……”于清偷偷地看了他一眼，自言自语般地补充道，“用美色对我进行压迫。”

这话让温梓新愣了一下，神色没有多大的变化，似乎对她所说的话毫不在意，但只眨眼的工夫，他的耳尖就红了起来。

说了半天他都不吭声，于清也有些不开心："我又不是故意的，你有必要生这么久的气吗？"

温梓新抿了抿唇："没生气。"

"你这哪里像没生气的样子？我都哄你半天了，你还这样。"于清越说越气，格外幼稚地说，"行，那我收回我刚刚的话，我们继续冷战。"

温梓新摇头："不能收回。"

于清不搭理他了。

见状，温梓新也有些不知所措。他不知道怎么哄人，只能学着于清刚刚变化莫测的方式，说道："我也不是故意要生气，那不是你先说一些伤人的话吗？"

于清炸了："那我不是跟你道歉了吗？！"

看来这个方法行不通。

温梓新瞬间闭了嘴。

他回忆着从前哄于清的方式，又想到刚刚于清夸他时说的"美色"两字，秉着礼尚往来的原则，犹豫着说："但你长那么好看，倒也不必道歉。"

听到这话，于清的表情就像结了块的冰忽然掉下几块碎渣，但她没有回答。

温梓新暗暗松了一口气，见她似乎还未完全消气，他思考了几秒，又道："我这话不收回的。"

于清又气又好笑："你到底是来跟我和好的，还是来气我的？"

温梓新很诚实："来跟你和好的。"

"行。"她的气来得快，去得也快，笑了起来，"以后别这样了，冷战多没意思，有什么话就摊开来讲，你不说，我怎么知道你在想什么。"

温梓新的神情一僵，像是想到了什么，半天才点了点头。

两人坐公交车回到于清家附近。

恰好到了饭点，于清饿得慌，也懒得买菜做，干脆在附近找了家快餐店。付款的时候，她突然想起钱的事情。

“对了，你的工资副导演说转到我这儿。”于清说，“到时候我怎么给你呀？”

“有多少？”

“应该跟我一样，两百吧。”

“哦。”温梓新忽然从口袋里拿出个小本子，淡声说，“不用给我了。”

“为什么？”

他翻开，拿起笔写了个“200”，而后看着上面记的数字，说：“我还倒欠你一千两百三十二。”

“什么一千两百……”

于清凑过去看，发现他这看上去是个记账本，是从住进她家那天开始算的，衣食住行他全部都算进去了，包括坐公交花的一块钱，吃的一块面包，喝的一杯水。

倒也不用算得这么清楚。

虽然他之前提过不会白住，但于清也没想过，他是抱着不占她一点儿便宜的心理，所以看到的时候还有些感动。她想了想，提醒道：“你还是别这么急着还我钱了。”

温梓新抬眼。

“如果你想当演员的话，你也不能总通过我跟导演联系。”于清说，“你尽快存够钱去买一部手机。还有，还要拿上证件，我们得去电影城那边办个证。”

“不然，你没法进去。”

温梓新把本子和笔收回口袋里，拿起筷子说：“我没有证件。”

于清惊了：“你怎么会没有证件？”

他不说话了，低头吃饭。

“你不会真的是——”于清猜测道，“离家出走吧？然后没带证件出来？”

“不是。”不回答的话，也不知道她能猜出什么原因来，温梓新只能敷衍几句，“之前的掉了，一直没去补。”

“哦。”于清恍然，“那你得去补呀！没身份证多麻烦，先去办个临时的也好。”

温梓新点头：“嗯。”

从饭馆里出来时，外头的天已经彻底暗下来。

于清习惯性地抬起头看向天空，只能看到发着微光的月。她收回视线，压低声音说：“哎，我跟你说个秘密。”

温梓新：“嗯？”

“就是……”于清半开玩笑地指了指天空，“之前一直有颗星星跟着我。”

温梓新僵硬地应了一声：“是吗？”

于清转头定定地盯着他，良久后突然笑出来：“我跟你开玩笑的。”

她的声音低了下来，出神般地说：“这话不管谁听到了，都会觉得是个笑话吧。”

温梓新：“不会。”

于清表情一顿，见温梓新神色虽不太自然，但此刻带了几分认真，他继而道：“如果是你认真告诉我的事情，我不会把它当作笑话。”

“但我说的这件事情，”于清自己也觉得没法让人信服，“正常人都不会相信的。我之前跟我发小提过，她只觉得是我休息不足，出现幻觉了。”

“其他人相信与否，其实不是一件太重要的事情。”温梓新的语气不明，“他们选择不相信，但也不能否认这个东西确实是存在的。”

“这个世界那么大，你能看到的只不过是沧海一粟。”他扯了扯嘴角，“很多东西都是藏在你看不到的地方，偷偷存在着。”

于清听不太懂他的话，迟疑地问：“所以，你是相信我刚刚的话吗？”

温梓新“嗯”了一声。

“有你这句话就够了，让我感觉自己没白当一个好人。”于清的眼角弯成月牙儿，愉快地拍了拍他的手臂：“明天给你买好吃的。”

温梓新提醒：“不要买贵的。”

“我也没钱买贵的呀。”于清笑嘻嘻的，又看向天空，“不过，今天怎么没看到那颗星星，我想给你证明一下都证明不了。”

“可能。”温梓新顺着她的视线往上看，停顿了好几秒。

于清好奇：“可能什么？”

温梓新的目光撞上她的视线，喉结上下动了动：“他决定不藏了。”

决定不再藏在那寂静、荒芜的地方，不再与黑暗相伴，不再时刻地远远注视着你，他选择重新回到你的面前。

“啊？”于清纳闷道，“你是不是说反了，其实它这是藏起来了吧。”

温梓新神色淡淡，没有说话。

于清也不太在意，心情很好地说：“不过我也不知道该说你什么好，是要夸你足够信任我，还是要说你太好骗了。”

温梓新问：“你骗我了吗？”

“没有呀，我是真遇到了这样的事儿。”于清眨了眨眼，很直白地说，“但如果是别人跟我说这样的事情，不管是谁，我是一定不会信的。”

“我应该会跟许小云一样的反应，会在心里吐槽，撒谎也不编点能信的话。”于清自顾自地说，“不过你能信我，让我非常开心。所以，以后你如果跟我说了什么让我觉得非常天方夜谭的事情——”

她笑了起来，露出尖尖的小虎牙：“我都会相信的。”

温梓新盯着她的嘴唇，眼神黯了下来：“然后呢？”

“什么？”

“信了，然后呢？”

“然后？”于清以为他在质疑自己的人品，有些恼了：“那我肯定不会告诉别人啊！我嘴巴没那么大！”

温梓新一愣，忽地笑了起来。

“你笑什么？”

他的声音里还含着笑：“没什么。”

于清眼神怀疑，嘀咕道：“你别是在嘲笑我。”

“不是。”

“那你笑什么？不是嘲笑我，为什么不能说！”

温梓新知道瞒不过去，干脆老实地答：“觉得你很可爱。”

“你干吗夸我？”于清瞬间收了火气，有些别扭地说，“你可别想我礼尚往来回夸你，这是不可能的。”

他温和道：“没关系。”

过了一会儿，于清忽地开口：“谢谢。”

温梓新看她：“谢什么？”

她清了清嗓子，提醒道：“你刚刚夸我了呀。”

温梓新想了一会儿，认认真真地回：“不客气。”

两人回到家后，于清先抱着衣服进浴室洗了个澡，之后习惯性地跟温梓新嘱咐几句便回了房间。听到她房间传来反锁门的声音，温梓新也进了浴室。

温梓新挤了点牙膏在牙刷上，开始刷牙，刷到一半突然盯着镜子中的自己，然后吐出嘴里的泡沫，抬手用手背抹了抹嘴唇。

他突然想起今天于清的话——“我这话没什么恶意，我就是想问问你，你是不是哪儿……哪儿有点缺陷……”

缺陷？两个眼睛，一个鼻子，一个嘴巴，好像并没有缺什么东西。

既然不是在说外表，那应该就是在说内在。

是说他没脑子吗？

温梓新打开水龙头，捧了点水漱口，唇线渐渐拉直。

隔天。

为了证明自己是有脑子的，温梓新一大早就起了床。他瞥了一眼于清紧闭着的房门，然后走到厨房，用冰箱里的材料做了两人份的早餐。

做好早餐没多久，于清就醒了。

她迷迷糊糊地从房间里出来，也没往餐桌的方向看，只是一边进厕所，一边嘀咕着：“你这么早起来干吗……”

温梓新的一句“做早餐”被她毫不客气地挡在厕所门外。他也不太在意，拿出杯子泡了两杯牛奶。

准备妥当后，温梓新把烤吐司放到餐桌上。

过了好一会儿，于清从卫生间出来。她把头发全部绑了起来，在脑后团成一个小丸子，露出光洁的额头，脸上还沾着水珠，皮肤白净清透。

于清坐到餐桌旁，盯着桌上的东西，诧异道：“你还会做烤吐司呀？”

温梓新把盘子推到她的面前。

她拿起吐司，一边吃一边说：“哎，这味道跟我烤得好像差不多。你是不是涂了炼奶和黄油？”

温梓新“嗯”了一声。

于清垂眸，盯着吐司上的切痕，很神奇地说：“你怎么跟我一样喜欢在吐司上画星星？”

“我以为你会像昨天一样，直接拿吐司出来吃，因为我这几天也没用过烤箱。”于清随口问道，“你是上网查方法的吗？还是谁教你的？”

温梓新下意识道：“你。”

注意到于清不可思议的表情，他递了一杯牛奶过去，平静地补了句：“你先喝杯牛奶吧。”

于清点点头，也没再继续问。

餐桌上安静下来。

温梓新瞥见挂在墙上的时钟，突然问：“你今天要出去吗？”

于清把最后一口吐司塞进嘴里，捧着牛奶慢慢喝着：“嗯，得赚钱呀。”说着，她想起件事儿：“今天我不能带你去了，你没证件，进不去电影城。”

温梓新：“好。”

时间也差不多了。

于清喝完剩下的牛奶，站了起来，嘱咐道：“那就拜托你收拾一下桌子啦，我准备一下就出门了。”

他忽然喊她：“于清。”

于清侧头：“什么事？”

温梓新也站了起来，伸手用指尖轻蹭了下她的嘴角：“沾到牛奶了。”

于清讷讷地看他：“哦，谢谢。”

两人一时陷入了沉默。

于清最先反应过来，脸猛地涨得通红。她强装镇定，一边往房间走一边道：“那我去换衣服了！”

盯着她落荒而逃般的背影，温梓新的嘴角微微弯起。他坐了回去，把剩余的早餐解决完，然后拿起碗筷去厨房洗。

等他收拾完了，于清也正好从房间出来。她身着简单、宽松的白色长T恤，头戴一顶淡粉色的渔夫帽，一边走一边调整帽子。

于清哼着歌，走到玄关，套上一双白色运动鞋：“那我出门啦。”

温梓新抽了张纸巾擦手：“好，注意安全。”

“嗯。”于清打开门，像是想起了什么事情，忽地又倒退两步，看向他，“对了。”

温梓新：“怎么？”

她的眼角弯了起来，指了指他手里的纸巾，笑眯眯地道：“你刚用的这片纸巾，我就不算你钱了，不用记在你的小本本上。”

没等他回应，于清已经推开门走了。

温梓新怔怔地看着门的方向，半晌后才失笑般垂下了头。他没再磨蹭，也回房间换了身衣服，而后用于清的电脑查了些资料。

温梓新沉吟片刻，望着窗外的天空，指尖在窗沿轻轻敲了两下。仅一瞬，周围的环境便如液体般向下坠，再被无边的黑暗蔓延，零星的色块在他身边重组，变成了另一个地方。

比起于清的房子，这个空间明显大了不少。双推门前，皮质沙发对立而置，左侧是巨大的暗色书柜将整面墙覆盖住，其中交错放着收藏品和各式各样的书籍。

此时，一个中年男人坐在书柜前的老板椅上。

是温梓新刚刚上网查到的人——G市首富向何，向氏集团的董事长，旗下产业涉足各种领域。

温梓新觉得向何应该有这个人脉，帮他做到这件事情。

向何正看着手机，眉头紧皱，完全没有注意到温梓新的到来。

温梓新抬脚往他的方向走。

听到动静声，向何抬起头，即将脱口的惊恐声卡在了喉咙。他的眼神变得空洞，仿佛陷入了毫无意识的状态。

温梓新："是向何吗？"

向何点头："嗯。"

温梓新停在距离向何两米远的位置，低声说："帮我弄个身份证明。"

向何很干脆地应道："好。"

他将大致需要的资料和东西交给向何，又嘱咐了几句。

"谢谢，请帮我保密，一周后，我会来取。"温梓新不太喜欢欠别人什么东西，认真补了一句，"另外，我欠你一个人情。"

话毕，温梓新垂眼，在向何面前打了个响指。向何的神志瞬间清明，同时眼前的温梓新也没了人影。

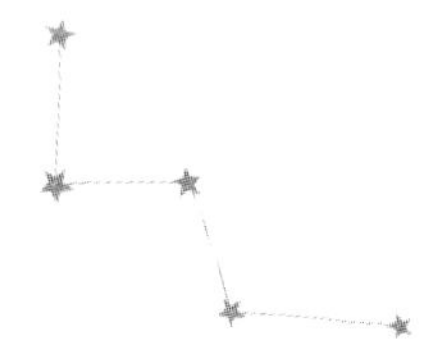

第三章

家的温暖

温梓新回到了于清家里。

十一点刚过，温梓新没有任何事情做，突然被电视柜上的照片吸引。他走了过去，微微弯腰，轻轻抚摸着上边的于清。

照片上的于清穿着校服，站在一男一女中间，笑得像一个小太阳。

温梓新扯了下嘴角，眉目渐渐温柔。

良久，他的思绪被一阵铃声打断。

温梓新回过神，顺着声音看去，注意到放在茶几上的座机。

他迟疑地接了起来。

电话那头传来了于清明亮的声音："温梓新？"

温梓新低声应道："是我。"

"我今天应该没那么早回去。"于清说，"因为主角状态不好，所以这场戏一直过不去，也不知道还要折腾多久。”

温梓新的嘴唇动了动，又听到她继续道：“所以刚刚我叫了个外卖，送家里了，你记得给人开门。”

“开门？”温梓新点头，“好。”

“你无聊的话可以打开电视看，或者我房间的电脑你也可以用。”说着，于清继续提醒，“但是你要用的话，只能搬出来用，不能在我房间用。”

“好，我知道了。”

“还有，如果你想出门逛逛的话，我包里还有备用钥匙，里面应该也还有点零钱。”于清像没完没了似的，“但你出去自己得注意安——”

听电话的同时，温梓新打算坐到沙发上，但没注意到电话线的长短，直接把座机拽了过来，然后磕到桌沿，发出不算轻的声响。

温梓新的身子一僵，立刻将电话扶正。

那头的于清问道：“什么声音啊？”

温梓新没瞒着，把座机归为原位后，很老实地解释道：“不知道你还要说多久，我想坐下来听，不小心把电话拽过来了。”

于清立刻沉默。

温梓新毫无察觉，调整了一下姿势，抱着还要聊很久的心情说：“你继续吧。”

那头安静了三秒，而后只生硬地说了两字：“挂了。”

他这话像是在委婉地跟她表达她的话太多了。

于清也觉得自己似乎过于唠叨了，甚至让人有一种没话找话的感觉，而且她和他的关系也没到那个份上。

可是很奇怪，她就自然而然地这么对他说了，像是以前就这么相处过。

于清正想挂掉，就听到那头的温梓新有些茫然地问道：“要挂了？”

他的语气完全听不出他有刚刚她想的那些意思。

想起他傻乎乎的性格，于清也觉得自己似乎想太多了，便解释了一句：“嗯，我这边要忙了。”

温梓新应了一声，想了想，又道：“早点回来。”

听到这话，于清的表情不由得一滞，她已经很久没听人跟她说过这四个字了。

高中毕业之后，于清就从家里搬了出去，过上了再没任何人管的生活。因此，无论她今天经历了什么，有没有吃饭，有没有回家，都不会有人在意。她有时候还想，可能哪天她在外面遭遇不测，都不会有人知道。

孤独的日子过久了，再不习惯也能习惯，甚至会有这样的生活才正常的感觉。

现在，这个平衡像是要被人打乱了。

于清不想去习惯这样的生活，因为他一定会离开的。

她呼出一口气，生硬而又认真地说：“好，我会早点回去的。”

温梓新挂了电话，又不知道要做什么了。正好此时，门铃被按响，他想起于清刚刚在电话里说的话，大步走过去打开了门。

外卖员把外卖递过来，看上去像是想送完就走。

温梓新低头瞥了眼对方手里的东西，他轻轻颔首，而后关上了门。

外卖员：“……”

他盯着手里的外卖，看了一眼小票，再三确认自己没送错地方，再度按了下门铃，神色极为茫然。

温梓新开了门：“您有什么事吗？”

外卖员迟疑道：“请问是于先生吗？这是您的外卖。”

于先生？虽然于清说有外卖，但她是女生，而且，他也不姓于。

温梓新摇头：“你送错地方了。”

外卖员非常尴尬地往后退了一步，忙道：“对不起，对不起，打扰您了。”

温梓新平静地说：“没关系。”说着又关上了门。

过了两分钟左右，温梓新再度接到了于清的电话。她的声音有些急，催促道：“外卖来了，你怎么不去拿，人家还急着送别的单子。”

温梓新看了一眼玄关：“还没来。”

“怎么没来！”于清提高音量，仿佛想隔着电话线过来打他，“你现在立刻去开门，门外那个就是，没送错，赶紧去拿！”

温梓新想着那句“于先生”，但此刻也只能应了一声“好”。他立刻放下电话去拿外卖，等他把外卖拿进来了，重新拿起话筒时，发现电话还没挂。

他主动报备：“我拿进来了。”

于清的声音放松下来，开始算账：“我刚刚怎么听外卖员说，你刚开始开了门又关，也不拿外卖。我不是提前跟你说过了吗？我点了外卖。”

“但你……”温梓新一本正经道，“你只让我开门，没让我做别的。”

于清蒙了：“我让你开门，就是让你拿外卖！不然我让你开门干什么？！”

“我以为你叫我确认一下有没有送过来。”

于清：“……”

“对了。”温梓新问，“你为什么备注的于先生？是因为我现在住你这儿了，所以要冠你的姓吗？”

“我完全没有这样的想法。”她似是被气笑了，“我一直都是这么备注的，这是单身独居女性的安全意识。”

温梓新没太在意：“哦。”

于清咬着牙道：“你不要这么自作多情。”

这句话说完，她没有任何结束语，直接挂了电话。

温梓新挠了挠头，不知道为什么今天的于清总有点反复无常。他想问，又怕再打过去会打扰到她，便收回心思，拿着外卖袋子走向餐桌。

没几步，电话再度响起。温梓新立刻折返接了起来。

于清：“对了。”

温梓新：“嗯？”

于清：“外卖拿进来之后记得吃，知道吗？”

温梓新：“……”

于清再次叮嘱：“我是买给你吃的啊！你别拿进来就放桌子上不管了！”

温梓新：“知道。”

将电话挂断后，于清忍不住笑出声，继续低头啃着盒饭。没过多久，她的余光突然注意到，附近有个男生似乎一直盯着她。

片场里没有什么椅子，大部分群演都是坐在地上吃盒饭，于清也不例外。

因为要跟温梓新打电话，她没有跟其他人一起吃，而是挑了个偏僻的位置，所以附近没什么人。

她一下子就能注意到男生的视线。

原本于清以为那只是自己的错觉，但当她多次状似无意地看向那头，还跟那人躲闪不及的目光对上后，便立刻否定了自己的想法。

于清皱了皱眉，又莫名想到温梓新那一番是她粉丝的言论。

难不成自己又要捡到一个粉丝吗?

也许是注意到于清已经发现自己的存在了，男生走过来站在她的面前，好奇般地问：“男朋友啊？”

于清看他，有些茫然：“什么男朋……”

话还没说完，她突然明白了，很不悦地说：“你偷听我打电话了？”

眼前的男生背着光，五官被虚化，只能模模糊糊地看出个轮廓。两人一站一坐，这样的角度，竟给了于清一种被压迫的感觉。

于清很不喜欢这种感觉，干脆站了起来。

她不认识这个人，也没兴趣跟他说话，此时只想离开这个地方。哪知男生突然抓住她的手腕，再次问道：“你男朋友？”

于清用力甩开，往后退了几步，警惕道：“关你什么事？”

男生的眼眸是很特别的琥珀色，干净而清澈，此时直勾勾地盯着她，平添了几分诡异。他收回了自己被甩开的手，笑道：“清清姐，你有男朋友了啊？”

这个称呼……

于清突然想起了什么，难以置信地看着他，刚刚吃下去的午饭此刻在胃里不断翻涌着。

她浑身僵硬，冷着脸问：“你是谁？”

“清清姐不认得我啊？”男生稍稍弯腰，凑近她的脸，饶有兴趣道，“可让我太伤心了。”

他的语调格外生硬，如果于清此时没那么紧张的话，一定知道这是在照搬另一个人的语气。

男生的姿势导致两人的距离又近了些。

于清完全忍受不了这样近距离的接触，像一只被踩到尾巴的猫，她狠狠地将他推开，一字一句道：“你不要碰到我。”

她的力道不小，男生也毫无防备，被推得一个踉跄，后退了两三步后才站稳。

听到于清的话，他眨了眨眼，神色莫名有些失落，似乎是不知道自己哪句话得罪她了。

男生脸上的笑容渐渐收起，多了几分无措。他的目光一抬，定在于清发髻的丝带上，似乎是没话找话般地说："清清姐真适合粉红色。"

于清的表情彻底僵住，脸色更加苍白。

男生又开口："真……"

这次于清直接打断了他的话："关你什么事？"

"我不认识你。"于清说，"我不想，也没有兴趣认识你，请你不要再打扰我，也不要说这样的话来恶心我。"

这火气突如其来。

男生一脸迷茫，脱口而出："我说什么话恶心你了？"

于清没再跟他废话，将饭盒扔入一旁的垃圾桶，直接转头走向化妆间。

男生仿佛不介意她的态度，脾气好得过分。他没再追上来，只是在后边大喊："我叫向景时，清清姐这次要记住了。"

跟向景时的对话，让于清想起了过往的事情。她的大脑一片混乱，心情也格外糟糕。

幸运的是，下午的拍摄明显比上午顺利。

可能是被导演骂多了，几个新人主角都找到了感觉，一直过不去的片段总算过去了，之后有好几条还一次就过。

于清饰演的是女四号身旁的宫女，此刻正端着一壶茶倒水。她感觉自己现在敏感得过分，觉得四处都有人在看着她。

她随意往边上一扫，就对上了向景时的眼，不知道他已经在那个位置待了多长时间。

于清脑子里对关于他的记忆越发清晰。

喉间顿时涌起一股涩意，于清咬着牙忍着反胃，不动声色地退到一旁，交叠在胸腹前的双手慢慢地握了拳。

终于忍到导演喊“Cut”，于清快步往厕所的方向走。进了厕所后，她打开水龙头，对着洗手台不断干呕，却什么都没吐出来，反而难受得眼泪都掉出来了。

于清洗了把脸，吸了吸鼻子便往外走，出门便看到在外头的向景时。

反胃的感觉再度袭来。

她捂住嘴巴，清晰地感觉到这次的反胃比刚刚更严重，刚想冲回卫生间里，却被向景时一把拉住手肘。

注意到她的表情，向景时有些着急，问：“你怎么了？不舒服吗？”

于清没有力气扯开他，又实在忍不住了，于是中午吃的饭全吐到了向景时的身上，难闻的气味开始蔓延。

于清怕沾到戏服上，后退了几步，很轻地说了声“抱歉”，尽管话里没有半点儿歉意。她冷冷地瞟了向景时一眼，随后走进了女厕所，将门锁上。

意外的是，当她出来的时候，向景时还像是石化了般站在原地。向景时这副狼狈的样子让于清终于有了一丝愧疚。她抿了抿唇，提醒道：“是你突然拉着我，不然我不会吐在你身上。”

想起这个，她又有些生气，低声嘲弄道：“我还以为你就是想要我吐在你身上。”

向景时缓缓抬眼，看向于清，动作像个笨重的机器人。

于清这才发现他的眼眶红了。他长了张娃娃脸，肤色很白，眼睛又大，看上去可怜兮兮的，像个小朋友。

他哑着嗓子说：“你吐我身上了。没有跟我道歉。”语气很平静，话里带着显而易见的委屈和谴责，“还怪在我头上。”

“你做过那样的事情，还想让我……”于清下意识想反驳，却又说不出那样的话，她深吸了一口气，改了口道：“我刚刚说了‘抱歉’。”

向景时用力揉了揉眼，他明显无法接受：“哪有人是这样道歉的？”

于清抿着唇，盯了向景时几秒：“对不起，你先进厕所收拾一下吧。”

可能是得到了想要的话，也可能是非常接受不了自己此时的状态，向景时没再说话，自顾自地走进了后边的男厕所。

注意到地上残留的污秽，于清回到女厕所拿了把拖把，打算收拾干净。

她倒是头一回把一个男生搞哭，此刻心情格外复杂。她觉得自己完全没有道歉的必要，也觉得此刻在男厕里的向景时无耻到了极致。

于清身上还穿着宫女戏服，所以清扫时格外小心。她单手拿着拖把，动作轻缓。整个人离那堆污秽物一米多的距离，时不时注意一下身下的裙摆。

等向景时出来的时候，她已经差不多收拾完了。

因为是夏天，向景时直接将上衣脱掉，赤裸着上半身，身材白皙精瘦，裤子上还滴着水，看上去像是脱掉后用水龙头冲刷了，没怎么拧干就穿上出来了。

他的眼角还红着，嘴唇紧抿，毫无攻击力的模样。如果只是看他的长相，于清真的完全想不到他会做出之前那样的事情。

她没说话，走进厕所把拖把洗干净。

于清出来时，发现向景时还待在原来的位置，似乎是在等她。

于清实在不知道他想做些什么，半句话都不想多说。她闭了闭眼，走到他的面前，认真问道：“你需要我给你赔偿吗？”

向景时默不作声。

“你这是不需要的意思？也好，因为我也没觉得我做错了什么，而且我一点都不想跟你说话，看到你就会让我想到你以前做的事情。”于清说，“我懒得计较那些事情，只希望你别再出现在我面前了。”

向景时吸了吸鼻子，茫然道：“我以前对你做了什么事情？”

于清没有回答的欲望，绕过他走向服装间。

向景时伸手拦住她，这次他不敢再碰她，只是挡在她面前：“我以前对你做了什么事情？我连……”

“向景时！”于清猛地打断他，她的尾音都在发颤，“你一定要我重复一遍吗？你自己清楚的事情，为什么还要我亲自跟你说一次？”

“可我……”

于清往后退了一步，极其努力地不想让自己过于失态。她直直地盯着向景时，语调降下来：“我真的觉得非常恶心，你这样的人。”

跟你那个所谓的好兄弟梁彻一模一样。

话音落下，于清再次往服装间走去。

这次向景时没再拦着于清。他在原地站了一会儿，从湿漉漉的裤袋里拿出手机，拨通了梁彻的电话。那边很快就接通，慵懒的声音从听筒处传来：“见到了？”

听到他的声音，向景时的火气立刻冒起，仿佛遭受到了背叛，难以置信道：“你是不是跟你姐的关系一点都不好？！她跟我说她最讨厌我这样的！”

“我家清清姐说的？”梁彻笑了一声，给人一种阴沉的感觉，

“还真是可爱呢。”

“你故意的？是你跟我说她喜欢你这种性格的。”

“什么故意的啊？”梁彻说，“你怎么知道她的意思就是性格呢？可能是觉得你其他哪点让她反感了吧。”

向景时懒得跟他废话，伸手切断电话。他拨通了司机的电话，压着火说：“拿件衣服进来给我，我在……”

于清的话让向景时觉得极为古怪。

他还能对于清做什么？他连一句话都没跟她说过。

他们之间唯一的联系，就只有梁彻了。

换回自己的衣服后，于清从服装间走出来。出了电影城，她提不起任何精神做别的事情，本想像往常一样直接回家，但她突然想起家里多了个人。

于清不知道温梓新想吃什么，干脆从包里拿出手机，拨通了家里的电话。

只响了一声，那头便接了起来。

于清踢着路上的小石子，勉强让声音显得轻松一些：“我准备回去了，你晚饭想吃点什么？我给你带回去吧。”

温梓新：“你想吃什么？”

“我不吃了。”

“为什么？”

于清想坦白说没胃口，但又怕他会追问：“女演员是不配吃晚饭的。”

那头沉默片刻，突然问：“你怎么了？”

“没什么。”

“发生什么事情了吗？”

“你这是……”于清想笑，但声音还是不受控地低了下来，“怎么听出来的？”

他又问：“怎么了？”

于清用力吸了一下鼻子：“想哭。”

温梓新：“为什么？”

“遇到了讨厌的人。”

“我是问，”温梓新说，“想哭为什么不哭，为什么要憋着？”

听到这话，于清莫名地笑了出声，忍了一路的眼泪也顺势掉下，呜咽着说：“不是，哪有你这样安慰人的啊？”

他的声音难得温柔，耐心问：“那我应该怎么安慰才对？”

“这个也……也要我教你啊？”于清话里带着鼻音，用手背擦着泪，“我也太惨了……”

“你不是瞧不上我的安慰方式吗？”温梓新无奈道，“我这不是想改进一下。”

“我真没见过你这样的，一上来就让人哭。”

“那……”温梓新思考了一下，“你遇到了什么讨厌的人？”

于清张了张嘴，又实在说不出口，只好道：“反正不是什么好人。”

“坏人吗？”温梓新问，“那可以报警吗？”

这么一哭，于清的负面情绪也散了不少，她的嘴角弯了弯，说：“应该不太可以，如果谁有烦恼就找警察的话，那他们哪有休息时间啊？”

温梓新叹了一口气：“你在哪儿？”

“马上回去了。”于清走到公交站等车，“给你买点吃的就回去。”

“不用买了。”

“怎么能不买？家里好像没别的东西吃了。”

“不太想吃东西。”温梓新说，“比较想见你。”

于清的心跳停了半拍，声音有些不知所措，道：“啊，我会……会早点回去的。不过我还是买一点东西吧，万一晚上饿了还能吃点。”

“那好。”

他没再说点别的什么，于清松了一口气，又莫名有些失落。她扯开了话题，因向景时的出现而产生的不适感完全消失，被另一个甜蜜而又酸涩的感觉取而代之。

回家的路上，于清就这样有一搭没一搭地跟温梓新聊着天，直到快到家才把电话挂断。

她也不知道温梓新喜欢吃什么东西，在路上买了一碗过桥米线，还买了点小吃。进门后，她干巴巴地说了句“我回来了”，而后弯腰脱鞋。

温梓新本坐在沙发上，听到动静便走了过来，接过她手里的东西。

于清换上室内拖鞋，往里走：“你应该不挑食吧？”

“嗯。”温梓新说，“谢谢。”

“那你快吃吧。”于清现在只想洗个澡，然后躺着，“我回来得也挺晚了，你应该挺饿的吧。下回如果还这样，你就自己出去外面买点吃——”

话还没说完，温梓新突然走到于清的面前，抬手揉了揉她的脑袋。

于清猝不及防地抬起头，一脸蒙：“你干吗？”

温梓新眼眸漆黑，掺杂着细细的光，垂眼看着她。他的动作有些僵硬，像是从未做过这样的事情，看上去还有些迟疑。

他的手还放在她的脑袋上，于清也没有任何躲闪，只是僵在原地。

两人僵持了半晌。

于清正想说点什么打破这个僵局的时候，温梓新就把手放了下来，抓住她的手腕。她再度仰起头，想说点什么的时候，已经被他扯进了怀里。

男人温热的气息铺天盖地地袭来，夹杂着极为熟悉的沐浴露味道，跟她身上的味道一模一样。这是一个让人觉得极为有安全感、热烈又不算逾越的拥抱。

这一刻，于清觉得自己的心智被什么东西蛊惑，让她失了神，甚至产生了想要回抱的欲望。

不等她有下一步举动，温梓新已经松开她，往后退了几步。他的眼神意味不明，喉结上下滑动，看上去没有要说话的动静。

于清反应过来，整张脸瞬间烧了起来，然后避开了他的视线。

温梓新低声道："我刚学来的。"

于清不自然地摸了摸后脑勺，仍是不敢看他："什么？"

他再度俯身，轻轻地，又抱了她一下。

"安慰。"

只一秒，温梓新便松开她，把手里的袋子放到餐桌上。

于清还站在原地，讷讷地看着他。

他低着眼，慢条斯理地解开塑料袋的结，问："真不吃晚饭？"

他的语气很平常，就像是刚刚没做过别的事情，只是从玄关处接过她手里的袋子，然后走到了餐桌旁，中间没有别的小插曲发生。

于清迟钝地回过神，盯着他的侧脸，莫名有点儿失落。她往他的方向走了两步，很快便停下："啊，对，我不吃了，就买了一人份的东西……你吃吧。"

温梓新看向她："我吃不完。"

"这也没多少，我平时就是……"于清买的分量就是自己平时的饭量，她下意识解释，又觉得有些不对劲，及时转了话锋，“是挺多的。”

温梓新点头，进了厨房：“那你先坐。”

顺着他的话，于清坐到了餐桌旁。

不知怎的，她突然有点不知道怎么跟他相处，觉得跟他待在一个空间有些尴尬和不自然。

就连两人第一天认识的时候，她都没有这样的感觉。

于清伸手打开了过桥米线的盖子，恰好温梓新拿着碗从厨房里走了出来。

于清撕一次性筷子的包装，大脑乱七八糟的，什么情绪都往上涌。她想问问，他刚所说的安慰是从哪里学来的；也想问问，他是对他所有的异性朋友都这么毫无顾忌地拥抱吗？

想到那个画面，于清的心情瞬间变得很糟糕。

没等她问出口，温梓新已经在她旁边坐下，一边往碗里装米线，一边闲聊般问：“今天怎么了？”

于清盯着他的动作，闷闷道：“没什么。”

闻言，温梓新轻轻地“嗯”了一声，也没继续问。他盛了点汤到碗里，而后把碗放到她的面前，温声说：“吃吧。”

于清拿着筷子，回道：“谢谢。”

温梓新：“不客气。”

一阵沉默后，于清咬着面，憋不住般地说：“你怎么不继续问了？”

“听你的语气，这像是让你很不开心的事情。”温梓新平静道，“既然提起来会不开心，那就不要提了。”温梓新抬眸，与她的视线撞上，“只要这样的事情以后不会再发生就好了。”

尽管知道这只是安慰话，但于清还是问了出口。

“你怎么知道不会？”

听到这话，温梓新表情一愣。随后，他想了想，直白道：“我不知道要怎么跟你证明。”

“所以，”他笑了一下，“我只能跟你保证。”

“保证什么？”

“只要我还在，这样的事情就不会发生。”

于清不太相信他的话，嘀咕道：“你都不知道是什么事情。”

温梓新补充：“无论是什么事情。”

她觉得怪怪的，低下眼，又偷偷看了他几眼：“你……你怎么像是无所不能一样，但是你现……现在连……”

于清不好继续说下去：“算了，吃饭。”

温梓新挑眉：“听你这么说，我确实还挺无能。”

于清的动作一顿，立刻为自己解释：“我可什么都没说，是你自己脑补的。”

“嗯，是我想太多了。”温梓新说，“那我能拜托你一下吗？”

“什么？”

“这次就——”温梓新的嘴角微弯，眼里的光温柔又缱绻，“相信一下我的保证。”

于清立刻垂头，咽下嘴里的东西，仅剩的一点情绪都在此刻消散。半晌后，她才低低地应道：“嗯。”

温梓新把旁边小吃的包装也拆开：“吃点这个。”

尽管她这么说，温梓新还是把小吃推到了她面前。

“我吃饱了。”于清摇头，盯着他的侧脸，又道，“其实也不是什么事情，就是我今天在片场遇到我继父儿子的朋友了。”

“我跟他没见过面，但是发生过一些……不愉快的事情.”于清粗略地说了下状况，“所以我见到他就会觉得很恶心。”

“我也不知道他为什么会来找我。不过我吐在他身上，还把他弄哭了。”于清吐了口气，露出了笑脸，“这么一想，他的心情应该比我更糟糕。”

温梓新皱眉：“吐了？”

这语气听不出是在谴责还是在询问，于清抿了抿唇：“那我也没办法……他扯着我，我实在忍不住了……”

“不舒服吗？”他打断她的话。

“没。”于清老实道，“可能是今天太热了吧，还穿了那么厚的宫女服，也可能是看到那个人我就反胃。”

温梓新的眉头仍然皱着。

于清很幼稚地提醒：“我就是很讨厌那个人，你要是想指责我的行为，你这个人就是胳臂肘往外拐。”

温梓新看着她。

“那我就连带，把你也一起讨厌上。”于清继续说。

温梓新这才开了口：“我没有要指责你。”

于清“哼”了一声。

温梓新的表情仍然不太好，拿过她面前的碗，又往里添了点粉丝：“那你肚子里根本没东西，再吃点。”

于清神色古怪，又继续强调：“我可是吐在那个人身上了，而且我对他的态度还很差，他还被我弄哭了。”

“嗯，那下次别见这个人了。”温梓新说，“不然又要吐了。”

于清已经再三强调，自己做的事情可能是不对的，温梓新也依然完全无条件地站在她这一边。

她跟他认识也没多长时间，但他完全不在意她对别人做过什么不好的事情，听到了也像没听到一样。

不知道他是因为感激还是别的什么情绪。

不管怎样疑惑和奇怪，于清觉得这种感觉还挺受用的。

隔天一早，于清按照往常的时间起床，跟温梓新在餐桌上吃早餐时，门外忽然响起磕磕碰碰的声音，像是在搬运东西。

出于好奇，于清起身到玄关，顺着猫眼往外瞧了眼。很快，她回到位置上，说："对面好像换人住了。"

温梓新瞟了一眼门的方向，没说什么。

于清注意到时间，加快吃东西的速度，顺带问："对了，你的证件去补办了吗？"

"补办了。"

"你还挺迅速。"于清诧异道，"行，那等你拿到证件了，我再带你去电影城，我准备一下就出门了，你饿了的话就自己弄点吃的。"

"好，知道了。"

于清看了一眼盘子，问："剩下的你能吃完吗？"

温梓新点头："可以。"

"好。"于清说，"那就拜托你收拾一下啦。"

说完，于清抽了一张纸巾擦嘴，而后回到了房间。她没在里边待多长时间，换了身衣服就出来了。

她身着一条无袖、藏蓝色碎花短裙，腰际有一条小缝隙，露出一小节白皙光滑的腰，看起来盈盈一握；脸上不施粉黛，更显得清纯可人。

温梓新的视线定在她露出来的肚脐眼上，眼眸黯下来，眉眼间也多了几分不悦。

于清拿起衣帽架上的包，边道："那我出门了。"

温梓新突然喊她："于清。"

她转头等他说话，他便指了指她身上的裙子，面无表情地问："你这裙子是新买的吗？"

"不是呀，买了挺久。"于清疑惑道，"怎么了？"

"没什么。就是觉得不太适合你，看起来有点儿胖。"温梓新轻描淡写道，"不过也还好。"

于清在原地站了三秒，突然把包放回原处，小跑着回了房间。

温梓新垂眸，咬了一口吐司，淡淡地扯了下嘴角。

这次不过两三分钟时间，于清就已经从里头出来。她换了简单的T恤、牛仔裤，一边着急地往外跑，一边为自己争取面子般嘟囔道："哪里胖了啊……"

温梓新提醒道："注意安全，还有早点回来。"

"知道了！"于清一边弯腰穿鞋，一边道，"对了，你下午有时间的话，就去附近的超市买点蔬菜和肉，想吃什么买什么，晚上我回来做！"

温梓新站起身，开始收拾碗筷："好。"

"还有，五点的时候，你顺便煮点饭。"于清背上包，"煮一碗多一点就行，就是淘一下米，然后适量放点水。"

可能是实在没时间说完了，于清的语气开始暴躁："你总不能连饭都不会煮吧……我走了啊。"

他嘴里的"好"还没应出声，于清已经打开门走了出去。

温梓新莫名觉得有点好笑，在原地听着她的脚步声完全消失后，才起身把碗筷端进厨房内。收拾干净后，他走出厨房，突然用余光注意到玄关的门没关上。

估计是于清走得太急，没关紧。

温梓新走了过去。

窗外刮来一阵风，让原本只露出一条缝隙的门敞得更开。从这个角度，温梓新看到对面的门慢慢打开了，然后从里面走出了一个男人。

想起于清刚刚说的话，温梓新下意识往那人脸上扫了一眼。

温梓新没怎么出过门，所以于清对面之前住了什么人，他也不太清楚。邻居是什么样的人，对于他来说，也只是一件无关紧要的事情。

温梓新正想把门关上，却发现对面的那个男人并不是要下楼，而是快步走到于清家门口，伸手抵住门，将半个身子挤进来，露出一个笑容。

瞥见他略显稚嫩的脸，温梓新才发觉，与其说这是个男人，还不如说是一个少年。

少年差不多矮了他一个头，脸上虽带着笑，但眼里带有的敌意半点都没有掩饰。

温梓新皱眉："小朋友，不要随便进别人家里。"

小……小朋友？

这三个字从情敌口中说出来，简直是晴天霹雳。

向景时原本已经做好了充足的心理准备，谁知，所有气势被温梓新这话冲得烟消云散。他瞪大眼，气急败坏地说："你在说什么胡话？"

温梓新的表情没多大变化。

向景时更生气了："你赶紧给我收回你的话！什么小朋友？！我成年了！"

闻言，温梓新由上至下扫了他一眼，而后点点头，神态有些敷衍，似乎不太相信他的话。随即，温梓新抬手握住向景时的领子，没使什么劲儿就将他推了出去。

向景时毫无防备，整个人向后倒，摔到了地上。他难以置信地抬眼，看着已经合上了的门。

地上铺着瓷砖，向景时没觉得有太大的痛感，但这样一个让他来不及反抗的动作，让他觉得受到了极大的侮辱。

向景时立刻起身，重重拍打着门，咬牙切齿道："我都还没动手，你居然还敢打我？我给你三秒的时间，赶紧开门。不开的话我就找人揍你！我告诉你，我爸可是……"

话还没说完，门再次打开。

向景时的火气顺势消了大半，勾起嘴角，冷笑道："我这还没说什么呢，你就怕了？怕了，你就赶紧跟……"

"我没有动手，我只是把你从我家里请出去。"温梓新平静地打断向景时的话，又道，"还有，别逃课，好好学习。"

温梓新摆出一副教育他的长辈姿态。

向景时想象过这个情敌的无数个模样，却从未想过，他会完全不把自己当回事，极为轻视自己的存在。

他正想反驳，门已经被关上了。

向景时是头一回被人气成这样，甚至找不到任何反击的空隙。他调整呼吸，半晌后才很不爽地说："傻子，今天周日，我为什么要上课？"

门内毫无动静。

向景时忍不住踹了下门，但因为没控制住力道，反而踢得自己的脚痛。他吃痛地叫了一声，然后弯腰抱着那只脚，眼眶顺势红了："早知道不踢了……痛死我了。"

他一瘸一拐地走回自己家，嘟囔着："我一定要想个万无一失、十全十美的方法，把你气得直接断气……"

此时此刻，温梓新毫不关心他的举动。

他回到了沙发旁，盯着茶几上的电话，一动不动，似乎待在这个房子里，除了等待这件事情，他没有别的事情可以做。

虽然于清早上说的是，让他饿了自己弄点吃的，但到吃饭时间了，她还是给他点了一份外卖。

听到门铃响了，温梓新开门拿了外卖，跟外卖员说了一声"谢谢"，顺带注意到对门开了道小小的缝隙。

此时刚刚那个男生正偷偷摸摸地观察着他这边。

温梓新的眉心动了动，盯着那个男生看了两秒，而后关上了门。他将外卖放到餐桌上，又在原地思考片刻，很快便转身走回玄关。

他打开门。

外卖员已经走了，对面的门还未彻底关上。

也许是听到了动静，在温梓新看过去的同时，那头立刻重重合上门。声音很大，仿佛用这种方式告诉他——

我无时无刻不在关注你。

温梓新疑惑地走过去，按了门铃，但里面的人没有任何反应。他站在原地，干脆单刀直入："你有什么事儿？"

里头仍没有任何回应。

他总觉得这人的情绪和反应有些熟悉，像是之前于清参演的剧里一个暗恋女主的小男孩，但他从来没见过这个人。

温梓新放下按门铃的手，迟疑地说："你这个年纪，还是好好学习比较好。"

三秒后，门开了，露出向景时带了点火气的脸："你是不是在挑衅我？我是什么年纪？我已经成年了！我现在想做什么就做什么！"

温梓新站在原地，表情很淡，像是在看一个闹脾气的小孩儿。

等他说完了，温梓新才平静地开口："嗯，但我希望你不要打扰我的生活。"

向景时嚷嚷道："凭什么？"

他不打扰的话，那他搬来这儿还有什么用处？

"凭什么？"温梓新顿了一下，斟酌了一下用词，"没有凭什么，我只是觉得你不必做无用功。我不喜欢同性，而且我已经有喜欢的人了。"

向景时以为自己听错了："什么？"

温梓新颔首："希望你能听进去。"

他说，他不喜欢同性。

他是男的，所以他的意思是，他不喜欢男的。并且，这男的还说了让他不必做无用功。

意思就是，他不喜欢……

等向景时反应过来了，温梓新已经转头回家了。

向景时立刻大步往温梓新的方向走，刚好撞上被他关上的门。他下意识捂住鼻子，眼眶再度泛红，眼泪都在打转。

但在这个瞬间，这疼痛完全不值一提。向景时深吸了口气，用力拍门，声音极为恼怒："你是不是脑子有点问题？我也不喜欢同性好吗？！我做什么无用功？！"

温梓新没理他。

向景时觉得自己要在今天发完这辈子的火。他知道自己这个模样会让对方得意，但还是完全冷静不下来，砸门的力道更重了。

"来，出来说清楚，你是怎么想的？你觉得我喜欢你？"

这动静声太大，还惹得楼上的住户隔着防盗门在看热闹。

很快，温梓新又开了门。他余光瞟到其他邻居的目光，表情终于变得有些难看，也并不想跟向景时纠缠："那就不是吧。"

这个语气，与其说这是赞同他的话，不如说是在他的纠缠下，勉强地顺着他想要的答案来说。

向景时气极反笑，咬牙切齿道："看来我今天是真遇到了个对手。"

温梓新否认："我没有要跟你战斗的意思。"

说着，他突然注意到向景时眼中的泪水，表情一僵："你先控制一下你的情绪，我并没有说太过分的话。"

听到这话，向景时这才意识到。

刚刚他撞到鼻子时不受控制冒起来的眼泪，因为没有及时擦掉，在不知不觉间已经流了出来。此时他的模样，看起来分明就像是——他被温梓新拒绝了正在痛哭流涕。

向景时抬头看向楼上的邻居——两个年纪不大的女生神情有些激动，看上去像是围观了很久，看着他的眼神也充满了同情，撞上他的视线时，瞬间关上了里边的木门。

温梓新也已经回到房子里。

向景时觉得格外丢脸，完全没有继续待在这儿的勇气，甚至有种自己已经洗不清的绝望感。他用手背蹭掉脸上的泪，走回了房里。

这下向景时是真的有想要哭的冲动了。

他吸了吸鼻子，打开水龙头把脸洗干净。

过了很长一段时间，向景时才恢复了一些精神。

不行！绝对不能就这么被打败！他一定要报仇！

五点一到，温梓新到厨房煮了点饭，随后换了身衣服，从于清的包里翻了点钱，拿上鞋柜上的钥匙便出了门。

与此同时，于清也坐上了回家的公交车。

不知道温梓新煮饭了没……

想着这事儿，于清翻出手机，打了通电话回家，但那头没接。她眨了眨眼，忽地想起自己还让他出门买菜的事情。

于清弯了弯嘴角，他还挺听话。

可能是因为还没到下班高峰期，于清回家的一路都很顺畅，没有堵车。没到半小时她便到了站。她往家里的方向走时脚步渐渐加快，心情莫名很好。

附近的夜市陆陆续续摆起摊位，店铺前的霓虹灯亮起，灯火通明。街道上纷纷攘攘，异常热闹。

这是这些年来，于清看到这样的场景时，头一回浮起来的情绪不是孤独，而是觉得自己融入了这样的气氛当中。

家里也有人在等着她。

尽管这样的感觉很好，又会让她患得患失。

可在此刻，于清是真切地觉得，所有的事情都在往好的方向发展。

她走进小区，走向自己住的那栋楼，打开楼下的门，一步一步往楼上走去。楼梯间的灯是声控的，每当她走近，听到声音的灯盏便猛地亮起。

于清心情大好，莫名其妙地就有了一个想法，这灯像是在迎接她的归来。

于清住在五楼。在她走到四楼的楼梯间时，灯却没有亮起，她疑惑地抬了眼，在这样黑而安静的环境下，她能很清晰地听到自己心脏的跳动声以及……另一个人若有若无的呼吸声。

这样的黑暗让她原本愉快的心情变得有些压抑。

于清莫名觉得不安，她捏了捏衣服下摆，而后抬脚重重踩了一下地板。

这次，四楼的灯如她所想般亮起。

于清呼吸一松，正想继续往上走，却突然看到通往五楼的楼梯间处，此时有个男人背对着她站在那儿，背影高而瘦削。

他瘦得几近病态，身着一条宽松的休闲裤，却还是能看出腿如竹竿般细长。灯光一亮，男人抬脚继续往上走。走动时，裤子仿佛空荡荡的。在这样的氛围下，增添了一丝诡异而悚人的感觉。

于清的呼吸停滞，忍不住向后退了一步。

像是感觉到了什么，男人停下了脚步，缓缓转头看向于清。

男人背对着五楼的灯，因为阴影看不清他上半张脸。于清只能看到，他那微微勾起的嘴唇，苍白而又阴森。

这个笑容让她倏地松了一口气，随即涌来的便是强烈的不耐。

她站在原地一动不动，手指焦虑地捏在一团：“你来这里干什么？”

闻声，男人转身往下走。

四楼的灯光照在他的脸上，似乎觉得额前的碎发可以遮挡自己的视线，男人将刘海向后一捋，整张脸都露了出来。

男人生得俊秀，肤色白得晃眼，像是一直生活在暗处，从未见过阳光。

“我来找阿时。”他走到于清面前的那层台阶，微微弯腰凑近她，温声说，“清清姐，你怎么也在这里？”

于清注意到，他似乎憔悴了不少，眼窝深陷，周围一片青灰色，眼里布满了红色的血丝，给人一种一推就倒的感觉。

听到他前面那句话，她一愣：“向景时住这里？”

男人点头，又走下一层台阶，手刚抬起就被她猛地拍掉。

于清看着他，一字一句道：“别碰我。”

想到向景时，于清眼中的不耐更甚。她侧身从男人旁边的空位走了上去，而后道：“梁彻，你不要再来了。”

闻言，梁彻的眼里闪过一道光芒，像要嗜血一般。他盯着于清的背影，唇边的笑容越发灿烂。

“如果我不呢？”

这话让于清的步伐稍微一顿，但很快她继续往上走，直到走到五楼的楼梯间才转过身：“我不想见到你。”

“所以……”她看着他，语气认真，像是命令，又像是恳求，“不管你是来找谁，你都不要再来了。”

于清用钥匙打开门。

房里空无一人，灯却亮着。木门上贴了张便利贴，上面写着一行字。

——出门买菜。

署名处画了一个五角星。

于清伸手把它扯下，紧绷的心情放松下来。她用指尖抚着上面的星星，眉眼变得柔和起来，自言自语般地说了句："这星星是什么啊，他给自己弄的昵称吗？"

她也没太在意这件事情，把便利贴揣进兜里。

于清坐到沙发上，倒了一杯水，一口气灌下。随后，她向后一倒，整个人躺在沙发上，看着天花板上明晃晃的灯，渐渐失了神，陷入了过往的回忆当中。

十六岁那年，是于清觉得最昏暗的一年。

那一年，她失去了父亲，还没在这悲痛中度过，母亲就选择改嫁。那个时候，距离父亲离开仅仅过了半年。

但是她又能说什么呢？

因为痛的人不只她一个，还有她的母亲。

她的母亲同样失去了相伴了十多年的丈夫。

因此，于清只在母亲第一次提起继父的时候发了火。从那以后，她为了顾虑母亲的情绪，每次都装作一副无所谓的样子。

可她的母亲，却说了那样一句话。

"让我考虑一下。"

想起这个，于清的眼眶慢慢变红。还未等她再陷入更深的回忆，玄关忽地响起门锁打开的声音，她所有的情绪都顺着这声音被打断。

于清坐了起来，往沙发的边缘蹭："回来啦？"

温梓新脱掉鞋子，点点头。

"你买了什么呀？"于清支着下巴，笑眼弯弯，"你算得还挺准，我回来还没多久，你就回来了。"

温梓新拿起袋子看了一眼："我不太清楚这些的名字。"

于清站了起来："行，那你坐着看会儿电视吧，我去煮饭。"

温梓新侧头，强调：“我煮饭了。”

于清才想起这茬，套上拖鞋往厨房走：“我去看看你煮的饭。”

看着显示“保温”的电饭煲，于清打开盖子，往里头瞅了一眼，除了水加得有点多，其他都还算正常。

她放下了心，回头说了一句：“你下次放少点水就行。”

温梓新跟在她身后，把手里的袋子拿了进来，应道：“好。”

于清接过袋子，打开看了看，里面有两个茄子，一颗娃娃菜，六个鸡翅膀，还有一个水瓜。别的材料家里都还有剩。

两个人吃应该够了。

于清回头看向温梓新，随口说了一句：“你买的菜我都挺喜欢吃的，看来我们的口味差不多。”

“嗯。”温梓新站在她的旁边，主动说，“我来帮你吧。”

厨房空间不大，但容纳两人也不显得拥挤。

于清也不知道要让他干点什么好，干脆把娃娃菜递给他：“你洗这个吧，把菜叶一片片撕开，然后用水洗三次。”

温梓新：“好。”

于清拿起水瓜开始削皮。

她的动作很快，没一会儿就把水瓜的皮削干净了，动作看起来格外娴熟，完事后，她又从袋子里拿出茄子。

温梓新的余光看到于清的举动，嘴唇抿了起来，完全没了洗菜的心情。他忽地伸手，握住于清拿着刀的手：“我来削吧。”

于清愣了一下，转头看向他，说：“这刀很锋利的，我怕你弄到手。”

“那你呢？”

“你在关心我啊？”于清笑了，“没事儿，我又不是第一次做这事儿，不会弄到手的。”

温梓新还是摇了摇头，重复道：“我来吧。”

他看上去很坚持，于清也没再三拒绝。

她犹豫地把刀柄放到温梓新的手中，有些不放心地说：“你确定吗？你知道怎么削吗？”

“我知道。”

“那你慢慢来，不要弄到手了。”

温梓新认真应了一声，慢条斯理地用刀锋将茄子皮削下。这是他第一次做这样的事情，虽然动作很慢，但还是因为不熟练把食指划出了一道伤口。

于清虽然在旁边洗菜，但是大部分的注意力还是放在温梓新身上。

就算他没有发出任何声音，她还是立刻察觉到了他的动静。

于清立马扔下手里的东西，抓住他的手放到水龙头下冲洗，声音像是冒了火：“你不会就不会，干吗非得说自己会？现在受伤了吧？你觉得好玩——”

她的话还没说完，就看到了一件非常难以置信的事情——

温梓新的伤口在以肉眼可见的速度愈合。

于清无法相信自己的眼睛，她用力眨了眨眼，而后松开手，呆呆地看向他，似是陷入震惊中无法挣脱。过了良久，她才轻声问：“你怎么回事儿？”

温梓新的身体紧绷着，表情也不如平时那般自然。

于清又问了一遍：“你的伤口呢？”

温梓新喉结动了动，哑着嗓子说：“我没有受伤。”

于清垂下眼：“是我看错了？”

他沉默了好几秒，才很轻地应了一声：“嗯。”

于清看着茄子上的血迹，又抬眸，像是不认识他那般。她的眼里带了丝警惕，向后退了几步，声音发颤：“你确定吗？”

她的反应让温梓新连靠近她的勇气都没有，只得艰难地喊道：

“于清。”

“你……”他的声音低不可闻，仿佛带了恳求，“不要怕我。”

自始至终，从头到尾，他都不曾有过伤害她的念头。他想保护她，不让任何人伤害她，想像现在这个样子，跟她永远在一起。

可是他本身的存在，就是会令所有人都感到奇怪。

看到他这个样子，于清忽然觉得很不好受。她动了动唇，想说点什么，却又不知道该说点什么。她的脚像是灌了铅，没有向他走去的力气。

两人隔着两米左右的距离。

温梓新自嘲般地笑了一下，眼神黯了下来，缓慢地走到她的面前。他抬起手，轻抚着于清的脸，察觉到她身体的僵硬，他低声说：“没关系。”

于清怔怔地看着他，似乎有什么东西在破茧而出。可下一刻，她的眼睛瞪大了些，随即便失了神采。

他的声音温柔到像是要碎裂。

“马上就不怕了。”

不知过了多久。

于清恢复了神志，她疑惑地皱了皱眉，重新走到水池旁，关掉水龙头，依然偷偷摸摸地用余光盯着温梓新削皮。

看到他动作虽然不娴熟，但削完一个都没有受伤，便放心了。

于清哼着歌，愉快地把鸡翅膀翻出来洗干净。她完全没注意到，因为她的凑近，下意识往远离她的方向退了一步的温梓新。

不知是害怕她的碰触，抑或是害怕——她会害怕与他的碰触。

这点东西也不需要花费太多时间，不到半小时，于清就把所有的菜都做好了。她让温梓新把汤端出去，又装了两碗饭，道：

“这么一想，我好像也很久没做饭了，一般都吃外卖，或者直接在外面买。”

两人坐了下来。

温梓新问：“为什么？”

于清：“因为方便呀，省时又省力，而且买个吃的也不贵，就几块钱。我要是特地做一顿饭，又要去买菜，又要做，还要洗锅洗碗，一般都吃不完，还得留着第二天吃。”

“那我折腾这个劲儿做什么？”于清吃了一口饭，含糊不清地说：“反正我也就一个人。”

闻言，温梓新的眼睫动了动。他看向她，很快又垂下眼，一句话也没有说。

于清没注意到，继续道：“不过我的厨艺还挺好的。”

温梓新应道：“嗯，挺好吃的。”

于清眼角弯了弯，给他夹了一块鸡翅：“那你多吃点呀！这段时间不是给你吃外卖就是泡面，我都有点儿不好意思了。”

温梓新：“挺好吃的。”

这话给了于清十足的动力，自顾自地说：“那如果明天不忙的话，我还是回来煮饭吧。”

温梓新没有吭声，慢条斯理地吃着饭。

于清继续说了一连串话，半晌后，才后知后觉地察觉到温梓新的不对劲。她犹疑地看他，声音放轻了些：“你心情不好呀？”

她怎么记得他买完菜回来时还好好的，怎么跟她一块做个饭就变成了现在这个模样。

虽然他平时话也很少，但也不会像现在这样，每个字都像是硬挤出来的。

于清绞尽脑汁回忆着。

她刚刚好像也没对他说什么不好的话吧，应该也没有发脾气，两人之间一直都是十分和谐的。而且他没有手机，没有跟外界联络，应该也不可能是中途看到别人跟他说了什么而感到不开心。

还是说，其实他一直都心情不好，只是她一直没发现?

温梓新抬头，沉默两秒，而后摇了摇头。

于清放下筷子，又问："那今天有什么事情吗？"

温梓新思考了下，诚实说："我今天开门拿外卖的时候，发现对面搬来的那个人在偷看我。我后来就跟他说了几句，他被我弄哭了。"

于清蒙了："男的女的？"

"男的。"温梓新神色淡淡，"年纪看起来不大。"

"不大是多大？"

"像个高中生。"

"那他为什么偷看你？"

"不清楚。"

"他不会……"盯着温梓新好看得过分的侧脸，于清吞了吞口水，给出了个猜测，"喜欢你吧？"

温梓新没回答。

不知怎的，于清的心情莫名变得有些不痛快。她也沉默下来，很快就拿起筷子，嘀咕了句："我可跟你说好了，你要是想在我这儿住，就别拈花惹草的。"

"男的也不行。"

温梓新摇头："我没有。"

两人对视几秒，于清主动挪开视线，心情好了一些："所以，你是因为这事儿心情不好？"

温梓新："嗯。"

"别管那人了，我看你也说不出什么过分的话。"于清脑补了下那个画面，安慰道，"对方哭，估计也只是因为觉得被拒绝了，感到伤心。”

“但你如果不喜欢还优柔寡断，这个行为其实更令人不齿。”

说到这个，于清突然想起梁彻跟她说的话：“对了，我刚刚在楼道里遇到梁彻了，他跟我说，他来找向景时……”

这两个名字让温梓新有些茫然。

于清知道他不认识，主动解释：“梁彻是我继父的儿子，然后向景时是我昨天跟你说的，我遇到的很讨厌的那个人。”

温梓新一愣：“他住在这儿吗？”

“我也不知道。”于清也觉得奇怪：“我在这都住了两年，从来没有见过他呀。我之前是不知道他长什么样，但昨天见过他了，也对他那张脸一点印象都没有。”

他给出了个猜测：“是不是刚搬来？”

于清咀嚼饭的动作停住，直接一口咽下：“所以，我们对面新搬来的那个人……不会是他吧……”

温梓新认真想了想：“有这个可能性。”

于清瞬间没胃口了，她真的搞不懂向景时搬过来住的原因。想到他就在附近，她就觉得浑身上下都不舒服。

“算了，不管了。”于清不想再提这事儿了，扯开话题，“我刚刚倒水的时候，看到水壶都是满的，你今天没喝水吗？”

“没有。”

闻言，于清皱眉，像训小孩似的，道：“你一天不喝水不渴吗？我没这么黑心，这水不收你钱，你可以放心喝。”

温梓新迟疑地说：“你没让我喝水。”

于清哭笑不得，又有点儿担心：“你是不是生病了啊？水也不喝，然后我看你今天也没怎么吃，你不舒服吗？”

他抿了抿唇，不太明白：“怎样才是不舒服？”

“这要我怎么形容？”于清忍不住笑，抬手摸了摸他的额头：

“就是觉得不对劲儿，跟平时不一样，不想吃东西不想动，感觉很难受，还会很不开心。”

因为她突如其来的触碰，温梓新的身体僵了一下。他没反抗，盯着于清近在咫尺的脸：“那……我应该是。”

于清自顾自地说着：“好像没发烧呀。”

温梓新慢慢地把话说完，声音低哑：“不舒服。”

“真的啊？”于清立刻站了起来，到茶几旁给他倒了一杯温水：“你先喝杯水，具体哪儿不舒服啊？要不要上医院？”

温梓新扯了一下嘴角：“我休息一下就好。”

于清还是有些不放心：“那你要是实在受不了了，一定要跟我说。”

看着她还带着担忧的眼，温梓新内心那股极为无力的感觉，终于压了下去。他的眉眼舒展了一些，点头：“好。”

“是不是因为每天闷在家里啊？”于清坐回位置，叹息道：“但你证件还没办好，想找个事儿做也不太方便。”

“你也别着急。”于清说，“反正我这房间之前也一直没用，你吃东西什么的也花不上什么钱，等你以后有条件了再还我就行，我不会赶你走的。”

温梓新笑：“谢谢。”

于清继续吃饭，又想起刚刚的事情，她说：“我刚刚没反应过来，如果是像我猜测的那样，今天偷看你的那个人难道是向景时吗？”

“我不知道。”

于清的表情有些古怪，嘀咕道：“难道他男女通吃吗……”

温梓新没听清：“什么？”

“没什么。”于清生硬地结束了这个话题，往温梓新的碗里夹着菜，胡乱地说着：“吃多点，身体才会有抵抗力，才不会生病，才能长高点。”

听到这话，温梓新在心里算了一下，道：“我现在应该有一米八六……”

于清也觉得自己后面加的那句话有点多余，正想改口，又听到温梓新补了一句：“你觉得还不算高吗？那我长到两米？”

于清：“……”

“三米也行。”

于清无奈道：“你是不是有点异想天开，你怎么不干脆长电线杆那么高。”

“异想天开？”温梓新自言自语般地重复了一遍，而后缓慢地凑近她，话里带着近似蛊惑的意味：“我应该没有吧。”

这个距离，让于清拿着筷子的力道不由自主地收紧。

他的眼眸漆黑，被不知名的情绪染上，而后向下滑，停在了她的嘴唇上。

“你要不要试试？”

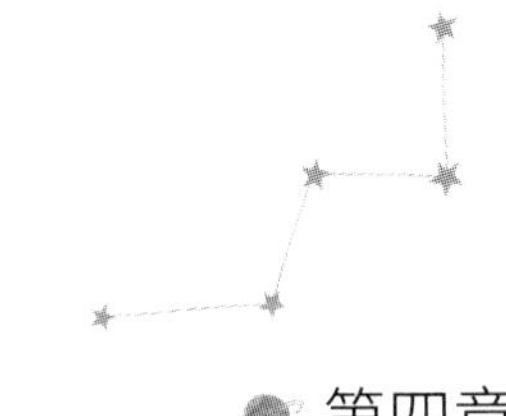

第四章

一闪一闪亮晶晶

吃过饭，于清一直记挂着温梓新说的不舒服，她把碗筷收拾干净，就催促着温梓新赶紧洗澡，然后去睡觉。

等他一切都做好了，于清才躺到床上酝酿睡意。

迷迷糊糊之际，她忽然想起了温梓新的那句话，瞬间清醒过来。她坐了起来，后知后觉般反应过来。

她刚刚是不是被温梓新调戏了？

于清呆呆地坐了好一会儿，猛地用被子捂住脸，整张脸都烧了起来。

因为这个想法，于清胡思乱想了一整个晚上，翻来覆去都没睡着。隔天一大早，她爬了起来洗漱，打算出门买点早餐。

她从厕所出来的同时，温梓新也从房间里出来：“怎么这么早起？”

于清别开眼，不太自然地说：“嗯……想出去买个早餐。”

温梓新垂头：“那你等等，我跟你一块去。”

“那你快点。”

看着温梓新进了厕所，于清在原地站了一会儿，想鼓起勇气问一下他昨天那句话的意图。

是单纯地开个玩笑，还是有别的什么原因。

可很快，于清就泄了气。

算了，按他脑袋里的想法，应该也不会是什么暧昧的原因，问了还尴尬。

于清觉得自己现在这种情绪，是一个很不好的兆头。

她认识这个人并没有多长的时间，但在这期间，她的情绪似乎都绕着这个人转，被这个人的任意一个举动摆布，像是要被他嵌入自己的世界。

于清对这样的感觉感到恐慌，一副心事重重的样子，也不像平时那样主动说话。

等温梓新洗漱完了，两人拿上钥匙便准备出门。

于清推开门，身后的温梓新可能是察觉到了她的情绪，问道：“你怎么了？”

于清没来得及回答，就注意到对门有个男生走了出来。他身着一件米色斑点T恤、黑色休闲裤，嘴里还含着一根棒棒糖。

男生似乎没料到他们会出来，一时也愣住了，他讷讷道：“清清姐……”

昨天的猜测已经给了于清心理准备，所以此时看到向景时，她也没太惊讶。她抿着唇，觉得心情更差了，像没听见一样继续往前走。

看到站在于清后面的温梓新，向景时昨天的火气再度被点燃：“喂，你没乱说什么吧？”

温梓新还挺礼貌，回了句：“没有。”

向景时这才松了一口气，恐吓道：“你要是敢乱说，我立刻找人揍你。”

于清原本完全不想搭理这个人，但听到他这么欺负温梓新，她的火气也上来了。她立刻把温梓新扯到自己的身后，看着向景时：“我觉得我之前已经跟你说得很清楚了。”

向景时解释：“我……”

“我不管你是因为什么搬到这儿来的，总之，我不想跟你有任何交集。”于清打断他的话，认真说：“他也对你没有任何兴趣，所以，麻烦你不要主动跟我们说话。”

他也？

他是谁？

向景时觉得这话不太对劲儿，正想说点什么，就见于清深吸了一口气，一字一句地把话说完：“也不要骚扰他。”

向景时的表情僵硬地看向温梓新，气极反笑：“这就是你说的没乱说？”

温梓新仍没什么表情，话里没带一点儿心虚：“嗯。”

向景时觉得自己下一秒就要炸了，指着于清，说：“那她怎么会说这样的话？我骚扰你？我骚扰你做什么？！”

“昨天我让你不要打扰我的生活。”温梓新想了想，“你给我的回答是‘凭什么’。”

于清的语气更加不好了：“他还跟你说了这种话？”

向景时下意识道：“那是因为……”

他用余光瞥见于清的表情，立刻把剩下的话咽了回去，干巴巴地道：“反正不是你们理解的那个意思。”

可这反应在于清眼里等同于心虚，她扯着温梓新继续往前走，神色防备：“别理他，他要敢怎样，我们就报警。”

敢怎样？

什么怎样？他能怎样？怎么就报警了？

向景时瞪大眼，想追上去解释，又因于清的态度不敢上前。他有一种极为憋屈的感觉，目光不经意瞥向温梓新。

男人的视线低垂，定在于清抓住自己手腕的手上，嘴唇浅浅上扬。可能是注意到了向景时的目光，温梓新抬起头，看向向景时，笑意一敛，眼神也淡了下来。

温梓新像是要让向景时明白，在这个过程中，他才是胜利者。

向景时总算反应过来，这人肯定知道于清是自己喜欢的人，现在只是通过这种手段，解决掉他这么一个竞争对手。

让情敌变为追求对象，真是极为无耻的行为。

他完全没了出门的心情，憋着股气回到了房里。此时里边还有另外一人，刚从厕所里出来，笑着问："你这么早干什么去？"

向景时看了他一眼，很不爽地说："你要在我这儿住多久？赶紧回去吧，我不习惯跟别人一起住。"

"一会儿就走。"梁彻生得极瘦，双颊凹陷，显得格外虚弱，"怎么了？看起来心情这么不好。"

向景时窝到沙发里，双脚搭在茶几上，翻出手机开始打游戏："关你什么事？"

梁彻脸上的笑意未减："你冲我发什么火？"

向景时嘴里还含着棒棒糖，神色不耐："我之前是把你当成未来的小舅子，这才对你态度好些，现在你姐有男朋友了，我也不用再给你什么好脸色。"

这话一出，梁彻的眸色沉了下来："男朋友？"

他的语气让向景时愣了一下，而后笑了，吊儿郎当道："怎么？你不知道啊？"

"看来你们俩关系确实不太好。"向景时垂眸，手指在屏幕上飞速滑动着，声音带了点嘲讽，“他们都住一块了。”

梁彻没说话，走到阳台的位置，随之摘下了脸上的面具，嘴边惯带的笑意在此刻消失得无影无踪，神色阴郁。

从这个角度，能看到小区门口处的于清，还有她身旁一个高瘦的男人。

“才从我身边离开多久……”梁彻眯起双眼，笑出了声，喃喃地吐出了几个字，“怎么就有别的男人了呢。”

于清一边走一边跟温梓新吐槽向景时，直到走到早餐店的位置，她才意识到自己一直抓着他的手腕。

她立刻顿住，不动声色地松开手，装作摸手机的样子。

温梓新看上去也没太注意这个变化，只是站在她旁边，像往常一样，也没几句话。

于清抿了抿唇，头皮发麻。

她刚刚那个行为是不是有点儿过于亲密了？怎么就拉起手来了！而且这人怎么看上去一点儿反应都没有？像是这个行为再正常不过。

他不会就是这种人吧？

一个到处撒网的中央空调。

于清瞅着他，忽然问：“你想吃什么？”

“你呢？”是她意料之内的回答。

“那就这家吧。”说着，于清深吸了一口气，硬着头皮再次抓住温梓新的手腕，抬脚往里走。

店里头的人并不少。两人进了门，直接坐在靠门的位置。于清松开他的手腕，总觉得自己的手心出了汗，不由自主地往裤子上蹭了蹭。

温梓新坐在她对面，此时正低头看着菜单。

于清憋不住般喊：“喂。”

他抬头，眼里带了询问：“怎么了？”

“我……我刚刚……牵了你呢。”于清觉得有些尴尬，低下头装作要喝水，避开他的视线，“你怎么都不说点什么？”

温梓新：“啊？”

这反应像不知道该说什么，才憋出的一个极为敷衍的语气词。于清用力抿了抿唇，觉得有点儿难堪：“你就这反应？”

“你生气了吗？”注意到于清的情绪，温梓新的表情茫然，侧头思考了一下，“没关系，你想碰我哪儿都行。”

闻言，于清怔了怔。

在这短短的一瞬间，她的整张脸，包括耳朵和脖子都烧了起来，以致于直接站起来，椅子后拉，带出很大的声音。

她觉得脑子都是空白的，磕磕绊绊道：“你在胡……胡说八道什么！”

温梓新不知道她为什么这么大反应，只是伸手去拉她：“没胡说。”

由于这动静不小，周围有人好奇地看了过来。

于清只好坐回去。她强装镇定，没再继续刚刚的话题，随便点了点东西，又开始提起向景时：“你以后再遇到向景时的话，不用搭理他。”

温梓新点头：“好。”

“你就躲得远远的。”于清说，“这个人肯定是变态，咱惹不起还躲不起吗？”

温梓新：“嗯。”

“我也不知道他还要在这里住多长时间。”于清胡乱地扯着话，总觉得一旦安静下来，气氛就会变得很尴尬，“反正就当他是空气就好了。”

温梓新安安静静地盯着她，又应了一声：“好。”

结果两人之间还是安静了下来。

于清跟温梓新聊天根本聊不起来，除了“嗯”就是“啊”，再不然就是“好”，像不会说话一样。

一股无名火莫名在她心里涌了起来。

于清觉得自己现在极为可笑，自顾自地在这儿烦恼半天，可烦恼的源头一点事儿都没有，仍然过得快乐无比。

她想就这样一直保持沉默，可温梓新又能迅速地察觉到，然后问：“你不开心吗？”

于清立刻否认：“没有。”

“那你怎么不说话了？”

于清嘀咕：“难道我平时都像个机关枪一样讲不停吗？”

温梓新点头。

于清恼羞成怒道：“那机关枪也要休息的好吗！”

他了然般地说：“那你休息。”

这个时候，服务员把菜上了上来。

温梓新习惯性地把大部分菜挪到于清那边，而后推过自己的那一份粥，慢条斯理地喝了起来。

看着他的行为，于清突然有点儿愧疚。

她今天确实太不正常了，明明他一直以来都是这个样子，没有什么变化，对她也没有什么超乎其他的感情，可她像是硬要他有什么回应一样，甚至发起了脾气，而他的脾气又极为好，能完全接受她这些负面情绪。

这让她有一种在欺负他的感觉。

于清呼出一口气，缓和气氛般地开玩笑道：“说起来，如果向景时真是对你一见钟情，他看我跟你住在一起，会不会觉得我是情敌呀？估计他肯定会理解成咱俩是在同居。”

温梓新抬眼，语速很慢：“情敌？”

“这也要我给你解释啊？”于清笑了起来，“就是两个人同时喜欢某一个人。”

“喜欢同一个人？”温梓新说，“会的。”

“什么。”

“会觉得是情敌。”

于清古怪地看他，强调了一句：“怕你误会，我还是得说一句，实际上并没有。”

温梓新舔了舔嘴角，居然反驳了她的话：“有的。”

于清被这意料之外的答复气乐了。

“什么啊，没有！”

他的嘴唇动了动，看起来还想说话，却因她的神色不敢再开口。于是温梓新垂眼，轻轻地说了一句：“会觉得我是。”

之后的一段时间，不知是因为自己抱了别的心思，还是什么别的缘由，于清总觉得他们的相处方式更像是不怎么做亲密举动的情侣。

头一回对其他人有这样的情感，于清极为不知所措。她想戳破这样的屏障，却又怕并不是她所想的那样。

到那时候又该怎么办，他们没法再这样相处下去，而他也没有其他可以去的地方。

于清忧愁地叹了一口气，旁边的温梓新注意到了，问道：“怎么叹气了？”

“没什么。”今天她收工晚了，温梓新便提出过来接她。她又叹了一口气，敷衍道：“就是想叹气。”

两人下了车，不知不觉间走到附近的一个广场。

这个时间点出来溜达的人并不少，有坐在椅子上聊天的大爷，有在中央空地上玩闹的小孩，还有整齐排在一边跳广场舞的阿姨，另一边有一个流浪歌手拿着麦克风在唱歌。他的长相普通，声音倒是格外有特色，沙哑而沉稳，十分悦耳，带着感染力，周边也因此聚了不少人。

于清不着急回去，干脆带着温梓新凑过去听。

没几分钟，歌手便结束了一曲。他有些疲惫地清了清嗓子，喝了口水，随即道："有人有兴趣上来献唱一首吗？"

全场没动静。

可能是习惯了这种场景，歌手看上去也不尴尬，他憨厚地笑了笑："没有吗？上来唱歌的会送一个小礼物。"

依然没动静。

过了几秒，于清用余光注意到，站在她旁边的温梓新突然举起了手。

"有礼物？"温梓新问。

歌手一愣，笑道："有的，但不是什么贵东西。"

于清瞪大眼，抓着他的胳膊，压低声音说："你真要上去唱啊？你怎么突然想要礼物了……"

他笑了笑，温和道："你等我一下。"

其余人的目光都顺着这话看向了温梓新，不远处还有两个女生在议论他的长相。

"好帅……"

"是不是哪个明星啊？"

"应该不是吧，这么帅的我不可能没印象。"

温梓新走到歌手旁边，接过他手中的麦克风，思考着自己唯一会的歌，而后贴近歌手的耳侧，吐了三个字。

歌手看上去有些意外，但很快就比了个"OK（好）"的手势。

温梓新回忆歌词，便张口唱了起来，旁边的歌手用吉他给他伴奏。

“一闪一闪亮晶晶，满天都是小星星。”

……

儿歌吗？

为什么她总觉得这个画面有点熟悉。

于清还站在原来的位置，直直地看着他。他的目光未动，认真地回望她。

此刻，周遭所有的声音都像是与她断开了，变得遥远，世界只剩下他们两人，再无其他。

温梓新因为声线好，而且唱在了调子上，再加上相貌好，这歌声就犹如天籁似的，格外吸引人。

围观的人越来越多。

很快，温梓新唱到了下一段。

“一闪一闪亮晶晶——”

唱到这儿时，他突然停了一下，眉眼柔和下来。

“满天都是小清清……”

……

于清的表情一顿，心脏莫名有点刺疼。

她不知道自己是不是听错了，想等到下一段再听一遍时，温梓新已经唱完最后一句，把麦克风还给了歌手。

随后，歌手给温梓新送了一个小吊坠：“谢谢这位小帅哥的演唱，给，这是送的小礼物，还有朋友想唱一首吗？”

有了温梓新这个开头，之后的人都积极起来，人群另一侧就有个女生举了手。

温梓新走回于清身边。

这儿的人实在太多，于清不想继续在这挤着，便顺着人群往外走。

没想到他平时看起来高冷话少，但为了个小礼物就能当着这么多人的面唱歌，她有点儿想笑。

正想开口的时候，温梓新突然扯住她的手腕。

于清回头，就看见温梓新垂眼，把刚刚收到的那个小吊坠塞进她的手心。

“给你。”

于清讷讷道：“给我？”

温梓新：“嗯。”

她觉得手里的东西似乎开始发烫，灼得她不知所措：“但你不是因为想要这个礼物，才会去唱歌吗？”

“不是。”温梓新直白道，“我只是想送给你。”

鼓起勇气去做的事情，无关其他，只是为了你。

于清没说话，低下头，沉默地盯着那个小吊坠。

她的大脑开始放空，而心跳的声音好像快要盖掉一切了。

于清不知道该怎么去应对现在的情况。

这感受由淡到深，再渐渐清晰明了。在今晚，他把小吊坠交到自己手上的那一刻，她将那层未知的懵懂撞破。

所有的不肯定与认为的错觉，都彻彻底底消失不见，只剩下极为确切的肯定。

她喜欢上这个人了。

这是她头一回尝到的滋味。

于清之前觉得维持现状也很好，但很多时候又不甘于就此停下，总担心现在所拥有的待遇，会在未来的某一天变成另一个人的专属。

他可能并不会永远待在这儿，可能会在不久后的某天就从这儿离开。

想到有这么一天，于清就觉得心里空荡荡的，甚至有点后悔做了当初让他在这里住下的那个决定。

如果一切没有开始，那就不会有结束。

被这感觉折磨了半天，于清实在睡不着。她把脑袋从被子里探出来，摸到她放在床头柜上温梓新送的小吊坠，置于眼前。

外头的月光撒进来，能勉强看到吊坠的轮廓。

它让于清想起了温梓新今天唱歌时的模样，她渐渐失了神，嘴里也轻轻哼起了《小星星》的调子。

没过多久，于清突然把手中的东西放下，叹了一口气。

她费劲地把脑子里的想法抛却，点亮手机，百无聊赖地打开微博，想随便看点东西打发时间。

她顺着热门微博向下看，目光停在了其中一条上。

几个小时前，有个微博大V发了个视频，到此时已经被转发了上万条，配的文字是：粉丝投稿——因为想拿小礼物，所以在广场上唱《小星星》的小哥哥，超级可爱，呜呜呜。

于清屏住呼吸，不用去确认就知道，这条微博就是在说今晚的温梓新。

她点开视频。

视频里的温梓新高瘦清俊，目光温柔至极，一直盯着某个方向，嗓音低醇悦耳，让人不自觉沉醉其中。

底下的评论也像疯了似的。

“实不相瞒，是因为我想要那个礼物，他才上去唱的。”

“好的，谢谢男神，礼物我已经收到了，我非常喜欢。”

“我就让我男朋友出去买瓶酱油，怎么就火了？”

“因为你们这些评论，我男神哄了我一个晚上。”

这些评论搞得于清心里酸溜溜的，她关掉手机，硬逼着自己睡觉，却因为这个视频更加睡不着了。

他这样算是火了吧。

之后如果想要走娱乐圈这条路，应该也会有公司来联系他签约，再之后，他也没必要再住在她这里了。

不过也挺好的。

那样的话，他的生活肯定会好起来的吧。

到时候也不用像现在这样，喝她一杯水都要记在本子上，还要睡那么硬的床垫，连张正式点的床都没有。

于清怔怔地看着天花板，鼻子莫名发酸。

也许是受到了情绪的影响，她的心里突然冒起了一股很强烈的冲动。

她想要现在就爬起来，走到温梓新的门前，跟他说说自己的想法，告诉她自己这段时间有多么不知所措，然后希望能有一个结果。

因为这股冲动，于清掀开被子下了床。她的脚步急促，打开房门直走，停在温梓新的房门前。她正想敲门的时候，理智忽地出现，制止了她的行为。

于清的手顿住，慢慢垂了下来。

过道里没开灯，视野极为暗沉。于清往后退了几步，伸手开了灯，而后往客厅的方向走。

她坐到沙发上，低着头给自己倒了一杯水。

没关系，不用失落，深夜容易胡思乱想。

明早起来，她估计还要感谢自己现在的理智。

几个小时前烧开的水此时已经放凉了，灌进口中微微发涩。于清把杯子放下，按了热水壶的开关，想再烧一壶。

毫无预兆地，温梓新的房门在此刻打开。

他走了出来，被顶上的光晃到，眼睛微微眯着。身着短袖短裤，头发还半湿着，看向于清的方向，哑声问："怎么这么晚还不睡？”

没想到他会出来，于清有些局促地抓了抓衣摆：“抱歉，吵到你了？”

“没有。”温梓新坐到她附近，整个人窝进沙发里，懒洋洋道，“还没睡。”

“哦。”于清没话找话，“你要喝水吗？”

温梓新：“嗯。”

总觉得他们这距离有点近，于清不动声色地挪远了些，又问：“你刚刚在睡觉吗？怎么不把头发吹干再睡。”

听到这话，温梓新抓了抓头发：“很快就干了。”

“还是吹一下吧。”于清忍不住管他，碎碎念道，“你头发这么短，吹干也不需要多久，湿着头发睡觉会头疼，而且还容易生病——”

温梓新看向她，目光直勾勾地。

于清立刻停止了碎碎念，改口道：“不过，你要是不想吹也可以不吹。”

沉默几秒。

他似是笑了一下，眉眼带了醉人的温柔：“都听你的，我一会儿就去吹。”

恰好热水开了，于清猛然收回眼。她觉得自己好像喝醉了，心脏像是要跳出身体，可她总怕这动静会让近在眼前的他听见。

于清想用别的声音盖住。

她用热水兑冷水，胡乱地扯着话：“那你喝完就快去睡觉吧，吹风机在厕所的柜子里，你打开就能看见了——”

不知是自己的错觉还是别的什么，于清总觉得他在盯着自己。她往侧边一看，果不其然撞上他的视线。

她一顿，有些心虚地问：“你盯着我干吗？”

他总不能是听到她的心跳吧？她也不想跳那么快的啊，可又控制不了。

“没什么，”温梓新的眼里含着细碎的光，带着近似蛊惑的意味，“就好看。”

“谢谢。”于清不知道该什么回应，半天才憋出了一句，“你也挺好看的。”

“礼尚往来吗？”他笑，也道了谢，“谢谢。”

于清觉得他们这个对话有点好笑，心情也渐渐放松了些。她扯过一旁的抱枕，温和道：“也不算礼尚往来吧，因为我当初收留你，好像就是因为你这张脸长得好看。”

“你之前总板着脸。”于清老实说，“其实有时候我还觉得挺吓人的，跟你说话都得鼓起勇气。”

温梓新的眼睫一颤，笑意渐敛。

“不过你真的长得太好看了。”于清弯起眼，没半点儿不好意思，半开玩笑道，“所以那些念头一下子就消失了，反倒是想调戏你几句，跟你说多几句都算占了便宜。”

温梓新抬眸，低声问：“那怎么不见你调戏？”

于清干笑了几声，声音低了下来：“这不合适吧，要是让你误会了也不好……”

气氛似乎在一瞬间变得微妙，而又暧昧了起来。

她的心跳又开始加快，大脑自动给她选择了扯开话题：“对了，我刚刚刷微博，看到你今晚唱歌被人拍下来了，而且火了，转发还有一万多呢……”

温梓新没说话。

于清拿起杯子喝了口水，强装镇定：“你这样也算有点名气了，之后拍戏的机会应该会多一些。”

他似乎是并不在意这些事情，表情没多大起伏。

温梓新：“嗯。”

“你不开心吗？”于清努力让自己的语气欢快起来，笑嘻嘻地说，“这样你就可以赚到钱啦，也不用在我这儿继续住，跟我过这么惨的生活。”

温梓新动了动唇，像是在自说自话：“赚到钱，就不能继续跟你住在一起了吗？”

于清一愣：“可你本来就是……”

“那我……”温梓新打断她的话，“能一直保持这样吗？”

如果结局还是一样的，那么他希望这一次拥有的时间能比上一次久，这样也能将他的遗憾弥补。

于清的心脏一空。她舔了舔唇，对上他的眼，手心渐渐握紧了拳。

有一种极为强烈的情绪涌上她的心头，要将她这段时间一直不敢去触碰的那个答案，亲自送到她的眼前。

“但是我们本来就没有住在一起的理由呀，你是……”于清咽了咽口水，鼓足勇气，委婉地问了出口，“还没从剧本里走出来吗？”

是不是还把她当成了女朋友，是不是还分不清戏与现实。

“演戏最重要的一点就是，你自己要相信你的角色，所以我们现在就是情侣关系，我就是你女朋友。”

“但现在都结束了，该出戏了，喂！”

……

过去的画面在脑海里飞速掠过——

“我没走出来过。”温梓新突然抓住她的手腕，缓慢地靠近她，声音沙哑，“所以我现在想问问你——”

他的身体温热，带着极为强烈的气息。

于清回神，有点儿招架不来：“什……什么？”

温梓新停在了离她几厘米远的位置，像是下一秒就要吻下来。

“我能不能不走出来？”

四目对望。

于清连视线都忘了躲开，直直地盯着他。整个人完全不受控，不由自主地往里陷，丝毫抵抗力都没有，极为旖旎而又暧昧的气氛在发酵。

她的目光向下滑，定在他近在咫尺的嘴唇上，又飞快地上挪。于清不太自在地抿了下唇，迟疑又小心翼翼地问：“不走出来的意思是……”

温梓新的喉结动了动。

于清所有感知在放大和减缓，她能清晰地注意到他这个细小的举动。她莫名更紧张了，磕磕绊绊地说完这句话：“是我想……想的那个意思吗？”

“我不知道你想的是哪个意思。”温梓新抬手，指尖轻触她的脸颊，侧头思考了下，说：“所以怕你误会，我决定说得清楚一些——”

“我喜欢你，想成为你的男朋友。”温梓新眼眸漆黑，语气轻描淡写的，却又温柔到令人沉醉：“这有些冒昧，希望不会吓到你。”

脸上的热气一鼓作气往上涌，几乎要吞噬掉她所有的神志。

于清呆呆地看着他，一声不吭。

过了好一会儿，温梓新扯了一下嘴角，问道：“怎么不说话？”

尽管他先前的话里就有含着极为明显的答案，但当他真切地把这答案说出来，还是给了于清十足的震撼力。

这距离近到让她无法呼吸和思考，她稍稍往后挪了挪，低低地“啊”了一声：“好，不会吓到……”

温梓新也坐直起来：“那就好。”

他的反应有些淡，似是有些低落，让氛围一下子就冷了下来。

于清悄悄瞅了他一眼，觉得他应该是没听懂自己的话。她捏紧衣服下摆，又松开，迟疑地碰触他的手："我那个'好'回的是你前半句话。"

温梓新立刻抬眼。

说完之后，于清立刻站了起来，一口气把剩下的话说完，一点停顿都不带："反正我答应你了，你现在就是我男朋友了。很晚了，睡觉吧！我现在好困。有什么话我们明天再说。"

说完，于清便迅速小跑回房间。

看着她落荒而逃的背影，温梓新有些失神。

过了良久，他坐在原地，忽地笑了起来。

进了房间，于清扑到床上，直接钻进被子里，整张脸都烧了起来，她觉得有点喘不过气，又探出头来。

于清双手捧脸，还陷在刚刚的场景里出不来。

"我喜欢你，想成为你的男朋友。"

"好。"

所以，她有男朋友了！

她跟温梓新谈恋爱了！

于清抱着被子打了个滚，忽地傻笑起来。很快，她怕自己的动静会被外边的温梓新听到，又收敛了一些。

她开始无声地笑。

于清觉得自己今晚注定是睡不着了。

她也害怕是梦，醒来就变成了虚无缥缈的东西。她干脆坐了起来，翻出手机给许小云打了个视频电话。

这个时间点，许小云还没睡觉。她似是刚洗完澡，头发湿漉漉的，肩上搭着条毛巾。她喝着水，漫不经心地问："咋了，笑得跟个傻子一样。”

于清高兴地喊：“许小云！”

“干吗？”

她的声音十分兴奋：“我！谈恋爱了！”

话音刚落，电话对面的人还未有什么反应，房间门就被打开了。温梓新的半个身子探了进来，手上拿着她的拖鞋。

“你忘了穿拖鞋。”

于清吓了一跳，立刻回头，也来不及跟许小云打声招呼。她手忙脚乱地坐直，看到他的时候又有些脸热。

“我……我忘了，你扔地上就好。”于清避开他的视线，补充了一句，“还有，你进来得敲门！”

温梓新一愣：“我以为男朋友不用敲。”

于清觉得自己的脸要烧熟了，但也顾不得不好意思了，她直接扔了个枕头过去：“男朋友也要！”

温梓新低头笑了笑，接过枕头，放到她的床上。

“好，下次我会敲门的。”

说完，他走了出去，顺带关上了门。

于清松了一口气，从被子里翻出不知被她扔到哪里的手机。许小云还没挂断，从屏幕那头瞥了她一眼。

“你跟这人复合了？”

“什么意思？”

“我刚刚看到你现任的脸了。”许小云说，“那不就是你之前的那个男朋友吗？还是你们俩一直没分呀？但我很久没听你提他了。”

“什么之前的男朋友，我以前哪有谈过恋爱？”于清蒙了，“而且，我跟他才刚在一起，就十几分钟前。”

“啊？不会吧，你们之前没在一起吗？”听到这话，许小云也惊了，“所以你们这是刚在一起？”

“你是不是记错人了啊？”于清极为茫然，“你以前见过他？”

“当然啊，因为长得帅，所以印象尤为深刻，不会记错的。”许小云回忆了下：“好像是叫温梓新吧？”

许小云的话让于清更觉得这是一场梦，一切都是荒谬而莫名其妙的，她毫无印象，也不知道该去怎么应对，甚至不知道为何，连继续问下去的勇气都没有。

她隐约觉得，这件事情清晰的来龙去脉，好像并不能让任何人知道。

许小云好笑道：“怎么了？你这是兴奋过头了吗？”

“是啊，高兴到脑子都给扔掉了。”于清也笑，扯开了话题，“你怎么还不睡觉，都几点了？”

……

因为满怀心事，于清也没跟许小云聊多久。她挂断视频，抬起头，失神般地盯着门的方向。

脑海里所有的回忆一拥而上，飞速向前划，停留在她和温梓新头一回见面的场景。

他坐在她的旁边，身上穿着染了血和脏污的衬衫，神情平静，看不出别的情绪。

再往前。

她所说的那些话，认为他是在她出门的时候遇到的一个被房东赶出来的可怜人的回忆，在脑海里却一点儿画面都没有。

可就是有这么一个印象。

跟之前她脸上有个巴掌印，印象里是拍戏的时候受的伤，可是却又不存在这样的事情一模一样。

于清躺了下来，把半张脸藏进被子里。

所有的好心情在顷刻间转化成另一种情绪，汹涌而热烈，让她的心脏像是被压了块石子，没有半点睡意。

于清绞尽脑汁也想不到合理的解释。她觉得精疲力竭，最后脑袋放空，还是睡了过去。

隔天一早，两人照常起床吃早饭。

于清的精神状态不算好，低头喝着温梓新昨晚定时熬的粥。她偷偷看了一眼温梓新，想问点什么，却又不知道从何开口。

倒是温梓新注意到她的模样，主动问道："怎么了？昨天没睡好？"

于清下意识应："嗯。"

"为什么？"温梓新直白道："因为我跟你告白了吗？"

于清的全部精力都用在思考许小云的话上面，此时听到他的话还有些愣，过了好一会儿才反驳道："才不是。"

温梓新挑了下眉。

于清抬头，欲盖弥彰地补了句："我才不是因为你跟我告白，才开心得睡不着，我就只是没睡好。"

他笑："这样啊。"

于清的心情莫名好了些。

她舔了舔唇，盯着温梓新的侧脸，决定循序渐进地试探。她想了想，迟疑着问："温梓新，我能问你个问题吗？"

温梓新："嗯？"

"你在我这儿住了那么久，手机也没有。"于清的语速缓慢，"你家人联系不上你，不会担——"

温梓新打断了她的话："没有。"

于清"啊"了声，慢一拍地问："什么？"

"没有家人。"

闻言，于清的动作停住，呆呆地看着他毫无表情的脸，其他想问的话也问不下去了。

她收回眼，声音变得很低："对不起……"

温梓新："为什么道歉？"

于清的语气带了内疚："我不是提了让你不开心的事情吗？"

他老实道："没有不开心。"

"怎么突然问我这个？"温梓新问。

"就是随便聊聊。"于清憋不住心里的话，真的说出来的时候，整个人反倒很平静，"你真的是因为被原本的房东赶出来了，才住到我这里来的吗？"

温梓新的眼睫动了动，没有回答。

他的沉默让周围的气氛变得沉重。

于清咽下嘴里的粥，觉得有些压抑。她猛地笑了出来，摆了摆手："没事儿，你不想说也没事，我就随便提一下。"

于清眨了眨眼，故作欢快地缓和气氛："啊，怎么都这个点了！吃饭吧，不然我又要赶不及了。"

"于清。"温梓新突然喊她，"我不想说，但也不想跟你撒谎。"

"但如果你想知道的话，我会告诉你。"

"我就是觉得太奇怪了。"于清呼出一口气，扯了下嘴唇，"奇怪到，觉得我是不是早就死了，然后成了一个平行世界里的我，所以很多事情我都记不住。别人都知道这件事情的存在，只有我不知道。"

"像是在这个世界上，只有我是不正常的。"

"遇见你这件事情，其实偶尔也会觉得好像不是很符合常理。有时候想问，又有点儿不敢。"于清笑了出声，"也不知道是为什么不敢。"

"总觉得，你是不是随时就会走。"于清说，"然后我就又进了一个新的平行世界。"

温梓新的嘴角渐渐平直，眼神隐晦而不明。

说到这儿，于清摸了摸脑袋："我这话说得好像有点儿白痴。反正，大概就是这么个意思。"

温梓新的声音低沉而哑："会让你觉得困扰吗？"

"不会啦。"于清的笑眼弯起，说："反正也没什么关系。每个人都有不想让其他人知道的事情嘛，我觉得像现在这样就挺好的。"

温梓新盯着她，忽然伸手碰了碰她的眼睛。

于清眨了下眼，定住："怎么了？"

只碰了一下，温梓新就收回："你不想我走？"

于清愣了，点点头："嗯。"

从见到你的第一面，内心就有这样的声音，一定要把你留下来，不管用什么方法，不管知不知道你的身份，都要把你留下来。

就连她自己都不知道，这到底是为了什么。她告诉自己，这样是不合常理的，留一个陌生男人在自己家里生活，是一件极为荒谬的事情。

可只要一看到他，一切都会在顷刻间荡然无存。

所有的原则和防备，都变得微不足道。

在这一瞬间，于清想到了许小云的话，觉得自己好像找到答案了。

也许只是因为，记忆会忘，但感情不会。

"别担心。"得到这样的答案，温梓新弯唇，安抚道，"只要你需要，我不会离开的。"

于清的心里总算踏实了些："那说好了？"

"嗯。"温梓新笑，"说好了。"

于清犹豫了一下，忽然扯住他的手，鼓起勇气最后问了个问题："我们以前是不是见过？"

温梓新掀起眼睑，回握住她的手："你再不吃就要迟到了。"

“你这话题也扯得太明显了。”于清把手抽出来，嘀咕道，“我刚刚问的问题你都没回答，我现在就问一个你都不说。”

温梓新“嗯”了一声。

于清瞅着他：“‘嗯’是什么意思？”

温梓新诚实道：“见过。”

“真见过啊？什么时候见的呀？”于清觉得很不可思议，追问道，“那之前你怎么不提？”

温梓新没吭声。

于清也不在意，继续问：“我们只是见过面的关系吗？”

温梓新迟疑几秒：“应该要稍微好一些。”

于清瞪大眼：“那我怎么可能一点印象都没有？！”

“也不是。”温梓新抬眼，笑了笑，“也不是什么值得记得的事情。快吃吧，你不是说今天有——”

“什么叫不是什么值得记得的事情？”于清皱眉，有点儿生气了，“值不值得得由我自己决定。”

温梓新顿了一下，伸手揉她脑袋：“好。”

“那我们以前是什么关系？”说到这儿，于清舔了下嘴角，声音含糊不清地，“是朋友，还是那个啥……还是我们这个现在的关系……”

温梓新：“朋友吧。”

“你怎么都很不肯定的样子。”于清语气狐疑，“不是‘应该’就是‘吧’的……那我怎么完全不记得有见过你……”

“别纠结了。”温梓新好笑道，“不去片场了？”

“我现在毫无心情。”于清神情烦躁，过了两秒又猛地站起来，认命道，“但我又必须去！”

说着，她转身回了房间。

温梓新把碗筷收进去，从厨房里出来的时候，她已经换好衣服出来了。

于清边坐在沙发上套袜子，边问："难道我之前生了场大病？还是说是出车祸什么的？然后失忆了？"

温梓新无奈："你想太多了。"

于清停下动作："那解释不通啊！许小云都记得你，我怎么可能不记得？"

温梓新似乎不太想继续这个话题，语气含糊而又敷衍："先别想了，等回来之后再纠结。"

"你不跟我说，我今天一天都没法专心拍戏了！"

温梓新走到她面前蹲下，拿过她手里的袜子，慢条斯理地帮她套上："于清，你刚刚才说了，我不想说也没事。"

于清盯着他的动作，鼓了下腮帮子："好吧。"

她也意识到自己似乎问太多了，脚向后瑟缩，说："我自己来吧……"

温梓新仿若未闻，抓住她的脚踝，固定住，很快就给她套上了，而后抬头："好了，快去吧。"

于清点头，起身走到玄关。临出门前，她突然回头，看向温梓新："那个……"

温梓新："嗯？"

"那你被我忘了。"于清问，"是不是挺不好受的……"

温梓新没骗她，嘴角抿直，轻声道："是挺不好受的。"

试过多少次装作不经意地从她面前路过，却只能得到她如同陌生人般的一眼，然后如自己所料的擦肩而过。

没有一次例外。

那么多次，在她痛苦绝望的时候出现，最后依然要毫不犹豫地将关于他的所有记忆都删除掉。

他满怀期待地遇上她，可是那又如何呢？

“这是最后一次。”注意到他的表情，于清不受控地小跑过去，扑进他的怀里，“尽管我不知道是什么原因——”

因她这突如其来的举止，温梓新的身体僵住，双手抬起，想回抱住她，却又怕吓着她。

“但是这次，我一定不会把你忘掉了。”于清仰头，认真而又虔诚地说，“我保证。”

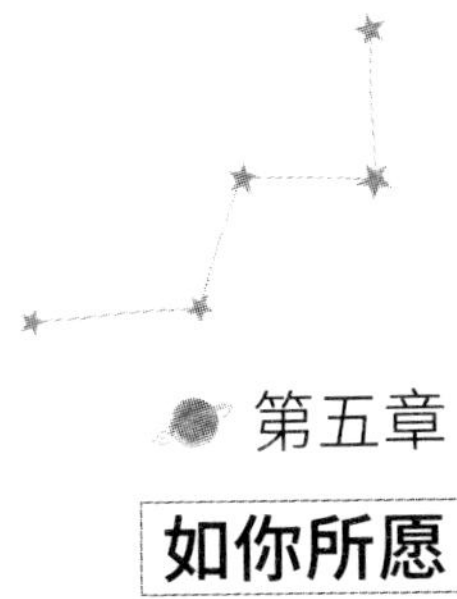

第五章

如你所愿

于清走后，温梓新照例把房子收拾干净，而后坐到沙发前，回想着昨天晚上的事情，百无聊赖地发着呆。

他的思绪渐渐被回忆占据。

因为于清今早的话，温梓新突然想起最初来到这里的自己。

那时候他想去她身边，以急骤的速度向下掉落，目的地是离她最近的那个星球。

由于速度太快，周围的温度因为空气摩擦而不断上升，身旁竟生出火花，从细微变得猛烈起来，他的整个身体如同置于一颗火球之中。

如同雷鸣般巨大的撞击声伴随着他的坠落，同时因为强烈的冲击让身下的土地凹陷下去。火光渐渐湮灭，只余下缕缕青烟在他周围缭绕。

尽管他已经用能量进行了缓冲，但还是受了很重的伤。

他的身体全是因为碰撞和小石片划过的伤口，但他已经感觉不到痛了。因为他全身无一处没被高温灼伤，血肉和鲜血混杂着，白骨清晰可见，伤口严重到连他自愈的能力都变得迟缓起来。

那一刻，温梓新是真切地觉得，自己就快要死了，他绝望而又缓慢地合上了双眼。

多么可惜。

好不容易，好不容易到这里了，好不容易可以摆脱那个孤独而又暗无天日的地方。

可在这里活着，比摆脱那个地方还要困难。

下一秒，温梓新再度睁开眼。他不甘地用手撑着地，想要坐起来，但就是这么一个简单的动作他都做不到。

温梓新挣扎了很久。

他想，他现在的模样一定很难看。

像一条垂死挣扎的蠕虫，在血泊里蠕动着。

半晌后，他放弃了。

他咬紧牙关看着天空，头一回有了痛苦难耐的感觉。那被烧得通红的眼眶，不受控制地掉出泪，染着血，向下滑。

难道所有的事情，都是上天来决定的吗？

那既然一开始就没想让他活下来，那么又为什么要让他成功来到这里呢？

为什么要让他看到希望之后，又迅速地将它毁灭。

在彻底放弃的那一刻，在他就要死了的那一刻，在他即将要摆脱这般疼痛的那一刻，像是命中注定那般，于清出现了。

那个深夜，那个极为人迹罕至的地方，那个偏僻的位置，她奇迹般地出现在他的面前。

温梓新不知道她发生了什么，但在他疼得无法言语的那个时候，他注意到她的脸上挂着泪，小脸儿上满是绝望。

他无力呼救，但他连动弹手指的力气都没有，极为担心她会完全没注意到自己，就此离开。

也许是听到了他内心强烈的渴望。

下一刻，于清就发现了全身赤裸、倒在血泊中的他，她瞪大眼，明显是被吓到了的模样，但还是立刻跑了过来。

看到大量的血以及他身上血肉模糊的伤口，于清完全不敢碰触，只能大声喊，似乎想让他清醒过来。

“先生！先生！”

温梓新的大脑一片混沌。

他感觉自己再度回到了那个暗无天日的深渊，而他无法从里头挣脱，只能直线向下坠落。这时，他看到了光。

温梓新费劲地动了动眼皮，缓慢地移动眼珠子，看着她那清丽稚嫩的脸上满是激动和恐慌，一颗又一颗的泪随着她的喊声掉落下来。

为什么哭呢？

你是不是……想要我活着？

那么，如你所愿。

之后的很长一段时间，温梓新也说不清，对于他来说，于清算是怎样的一个存在。

算不上很重要，因为素未谋面，他对这个人没有丝毫的感情。

但若是要说她不重要，好像也不太妥当，至少那一刻，那一瞬间，温梓新就是被这么一个陌生人唤起了求生的欲望。

像是看到了最后一根救命稻草，所以想一直紧攥在手中。

从此，就再也不放开。

求生的本能激发了他与生俱来的所有能力。

一时间，也不知是不是他的错觉，那覆盖全身的灼痛感惊奇般减轻，像是有股热流在体内流动，所过之处的伤痕都被抚平。

温梓新下意识地动了动手指。

这次能动。

他的呼吸一窒，觉得有些不敢相信，不由自主地将手抬起来，动作极为无力，看上去显得格外费劲。

察觉到他的举动，于清的表情有些惊喜："你醒了？"

说着，她从包里翻出手机，看起来是想叫救护车。

温梓新用尽全身仅存的力气，咬着牙抓住了她的手，像是要制止她的行为。他的手上没几块好肉，看着都觉得疼，与于清白皙光滑的手形成了鲜明的对比。

于清一愣，眼里还含着泪："你……"

话还没说完，她整个人就失了意识。

温梓新咽了咽口水，嗓子刚修复好，但说话仍带了疼痛感。这是他第一次开口，有些生涩和沙哑："你家在哪儿？"

于清眼神空洞，诚实地吐出了一个地址。

几乎是同时，周围的环境像碎片一样掉落，化为无边无尽的黑暗。光亮再现，眼前渐渐变成另外一个地方。

屋内黑漆漆的，没有开灯。温梓新能顺着外头的月亮看到里面的环境，空间不算大，但布置得还挺温馨。

这里大概就是这个人的家了吧。

温梓新觉得疲惫至极，下一刻就要睡去。注意到旁边的人，他勉强扯出个笑容，用最后那点力气吐出了一句："睡吧，关于我的事情，不能告诉任何人。"

时间也不早了，该睡觉了。

他这么惨烈的样子，就别看了吧。

话音刚落，于清像是没了支撑，立刻倒在他的身侧，全身失重般地摔到地上，发出不轻不重的声响。

世界再度安静下来，只能听到温梓新的身体因为快速自愈发出的声音。

这一刻，温梓新觉得自己仿佛重回了那个无光无物的地方。是他待了那么久，一直想要离开的地方。

而下一刻，他就听到的身侧于清规律的呼吸声。

温梓新侧头看向她，目光顺着她的额头向下滑，扫过她的眉毛、眼睛、鼻子和嘴唇，停在了她的下巴处。他笑了笑，眉眼柔软下来，而后便坠入了漫长的睡梦之中。

第二天早上，先醒来的人，是于清。

那会儿温梓新身上的伤口已经全部愈合了，皮肤苍白平滑，完全看不出曾经受过那么重的伤，甚至完全看不出曾经受过伤。

在坚硬的地板上睡了一晚，于清全身酸疼，觉得身体都不是自己的了。她茫然地揉了揉脑袋，觉得这块的痛意尤其强烈，顺势向上一摸。

肿了。

于清的神志还有些迷糊，皱着眉坐了起来。手缓缓向下挪动，揉捏着自己的脖子，咕哝道：“好疼……”

下一秒，她的眼睛一瞥，注意到了身侧赤裸着的温梓新。

于清瞬间清醒过来，屏住呼吸，倒抽了一口凉气，脑袋一片空白。她想找到答案，但她的脑子里一点印象都没有。

于清注意到地上的血迹，于清愣住了，不由自主地往后挪动了几分。

“血……”于清瞪大眼，盯着温梓新的脸，声音发颤，“这谁啊……什么情况啊……”

于清的声音带了哭腔，身心被无边的恐惧占据。她完全不知道该怎么办，完全依靠本能去做事。她扯过挂在沙发上的毯子，丢到温梓新的身上，遮住了他那裸露的身体。

“我这是跟人发生了什么吗……但怎么会有这么多血？他不会死了吧……”于清终于察觉到严重性，爬到茶几旁拿起电话，“不行，我得报警。”

“可是不能告诉别人……”于清的动作停住，催眠般地喃喃低语，“为什么不能告诉别人……”

于清僵在原地，突然开始掉眼泪：“怎么办……”

不知不觉间，温梓新被她吵醒了。他有了意识，有点想出声，叫她别哭了，但因为使用了超过这副身体负荷的能量，全身的疲惫让他不想动弹半分。

于清只觉得自己要崩溃了，开始胡思乱想，呜咽着说：“难道我有双重人格吗？我把他带回家，然……然后……杀掉了吗？”

到最后，她竟无助地放声大哭：“怎么办啊呜呜呜……我是不是杀人了……怎么办啊……”

听久了，这哭声竟让温梓新心里有些不舒服。他皱眉，费劲地把脑袋上的毯子扯下，无力道：“别哭了，没死。”

于清的哭声停住，呆滞地看向他，像是不知道该怎么反应。

温梓新挑眉：“高兴傻了？”

于清呼吸一窒，又再松了一口气，但因为现在的处境，刚刚又以为自己杀了人的恐惧，之前的恐惧转化成了另外一种恐惧：“你是谁？”

“不记得了？”温梓新说出了他形成人的第一个谎言，语调带笑，带了几丝玩味，“是你把我带回来的。”

此刻，他的下半身被毯子盖住，发丝被烈火灼烧得一根都不剩，青灰色的脑袋裸露在外，整张脸因失血过多显得苍白，身上覆满了干涸的血迹，看起来十分狼狈。

可这依然挡不住他那极为出众的脸，五官立体分明，笑起来的时候，莫名带了几分撩拨的意味。

此时此刻，于清莫名记起了昨晚那个倒在血泊里的人，也莫名将那个人跟眼前的人重合上。尽管他们没有一点儿相似之处，可她最后的记忆就只有那个人。

那个全身没一块好皮肤，像是下一刻就要死去的人变成了眼前的模样。

仅一晚就完全恢复了？

所以，这个男人是什么人？不是一般人类吗？

这个认知让于清更加绝望，脖子像是被人扼住了，总觉得面前那个挂着笑的男人，下一秒就会把她吃得连骨头就不剩。

她的手心冒汗，全身僵硬而紧绷，生硬道：“你是昨晚那个人吗？”

温梓新：“嗯？”

“我昨晚是想救你的。”于清强装镇定，尽管她觉得她已经要吓疯了，“我不会告诉别人你的事情，所以……”

所以你能不能放过我？

你能不能饶了我？

这话像是哽在喉咙处，于清说不出来，觉得自己再说一个字，就会不受控制地哭出声来。

听着她的话，温梓新转了转脖子，站起身，毯子也随之滑落，身上毫无遮蔽物。似乎觉得这样有些不妥，他将毯子裹在自己的身上，好笑道：“你能告诉其他人吗？”

他突如其来的举动，让于清的心跳停了半拍。她警惕地抓住身后的遥控器，如临大敌般，一动不敢动。

温梓新朝她的方向走。

于清终于受不了了，她再度哭了出来："你要干什么！你别过来……"

温梓新的脚步停住，愣愣地看着于清。

他的心底似乎有什么东西在崩塌，因为于清那几乎隐藏不住的恐惧，因为那和自己想象的不同。

温梓新古怪道："你这是……怕我？"

于清完全听不进去，抓着遥控器的力道收紧，胡乱地说着："我没见过你，你要什么……我可以给你钱，我可以给你……"

"我不要钱。"没得到答案，温梓新继续问，"你为什么怕我？我又不会伤害你。"

于清觉得他不会无缘无故出现在这里，所以他一定是有目的的，而且，对于她来说，应该不会是好的目的。

她哽咽着说："你不会吗？"

温梓新："不会。"

"你保证吗？"

他格外有耐心："我保证。"

可她的眼泪依然未断，像流不尽一样，像是相信了他的话，可表现出来的却又不是那个意思："那你能不能，让我跟我妈妈打个电话？"

温梓新的眼眸暗下来，盯着她的脸，没有说话。

半晌后，他喃喃低语："这样不行。"

这个回答让于清的恐惧无限放大，她破罐子破摔，觉得自己再无能力挣脱。她用尽全力将手里的遥控器扔了过去，砸到了温梓新的手臂上。

温梓新低眼，看着掉到地上的遥控，语气很淡："那只能这样了。"

还未等于清抓到其他"武器"，那个原本站在几米远处的男人竟瞬间移到她的面前，俯身轻触她的眉心。

他的唇边带着一抹明朗的笑容，似乎对接下来的日子很期待：“我不会伤害你的。”

“所以，我们好好相处吧。”

她怕他，不是因为他存在的本身，而是因为没有合理的理由存在。如果这个理由由他来制造的话，是不是就等同他有了留下来的理由？

她是不是就不会再害怕他了？

温梓新思考了一下，忽地扬了下眉，而后一字一句地说：“我是你见色起意时捡来的男人。”

“你必须对此坚信不疑。”

趁着午饭时间，于清百无聊赖地刷了刷微博。

没刷几条，又在热门话题里看到了温梓新那个视频，是另一个大V转发的，底下的评论五花八门，什么样的都有，但大多是在认领这个男人是自己的。

“啊！好帅啊！唱儿歌也能那么帅啊！”

“我真是服了，各位注意一点好吧？看到别人总觊觎我男神，我内心真的会很不爽。”

“哈哈哈，小哥哥的普通话似乎不太标准？后面唱的是满天都是小轻轻，哈哈哈，好萌啊。”

“我也就看了几百遍吧。”

昨晚看到这样的评论，于清内心还有点不是滋味，但过了一个晚上，她的心理感受倒是完全不同了。

于清弯起嘴角，有种偷藏宝物的感觉。她思考了一下，指尖在屏幕上敲了几下，也发了一条评论。

“谢谢男朋友送给我的《小星星》。”

最后一场戏结束，于清拿上自己的东西，给家里打了个电话。

出乎意料的是，没有人接。

她眨了眨眼，想着温梓新应该是出门了，也没太在意。

于清习惯性地往车站的方向走。她低着头，边走边往包里翻着耳机，忽然被一堵人墙挡了去路。

她下意识抬头，意外地看到温梓新的脸。

于清有些猝不及防："你怎么在这儿？"

温梓新伸手替她顺了顺头发，动作极为自然，像是做过千万遍："谈恋爱第一天，我来履行一下男朋友的义务，接你下班。"

虽然昨晚已经确定了关系，但是在此时此刻，听到他口中出来这个词，于清才开始有了真实感。她的脸有些热，也不知道该说些什么。

两人沉默了一会儿。

关系一转变，于清连手脚都不知道往哪儿放。她默默地把耳机又塞回了包里，跟他并肩站在站牌前等车。

于清偷偷看了他一眼，恰好与他的视线撞上。她的心脏骤停，而后又飞速跳动起来。她忙收回眼，主动道："现在还早，要不我们去一趟超市吧？"

温梓新应了一声："好。"

想起今天中午看到的微博，于清又道："我今天刷微博又看到你了。因为你唱的《小星星》，他们还给你起了个名叫'小星星男神'。"

温梓新侧头，像是想起了什么，过了好一会儿才应道："嗯。"

"小星星。"于清自顾自地喊了一遍，笑眯眯道，"还挺可爱，跟你名字也挺像的。"

温梓新的眼神微动，轻声说："像个小孩儿。"

闻言，于清凑了过去，故意逗他：“小星星。”

温梓新低眼看她，沉默了。于清倒是没想过他会给出什么反应，也不觉得有什么关系。

她正想换个话题时，温梓新突然应道：“嗯。”

于清愣了一下，转头看向他。

公交车恰好到站。

温梓新扯住她的手腕，而后掌心向下滑，握住她的手，默不作声地往车门的方向走。

于清目光盯着两人交握着的手，弯起了唇。

这是她头一回尝到恋爱的滋味，得到时觉得愉悦，然后会渴望更多的事情。

看着他的背影，于清突然注意到他发红的耳根。她盯着看了好半晌，笑嘻嘻地喊他：“小星星。”

公交车上人太多，两人站在了中间的位置。

温梓新把她护在怀里，沉默了一会儿，应道：“怎么了？”

于清觉得逗他还挺好玩：“没什么，我就喊喊你。”

温梓新默不作声地看着她，抬手捏了捏她的脸，没说什么，看上去也没有生气的意思。

两人待在一块的时候，本就是于清的话比较多。

因为这短暂的相处时间，她也早已把那一点点不自然抛却脑后，又恢复了平时的模样：“对了，如果有人找你签约拍戏，你要去吗？”

“签约？”

“对呀。”

温梓新反问．“你去吗？”

“什么我去吗，这跟我没关系呀。”于清摆了摆手，“我的意思是，你不是刚上了热搜，现在有了点热度——”

说到这儿，于清突然想起个事儿：“对了，你的证件还没有好吗？”

温梓新一怔，像是也才想起这茬：“应该差不多了吧。”

“那就好。”于清重回刚刚的话题，闲聊般地说，“要是有公司想签你，你要去吗？”

温梓新又问了一遍：“你去吗？”

于清嘀咕：“没有公司想签我呀。”

“那就不去。”

“那如果是很好的公司找你呢？说不定到时候你就一炮而红，成了大明星，”于清抬头，半开玩笑道，“然后就可以养我了。”

闻言，温梓新认真问：“你希望我去吗？”

“我也不知道。”于清有些烦恼，“我希望你一直是现在这个模样，娱乐圈好多长得好看的人，怕你遇见的人多了，就喜欢上别人……”

“不会。”温梓新直接打断她的话，挑了下眉，“没有人能长得比你好看。”

于清安静下来后，才反应过来，她的整张脸又红得好似烧了起来。

下了车，两人进了附近的一家大型超市。

于清往购物车里丢了瓶洗发水，忽地想起自己的例假快来了。她看向温梓新，指了个方向：“我去买点东西，你去帮我拿一排酸奶，然后在那儿等我就好，我一会儿过去找你。”

温梓新点头。

怕他等太久，于清也不敢挑太长时间，随便拿了几包常用的牌子便往回跑。出乎她的意料，温梓新的旁边站了几个十来岁的年轻姑娘。

其中一个女生拿着手机，递到温梓新的面前。她脸上的笑意很浓，没带一丝羞赧，看上去明朗而活泼。

于清走近了些，在这个位置能隐隐听到他们的对话。女生的声音清脆，长相格外甜美："你肯定就是微博上那个小星星吧？你真人比视频好看多了！"

温梓新没理她，连看都没看一眼。

女生不受影响，给他看视频，顺带说："我们能不能加个微信呀？我不会总骚扰你的！"

温梓新总算回了头，平静道："不能。"

"啊……真的吗？"女生可怜巴巴地说，"我真的不会骚扰你的，就是想交个朋友而已。"

站在她后边的朋友附和道："对呀对呀，我们就是觉得你唱歌好听。再不行的话，能不能一起拍个照？"

女生小声说："但我就只想要微信啊。"

温梓新面无表情地收回视线，看上去没有任何情绪，语气也没什么波动，摇了摇头，重复道："不能。"

怕他招架不住，于清没有继续站在原地，而是走到他旁边，把手里的东西扔进购物车里："你挑好了吗？挑好了我们就走啦。"

温梓新似是松了一口气，递给她一排酸奶："这个好不好？"

于清点头："好。"

她用余光注意到，在她过来之后，几个女生在那儿面面相觑，还小声讨论他们两个会是什么关系。

见他们马上要走了，刚刚一直找温梓新要微信号的那个女生还是憋不住般开了口："这个是你女朋友啊？"

于清看了过去。

听到这话，温梓新也看向她们，嘴角微弯："嗯，对的。"

这还是她们跟温梓新交谈以来，他露出的第一个表情。看上去他心情很好，视线很快就挪到于清的身上。

可能是怕于清会发火，女生们没再说什么。

于清主动牵住温梓新的手，往另一个方向走。直到见不到她们的人影了，她才放下心来，笑道："挺受欢迎啊？"

温梓新揉了揉她的脑袋："别吃醋。"

于清的眼睛睁大了些，第一反应就是："什么啊，我哪有吃醋，你才别胡说！"

他只是笑，没继续提。

于清扯着他继续逛，道："你要是不知道怎么应付，你可以走远些，或者直接说你有……"

温梓新摇头："那你不就找不到我了。"

于清顿了一下，小声说："好像也是。"她回过神，把刚刚的话说完："那以后有人再这样跟你搭讪，你就直接说你有女朋友了，知道吗？"

"好。"温梓新想了想，又道，"这话你来说也可以。"

这话像是小朋友被欺负了，想找大人来撑腰一样，于清好笑道："我不一定在呀。"

温梓新叹了一口气："那可怎么办才好？"

"怎么了？"

"想告诉全天下。"温梓新停了几秒，看向于清，一本正经地说，"于清是我女朋友。"

如果不是他这副认真的模样，于清都要怀疑他是在报复刚刚她用"小星星"来逗他的事情。

因为她逗了他，所以他现在要反过来调戏她。但这么看来，他好像是真切地想要逢人就提这个事儿。

回去的路上，只要有人过来跟他说话，他就会立刻看向于清，暗示的意味很浓，于清只能硬着头皮用几句话把那些人打发掉。

到家后，于清才彻底放松下来。她立刻趴到沙发上，因他的受欢迎程度感到有点儿不爽，阴阳怪气道："我下次跟你一块出门时就带个复读机吧。"

温梓新给她倒了一杯水："为什么？"

于清坐起来，神色很正经："就重复'他有女朋友了，别要联系方式了，谢谢合作。'"

"可以。"温梓新思考了一下，也很正经地补充道，"第一句后面再加一句'叫于清'吧。"

没有人继续炒热度，这个话题也渐渐被人抛在脑后。仅过了几天，温梓新再出门也不会总被人拦下搭讪，再加上于清还嘱咐他出门戴口罩，也没什么人能认出他来。

两人又过回了原本那样正常而普通的生活。

于清每日早出，偶尔晚归，上下班的时间并不一定。多数时间，温梓新会去接她下班，他们会一起去超市，或者是在街上随便买点儿吃的。

因为于清提了证件的事情，温梓新当晚就去找了向何一次，说是一周之后能帮他弄好。把于清送到片场后，他便按照跟上次一样的方式，到向何的办公室内。

向何已经把资料和证件都给他准备好了。

以防万一，温梓新跟向何要了一份参与这件事情的人的名单，打算一个个上门将他们的记忆消除。

在等待的时候，他突然想起向景时先前嚣张至极的模样以及他口里的话。

"我给你三秒的时间，赶紧开门。不开的话，我就找人揍你！我告诉你，我爸可是……"

温梓新随口问："你认识向景时吗？"

向何点头："我儿子。"

温梓新"嗯"了一声，没把这事儿太放在心上，之后也没多做交谈。他将向何的记忆删除后，便对着名单一一地找到对应的人，因此花费了不少时间。

温梓新本想着，只要在于清往常最早回家的时间前，把所有细节都处理好，然后在那个时间到家就可以了。

但他没想到，这次于清回来得比任何一次都要早。

原本已经找了于清的副导演临时说要换人，加上也没找到其他需要群演的剧组。她没事儿做，在电影城待了一个上午，便回了家。

于清用钥匙开门，习惯性喊了声："我回来了。"

意外的是，却没像往常一样得到温梓新的回应。

于清纳闷地往客厅看了一圈，没人。她打开了温梓新的房门，里面空荡荡的，床上的被子整齐，一旁还放着他今早穿在身上的睡衣。

她眨了眨眼，又看了一眼时间，也没太在意，只当对方是有事情出去了。她坐回沙发上，翻出手机刷微博，恰好看到许小云给她发了一条微信。

许小云：我下个月回 G 市了。

于清：啊？怎么突然回来了？

许小云：暑假啊。

许小云：我回来后记得请我吃饭，带上你那男朋友。

许小云：说起来，我到现在都没见过你那对象呢。

于清弯起唇：行，等你回来了再约。

两人又聊了几句，随后，于清将手机扔到一旁，百无聊赖地打开了电视。也不知道温梓新会什么时候回来，他没有手机也没法给他打电话。

于清思考着要不要回房间睡个下午觉的时候，突然被身边一个极为诡异的场景吸引，就像是电影里的科幻片一样。

安静狭小的室内，点状式的星光似聚拢又似分散，在空中飘荡着，但大多数都凝成一团，现出一个身形颀长的人影。

于清整个人如同石化般僵在原地，感觉一切都是静止而远离的，世间就只剩她和眼前这个不知是何物的怪物。她的身体发软，就连逃跑的力气都没有。

光芒渐渐消散，从中现出一张熟悉的脸。

于清嘴唇动了动，却像是被人扼住了喉咙，说不出话来。

也许是根本没想到她会在家，温梓新的表情也僵住了，眼里多了几丝不知所措，站在原地不敢靠近她。

两人一站一坐，僵持在原地。

在这一瞬间，恐惧将于清的所有侵占，让她觉得自己完全不认识面前的人。往日的甜蜜与爱意都化为了乌有。

于清不知道该作何反应，下意识往后挪了些。

这个防备的动作像一把刀一样，刺在了温梓新的胸口上。他的喉结滚了滚，突然低头笑了，像是在自嘲。

手中的文件袋上还写着他的名字。对他来说，这本该是能让他更加能融入这个世界的东西，在此刻却像是个笑话。

其实这对于原本的他来说，只是个可有可无的东西。

他所做的这些事情，都只是为了能离她更近一些，能触碰到那不可及的距离。

可是不管他怎么做，这距离都不可能拉近，哪怕一丝一毫。

这次，她能不能不要再让他失望。

能不能，像那时候给出的答案一样。

“你怕吗？”

“不……吧。”

温梓新抱着最后一点儿希望，往前走了一步。

于清猛地开了口，像是想分散他的注意，让他不要再继续靠近：“你……”

他也如她所愿般停下了。

于清仿佛一条绷紧了的线，一触就断。她的拳头收紧，喃喃低语道：“我总感觉我是不是眼花了……你是谁……”

“于清，”温梓新轻声说，“你说我是谁？”

“那你的身体为什么会这样……”于清咽了咽口水，胡乱地说，“不是，太不正常了……”

温梓新的脸色苍白，像没听到这话一样，走到她面前，把手里的文件袋递给她看：“我刚刚去把证件拿回来了。”

于清想起了他先前说的“没有证件”，没有接过来，艰难地说着：“你这个哪儿来的？”

温梓新诚实道：“找人帮我做的。”

“你伪造的？”于清的声音很轻，眼里带着无法掩饰的惊恐，“你这样是不对的……伪造身份是犯法的……”

这一秒，温梓新清晰地感受到，他所渴望的那些事情好像都是不可能实现的。

就算那么幸运回到了过去，同样的事情也会再度降临，无法避免。

就算他怎么忍让，再怎么事事以她为先，她的反应都会如最初那般，不会有任何的变化。

同样的手段，只会换来同样的结果。

她是他溺水时见到的唯一一根稻草，到最后，似乎也成了压死他的唯一，也是最后一根稻草。

绝望将他的理智冲垮，如同决堤的河坝，连同他仅剩的希冀都淹没在内，也像是顺着河流的方向被冲走，河水干涸了也再无踪迹。

温梓新不知道要摆出怎样的表情，他在这样的状态下，居然还能笑得出来。他弯起唇，话里似乎染了泪：“那……有谁会给我吗？”

有谁会主动给他一个身份吗？

尽管已经有了答案，于清还是讷讷地问了出来：“你怎么会没有……”

温梓新不想再听她接下来的话，他猛地扯住她的手腕，扯向他怀里。他咬住她的唇，力道毫不克制，舌尖用力将她牙关抵开，卷着她的舌头啃咬，像是要将她整个人撕裂。

于清想把他推开，却半点力气都使不上，完全被他压制住。

良久，他松开她，轻喘着气，他用指腹轻抚她的唇瓣，轻描淡写道：“你说为什么？”

于清觉得嘴唇又麻又疼，她难以置信地看着他。

温梓新笑：“因为我是个怪物。”

这一幕，在于清的脑海里幻想过千百遍，却没想过是在这样的情况之下。她用尽全力将他推开，眼眶渐渐发红。

温梓新站在原地，语气很平静。

“怎么了？很害怕吗？”

“你为什么怕我？我又不会伤害你。”

“你保证吗？”

“我保证。”

可她不信。

不论是从前，抑或是现在。

于清觉得世界都要崩塌，一声也没吭。

温梓新低头安静地看着她，往日那纵容温和的模样在此刻荡然无存。他敛了唇边的笑意，眼中再无半点情绪，忽地轻飘飘地吐出了一句。

“什么都不记得是不是很愉快？”

于清没听懂他的话，声音沙哑而轻：“什么？”

温梓新弯下腰，亲昵地将她的头发挽到耳后，用气音道：“你老觉得我会伤害你，那我不把你杀了，是不是太对不起自己了。”

于清的呼吸急促了些，动都不敢动。

她沉默下来。

看着她近在咫尺，像是在求饶的眼睛，温梓新的眼眶渐渐发红。他收回了手，保持着原来的姿势，淡声说：“你知道我有多期待吗？”

他有多期待来到她身边，有多期待能像个普通人一样活下来。

可他在这个世界上唯一爱着的人，却用她的反应来告诉他：你根本不应该存在，你真的太不正常了，你就是一个怪物。

他的声音沙哑至极，似乎糅杂着刻骨铭心的痛意，像是嵌在他心脏上的一刺，拔走了，伤口仍在；愈合了，疤痕也去不了。

于清还陷在他刚刚的话中，大脑一片空白。

“我日日夜夜，都在祈祷着……”温梓新的尾音发颤，带着些微哽意，“能够逃离那个只有我一个人在的深渊。”

温梓新低声道：“可你为什么，总要让我回去呢？”

于清缓慢地抬起头。

“既然如此，”温梓新低声嘲弄了一声，继而抬手轻抚她的脸，“那就……”

从一开始就存在的、内心那个一直在呐喊着的声音，在此刻像是冲出了牢笼，就要脱口而出。比起死亡，令于清更恐惧的那件事情，似乎要再度发生：“别……”

温梓新已经把剩下的话说完。

“都记起来吧。”

于清的声音一顿，恐惧在这一瞬消散，极其强烈的痛苦涌上心头。

“既然你那么怕我，那就每时每刻都提心吊胆着。”他的眼睛红得像是带血，掺着万念俱灰般的绝望，“我要让你，时时刻刻担心我会回来——”

“因为下一次，我不一定就会放过你了。”

话音刚落，于清眼睁睁地看着温梓新化成碎光，分散开来，穿过紧闭的窗户往天空的方向快速移动着。

她的眼泪掉了下来，想叫住他，想让他不要走，可是身体却动弹不得。

极强的无力感将她包围，她呜咽出声。

随后她的眼前一黑，她能清楚地感觉到自己的身体向后倒去，倒在了沙发上，甚至能闻到温梓新残留在上面的味道。

那些失去的记忆伴随着成百上千个画面，强硬性地涌入她的脑海中。

温梓新是第二次用这个能力，也不知道被催眠的对象之后要多久才能缓过来。

见于清眼神呆滞地坐在原地，温梓新觉得有些无趣。他站起身，注意到地上的血迹时，下意识扫了一眼自己的身体，而后将所有污渍净化。

注意到刚刚于清用来砸他的东西，温梓新捡了起来。他挑了挑眉，在手里研究了一会儿，而后按下其中最为醒目的红色按钮。

与此同时，原本关闭着的电视突然开启，放着最近很火的一部剧。

温梓新被吸引了，坐到沙发上，盯着电视机里两人的互动。瞥见男主角身上的衣服，他顺势垂头，看着自己赤裸的身体。

啊，衣服。

他又抬眼，就着男主身上的衣服，有样学样地变了一套出来。直到他变出了第三套，于清那头才终于有了动静。

于清呆滞地盯着温梓新，几秒后，整张脸突然涨得通红，而后闭上眼。

“你……你能不能把衣服穿上？”

听到这话，温梓新转头，想了想：“哦。”

他很尊重他的这个救命恩人，极为听话。温梓新直接把身上的毯子扯开，拿起身旁的一套衣服，站了起来。

耳边传来了窸窸窣窣的声音，持续了一段时间。等久了，于清忍不住张开眼，看向温梓新，而后瞬间石化。

于清咬了咬牙，拿起旁边的抱枕砸他，别开脑袋：“你干什么！你怎么能在别人面前脱光？你这不是耍流氓吗？”

被砸了头，温梓新有些不悦：“那我到底穿不穿？”

下一秒，于清又砸了一个过去：“去厕所里换！”

温梓新嘴角渐渐平直，但也没发脾气。他抬脚往里走，走到其中一扇门前，回头问：“这间吗？”

闻言，于清下意识睁眼，语气瞬间暴躁：“随便！在你穿上衣服之前，别跟我说话！”

温梓新皱眉，神色多了几分不耐，又觉得有点儿失望。

看来即使是这样，这人依然对他没什么好的态度，也并没有要与她好好相处的意思。

也不知道能在这儿待多久，说不定一会儿出来，她就会让他滚了。

看来得开始研究该怎么才能好好地在这个世界活下去，至少不能过这样寄人篱下的憋屈生活。

听到关门的声音，于清缓慢又迟疑地睁开眼。她松了一口气，想到温梓新的脸和身体，忍不住捂住了自己的脸，在沙发上滚了一圈。

真的好帅啊！

怪不得她会见色起意！

谁见到都会见色起意吧！

不行！

不能让他看到自己这副花痴的模样！

得矜持点！

等温梓新出来的时候，于清已经换成平静而高冷的表情。她坐在沙发中间，专注地看着电视，假装对他没有半点儿兴趣。

而后，故作才看到他出来的样子，突然抬眼：“换好了？”

温梓新没回答她这个像废话一样的问题。

于清非常宽宏大量，也没在意他的冷脸，抱着十分友善的态度，拍了拍她旁边的位置：“过来坐吧。”

闻言，温梓新的表情才稍稍好看了些。他没坐在于清旁边，而是在距离她一米远处的位置坐下，看起来陌生而又疏远。

不过也的确是陌生。

于清托着腮帮子，目光依然放在电视上，随口问：“对了，你为什么没有地方去？离家出走吗？”

温梓新扯了下嘴角，直接道：“没有。”

“啊？”

“没有家。”

于清只觉得是他不愿意说，也没强求。她弯起嘴角，露出了见面以来的第一个笑容，小虎牙看得人牙痒痒。

“我叫于清，属于的于，清澈的清。你呢？”

“我？”温梓新漫不经心道，“没有名字。”

于清抿了抿唇，有些不满：“哪有人会没名字？你这明显就是不想告诉我。我又不是要问你什么，就一个名字你也不说。”

“真的没有。”温梓新似乎并不觉得这是什么稀奇的事情，神色没多大变化，“你给我起一个吧。”

于清盯着他看了好一会儿，极为肯定他就是不想说，觉得有点憋屈，但又懒得跟他争执：“那就温梓新吧。”

温梓新瞥了她一眼：“你怎么起得这么快？”

“就一个名字，要想多久？”

于清感觉是有点儿随意，又大发慈悲地补充：“温暖的温，木辛梓，新旧的新。”

温梓新挑眉：“梓你怎么不组词说？”

“我不会。”于清拿起桌面上的薯片拆开，顺手换了个台。

温梓新也不计较，默念了一遍这刚拥有的名字，心情还算不错。他也象征性地关心了她一下：“你的家人呢？”醒来之后他就注意到了，她的年纪并不大，但似乎是一个人住。

于清动作一顿，眼神黯淡了下来：“我也没有。”

气氛顿时变得僵硬，也让温梓新的笑容稍微收敛了些。不知是不是触到了她不开心的点，他也没继续问下去。

于清抽了张纸巾，擦掉手指上的碎渣，又笑了起来：“你要觉得庆幸才行，要是我有家人，你今天可没法进我这家门。”

“为什么？”

“我随便带一个陌生男人回家，要是我有家人，他们不得打死我。”

“啊。”温梓新无所谓道，“你把我当成女人也可以。”

“我怎么看都不觉得你像个女的。”于清有些无语，把薯片递到他面前，“你吃吗？”

温梓新迟疑地接过。

于清没松手：“要说谢谢。”

温梓新：“谢谢。”

“这样才对。”于清笑起来，“既然你没地方去，你要不要住在我这儿？等你有可以去的地方了，想什么时候走都可以。”

温梓新一愣：“你愿意让我住在这儿？”

“是啊，反正你长得好看，我也不吃亏。”

盯着她的小虎牙，温梓新突然觉得面前的人又变得顺眼很多，让他能收敛所有的情绪，有火气也发不出来。

他沉默几秒，又道：“谢谢。”

于清的心情也好了起来，弯着眼在虚空中画了一颗星星，叽叽喳喳道：“我以后叫你小星星吧，是不是还挺可爱？而且跟你名字对应呢。”

温梓新摇头，纠正她的发音：“是新，不是星。”

“这不是差不多吗？”于清说，“朋友之间都要起个昵称，这样才能拉近我们的距离，显得咱俩的关系很亲密。”

温梓新依然不情愿：“不行。”

于清皱眉：“为什么？”

“听起来像个小孩儿。”

“这叫可爱。”

温梓新眼眸漆黑，淡淡地看着她，以其人之道还治其人之身。

“小清清。”

于清的鸡皮疙瘩瞬间起来，立刻缴械投降：“行吧，我不喊了！我输了！”

温梓新轻哼了一声。

过了几秒，于清又道：“那我偶尔喊喊总行吧？”

温梓新毫不退让："不行。"

于清鼓起腮帮子，小声嘀咕了句"小气"。然后她抱着抱枕，靠在沙发背上，突然开始唱歌："一闪一闪亮晶晶，满天都是小星星……"

听到那三个字，温梓新皱眉："不许唱。"

于清当没听见："挂在天上放光明……"

温梓新下颚紧绷，喊她："于清。"

"好像许多小眼睛……"

温梓新没再打断她唱歌。

于清反倒觉得不习惯，声音也渐渐小了下来，小心翼翼地看着他。

温梓新面无表情，等她的歌声彻底停了，他才出了声，也开始唱歌。声线醇哑，如同夏季里伴随着海浪袭来的风，带着点不易察觉的慵懒，令人心旷神怡。

"一闪一闪亮晶晶，满天都是小清清……"他后面两个字咬得很重，明显是想故意气她。

那个时候，他们两个人都还太幼稚。

总能因为一些小事就吵起来，却仿佛是促进关系的一种方式，让他们渐渐没了隔阂，真心开始接纳对方。

这次于清没觉得肉麻，笑了出声。她的眼睛圆而大，亮晶晶的，像是水洗过的黑宝石，极为生动："你怎么那么可爱！吓死我了！我还以为你生气了！"

温梓新觉得很奇怪，眼前的人很轻易就能点燃他的火气，但是也能用一句话，将他的所有负面情绪全数驱散。

他压抑着即将弯起的嘴角，能听到心脏重重跳动的声音。

极其清晰地感觉到，活着的滋味有多好。

怕真的会惹他不开心，于清没再逗他，提起另外一茬："我记得之前地上好像有很多血，你受伤了吗？”

想起她刚刚看到地上的血时，吓得掉眼泪的模样，温梓新神色一顿，不想再看到眼前的笑容消失，下意识摇头。

于清怀疑道：“真的没有？”

温梓新：“没有。”

见他似乎也没什么伤口，于清放下了心，嘱咐道：“不舒服要跟我说，去医院，这种钱不能省着。”

温梓新直直地看着她，眼里情绪难辨。

“好。”

看着干干净净的地面，于清问：“所以，是你打扫的吗？你弄得还挺干净的，我可一个星期没拖地了，谢谢啊。”

温梓新没说话。

于清侧头：“你得说‘不客气’。”

他没再沉默，乖乖重复：“不客气。”

温梓新突然觉得，一切都很值得。

他来到这里时所受的那场磨难，大概是在上天准备送他一份珍贵礼物的前提下换来的代价吧。

在这一瞬间，温梓新彻底忘掉了那时候的皮肉之痛，那时候内心的绝望与呐喊，那时候对这个世界的憎恨与无奈。

在他最孤独的时候，于清出现了。

从此以后，他的所有防线，只因她而崩塌。

温梓新下意识喊：“于清。”

此时，于清正趴在茶几上，往杯子里倒水。听到他的声音，她回了头，有些茫然地问：“怎么了？”

温梓新回过神，指了指茶几：“我也想喝水。”

“哦。”于清递给他，“给。”

他接过，而后郑重地道了声谢。

“谢谢。”

谢谢你的水，谢谢你夸我可爱，谢谢你关心我。

还有，谢谢你愿意接纳我。

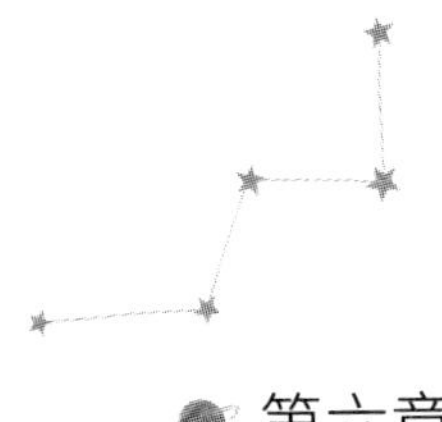

第六章

世界崩塌

于清慢吞吞地喝着水，直到把杯子里的水喝完了，她才注意到时间。她盯着看了两秒，突然站了起来，快步往房间走：“糟了，怎么都这个点了。”

温梓新的目光跟着她：“你要去哪儿？”

于清大喊：“换衣服上班！”

温梓新点点头，收回视线，继续看着电视。

他不知道前边放了什么内容，此时上边只有一男一女，正吃着饭。男人笑起来怪怪的，动作慢条斯理，随便一个举止都像是在调戏女生。

于清恰好在这个时候出来：“那我出门了。”

温梓新默不作声地盯着她，见她把鞋子套上了，他才冷不丁地冒出了句：“于清，我们还没吃早饭。”

于清赶着去电影城，怕会迟到，但又觉得这样直接不管他好像是不太好。她用商量的语气说：“你饿了吗？我来不及了，冰箱里有速冻饺子，你自己煮行吗？”

温梓新摇头：“我不会。”

于清很有耐心：“就是，你就在锅里装点水，然后要吃几个你放几个。等水滚了，饺子浮起来了就可以吃了。”

他依然摇头：“我不会。”

于清开始不耐烦了：“不是多难的事情，而且你又不是小孩儿，煮个饺子怎么了？我真的赶时间，我要出门了。”

这次温梓新没吭声。

于清把包背上，最后问了句：“能不能自己煮？”

温梓新的回答依旧没变：“不能。”

于清在原地平复呼吸，按捺着火气，再次看了一眼墙上的时钟。随后，她认命地将刚穿上的鞋脱掉，往厨房的方向走去。

她忍不住抱怨：“搞得好像我让你做的是什么极其困难的事情一样。”

温梓新起身，跟着她走了进去。

于清随手拿了口锅，往里头装了一大半的水，放在电磁炉上，继续碎碎念：“我自己都没吃，就得在这儿伺候你。”

温梓新站在她旁边：“那你也可以吃。”

于清炸了：“我才不吃！就这么简单的事情，你还要我做！我这是最后一次给你做！你自己看好要怎么做！我以后才不会专门给你做！”

温梓新侧头看她，突然来了一句：“你脾气好差。”

于清难以置信地转头。

温梓新又补了一句：“但人还挺好的。”

这话让她把即将脱口的话又咽了回去，于清哼了一声，从冰箱里拿出包只剩一半的速冻饺子，全部倒了进去。

于清用筷子搅拌着，把火关小了些："差不多了，再煮五分钟就可以吃了。"

温梓新一愣："这就好了？"

"都说煮饺子很容易的。"于清洗了个手，上下扫视了他一眼，嘀咕道，"明明长得高高大大的，怎么性子却娇滴滴的。"

温梓新眉梢皱起："你这是在骂我？"

于清拍了拍他的肩膀，敷衍地哄道："我这是在夸你细腻温柔。"

他的表情仍旧不太好看。

于清拿了一个碗出来，继续道："一会儿你把饺子装到碗里吃，然后记得小心烫。我走了。"

没听到他的应话，于清瞅了他一眼。

温梓新的嘴唇抿着，没看她，情绪毫不掩饰，明显在因为她那句"娇滴滴"耿耿于怀。

于清好笑道："你可太小气了。"

温梓新看向她，神色更加不悦，想说点什么的时候，于清又笑嘻嘻地补充："那我以后不骂出声，行吗？我就在心里偷偷骂。"

温梓新的语气生硬："不行。"

于清当没听见，往外走："就这么说好啦！"

他继续道："不行。"

"知道了，小星星。"于清到玄关重新套上鞋子，很幼稚地说了句，"性格跟个小孩儿似的，还不想用小孩的名字。"

说完，她便开门走了出去。

温梓新还站在厨房里，盯着锅里翻滚着的水。感觉时间差不多了，便用勺子舀到刚刚于清拿出来的那个碗里。

他拿着碗，坐到餐桌旁。

盯着碗里的饺子，过了好一阵才拿起勺子，笨拙地咬了一口。

热腾腾的，无法形容的味道在味蕾爆发。温梓新咀嚼的速度很慢，半晌后才咽进了肚子里。

别扭的情绪在顷刻间消散。

他突然觉得，他可以原谅刚刚于清骂他以及喊他“小星星”的行为。

就像是理所应当一样，两人就这么自然而然地生活在了一起。

于清几乎每天都要去电影城，从早待到晚，一个月下来也没休息几天。她的戏份没多少，工资一天最多八十，但普遍只能拿五十块钱。

一开始，温梓新并不对她的工作发表什么言论。

只是有一次，于清回来时手臂带了伤，是拍戏时不小心弄到了的。

温梓新总算忍不住了，语气不太好听：“你这职业又累又不赚钱，你为什么不去找个轻松点的？”

于清反驳他：“只是不红的不赚钱。”

温梓新看了她一眼，从柜子里翻出药，给她处理伤口：“那你不就是属于不红的那一圈。”

“喂！”于清有点儿不爽，“哪有你这么说话的！”

“能不能换个工作？”

“那不行。”于清立刻拒绝，“人都是有梦想的，没有梦想的人，那跟咸鱼有什么区别？”

“那你的梦想是什么？”

于清想都不想：“能让很多人喜欢我。”

“为什么？”

“想让我妈妈看到。”于清的声音低了下来，“让她知道，就算她不喜欢我，也还有很多人喜欢我。”

恰好把她的伤口处理好，温梓新愣了一下，抬头，想问点什么的时候，于清已经变回平时那副开朗的模样：“好了，你顺便把碗洗了吧，我要去洗澡了。”

她话题扯开得很明显，看上去是不想继续说下去，温梓新也识趣地没追问。他把棉签扔进垃圾桶里，挑眉道：“我没觉得顺便。”

于清厚着脸皮：“怎么会，我觉得挺顺便的。”

温梓新提醒道：“这周的碗都是我洗的，你一次都没洗过。”

“那这周的饭还都是我煮的呢。”于清理所应当道，“我们分工呀，我煮饭，所以你洗碗，不是挺公平的吗？”

“早上的面包是我烤的。”温梓新想了想，又道，“还有，平时的粥和饭都是我煮的。”

“我这不是怕你无聊！反正你闲着也是闲着。而且，还不都是我教的。”于清很大方地说，“就是当学费了。”

“我不打算这么闲下去了。”瞥了一眼她手上的伤口，温梓新语气很淡，“我准备去找份工作。”

于清眨了眨眼：“可以呀，你打算找什么工作？”

“不知道。”

“要不要我陪你去？”因为温梓新不管做什么事情都傻乎乎的表现，于清总觉得不太放心，“不然，我怕你被骗。”

温梓新扯了下嘴角：“我能被骗什么？”

“骗色啊。”于清说，“你长这样的，出门可太危险了。”

“那你被我骗到了吗？”

于清非常捧场：“当然啊，你这绝色容颜谁能躲得过！”

“嗯？”温梓新眼角微弯，看上去心情很不错，“那你去把碗洗了，洗完我给你奖励。”

“我才不要。”于清立刻躺到沙发上，抱着抱枕，一副不愿意再动弹的样子，“你去你去，洗完，换我给你奖励。”

“什么奖励？”

于清笑眯眯道：“我带你出去逛逛！”

温梓新抬头看了一眼时间：“你不是要洗澡了？”

“那就晚一点儿再洗，就当吃完饭消消食了。”于清说，“最近创意谷那边在弄美食节，我们可以去看看。”

盯着她的小虎牙，温梓新眼神微黯，喉结动了动：“可以。”

“那你……”

“下个月的碗我都洗了也没问题。”温梓新说，“但是这不算奖励，我想要点别的。”

“那你想要什么？”

温梓新没回答，往厨房的方向走去。

于清也没再继续看电视，起身回房间换了套衣服。等她从房间里出来时，温梓新也已经收拾好了，此时正用抹布擦餐桌。

温梓新注意到她明显打扮过的模样，他笑了起来：“换好衣服了？”

于清点了点头，跟着他进了厨房。

温梓新将抹布洗干净拧干，挂在一旁，而后挤了点洗洁精开始洗手。他的手指修长白皙，骨节分明，用来洗碗简直暴殄天物。

看到这一幕，于清莫名有了一丝负罪感。

把水龙头关上，温梓新抽了张纸巾擦手。他侧过身，突然一声不吭地抓住她的手臂，将她扯入自己的怀里。

猝不及防的动作让于清猛地抬起头：“你……你干吗！”

“我怎么了？”温梓新的手冰冰凉凉的，话里带了几分调笑，“反倒是你，一直在这儿做什么？迫不及待地想给我奖励吗？”

他的脸近在咫尺，于清还能感受到他温热的呼吸。他生得极为好看，眼睛漆黑如点漆，染着碎光，像是带了蛊。

于清的呼吸一窒，脑海里一片空白，连他说了些什么都没反应过来，只是下意识地点了点头。

温梓新的耳尖发红，将她的手抬了起来，轻轻地吻了一下。

“我来收奖励了。”

“这次就先收这些。”温梓新看着她红艳艳的唇，弯起嘴角，“你为了我而精心打扮的妆容，可不能弄毁了。”

于清愣了好一会儿，猛地甩开他的手，整张脸涨得通红：“你干吗？你吓我一跳……”

温梓新的手定在空中，皱眉：“为什么？”

“你这……这行为……”虽然他们住在一起已经有几个月了，但一直都是很纯洁的友情关系，没有做过过于亲密的事情。此时于清的脑子里一团糨糊，不知道该做出什么反应：“你是不是最近看太多电视剧了？不要老看那些，会教坏你的。”

温梓新放下手，唇边的笑意渐敛。

于清避开他的视线，继续道：“我跟你说，你这种行为只能对你喜欢的女生做。你要是对哪个女生都这样，别人会说你是渣男的。”

他定定地看着她：“我没有对谁都这样。”

“那是因为你只见过我呀。”于清叹了一口气，语重心长道，“等你见的人多了，就会发现，我顶多是个在你无家可归的时候给了你几顿温饱的人罢了。”

温梓新沉默下来，表情看不出喜怒。

于清没注意到他的情绪，继续道：“所以，你不要把感激当作喜欢了。”

于清抬头，见温梓新没吭声，以为他听进去了。她挠了挠头，往玄关的方向走：“那我们出……”

温梓新唇线抿直，忽地绕过她回了房间。

“我不想出门了。”

于清一顿，下意识问：“啊？怎么突然就不出门了，我都换好衣服了，还化了个妆……”

回应她的是一阵巨大的关门声。

站在原地发了一会儿的呆，于清觉得有点儿委屈，眼里带着失落，小声嘟囔了句：“脾气越来越大了。”

隔天一早，于清起床的时候，发现温梓新已经出门了。

洗漱完，于清到了客厅，一眼就看到餐桌上的烤面包和牛奶。她还因为温梓新昨晚的态度有点儿别扭，顿了好几秒才走过去，然后扯出压在盘子下的字条。

——我出门了，会在你回家之前回来的，所以，钥匙我就拿走了。

底下的署名是一颗五角星。

看着那颗五角星，于清的火气瞬间消散。

她折回房间，将字条放进床头的柜子里。刚起身，她想了想，再度打开柜子，将其压在了几本相册下面。

万一被温梓新发现自己还会特意珍藏他随便写的一句话，那岂不是很没有面子。

也许是因为长得好，温梓新的工作找得很顺利。他在家附近的咖啡厅当服务员，每天从上午九点工作到下午五点。

自从他到店里上班，咖啡厅的生意就变得火爆起来，来的全是年纪轻轻的女生，目的显而易见。

因此店长也开心得不得了，给他涨了不少工资。

两人每天同时出门，但于清却要比温梓新晚两个钟头到家，并且这段时间，她的情绪一直都不太好。似乎是因为天分不足，演技不够好，所以在片场被好几个导演骂了。

原本就没什么肉的脸蛋更是以肉眼可见的速度瘦下来。

这天，两人在餐桌上吃饭。

温梓新在内心斟酌半天，迟疑地开口："于清，你想不想读大学？"

似是没料到他会说这样的话，于清呆住了，不过很快就反应了过来："肯定想啊，但还得复读，我没钱交学费。"

温梓新认真道："我现在有工作了，我供你读。"

于清被他的话感动到，鼻尖一酸，但还是摇了摇头："真的不用，我觉得现在这样就挺好了。"

"如果是钱的问题，你不用担心。"温梓新很坚持，"但如果是因为你不想复读，那你可以报名成人高考。"

于清被他说得有些动摇了，沉默了一会儿，而后笑起来："真的不用，如果你是想报答我的话，没必要做到这个地步。"

闻言，温梓新扯住她的手腕，这次没像上次一样保持沉默。他的目光灼热，一字一句地说："不是报答。"

于清有些不自然地扯开他的手，恼羞成怒道："不是就不是！你别动手动脚！"

"于清，"温梓新声音低了下来，"你不喜欢的话，我不会逼你。"

怕他不开心，于清立刻道："我哪有说不喜欢？"

温梓新低头笑了一声。

后知后觉的于清意识到自己说了什么话后，脸烧了起来，但还是装作什么都没发生一样，继续吃饭。

温梓新盯着她的侧脸，好心情没半点儿收敛，突然问："明天你生日，几点回来？"

于清没看他，看上去有点不太自在："平时几点就几点。"

"行。"温梓新伸手揉了揉她的脑袋，"你可以期待一下。"

"我才不期待。"

虽然她是这么说，但温梓新移开视线后，她的嘴角还是忍不住翘了起来，眼角弯成月牙儿，含着满满的笑意。

既然你都叫我期待了，那我就——勉为其难地期待一下好了。

于清生日当天。

温梓新走出咖啡厅时，刚过晚上六点。他提着在同事的帮助下做出的蛋糕，想着于清应该差不多七点回来，脚步渐渐加快。

怕赶不及，路过一条没有摄像头的小巷时，温梓新犹豫了一下，还是选择了用能力瞬移回到家中，但结果并不在他的预料范围之内。

也是温梓新太过于急切了，没有考虑太多，做事情也不顾及其他。他完全没有想过，于清会提早回来；也完全没有想过，被她看到的话，会有怎样的后果。

几乎是于清将门关上的同时，温梓新回到了家中。

天已经黑了，房里还没有开灯，所以他身上的光芒异常明显，将整个室内照得通明。

这样不正常的光芒吸引了于清的注意。她缓缓转头，目光呆滞，盯着他散着光点的身体，呼吸渐渐急促起来。

场面像是被定格了。

不知过了多久，于清眼里的喜悦被恐惧取代："你……"

她似乎不知道该说什么，恐惧感渐浓，身体的本能让她不由自主地向后退，手挪到身后想要将门打开，却怎么都摸不到门把。

于清的举动让温梓新的表情僵住。他强装镇定，拿着蛋糕盒往她的方向走："你今天怎么这么早？我给你做了蛋糕，要不要看看？”

于清不知所措地摇着头，声音不似平时那般温和软糯，略带尖利，夹杂着恳求：“你别过来……”

温梓新停了下来，轻声问：“怎么了？”

于清的眼泪掉了下来：“你的身体……”她的声音发着抖，“为什么会这样……你是什么……我的小星星呢……”

“别怕。”温梓新露出个笑容，话里带了安抚，“我在这儿。”

“你才不是！”像是难以接受这样的事实，于清哭了出声，“我的小星星才不是……”

她的话还没说完，温梓新身上的光点终于消散。他整个人形都现了出来，虽然看起来跟平时无二，但这样直接把事实甩在于清眼前，还是让她难以置信。

于清的话卡在了喉咙里，认清了事实。她无力地靠在门上，全身发颤，呜咽道：“为什么你会这样……我从来都没见过这样的人……”

温梓新觉得大脑嗡嗡作响。

他垂下眼，眼眶也渐渐红了。他再度走了过去，想给她看看自己亲手做的蛋糕：“这是我给你——”

见他越发靠近，于清想要后退却无路可退。她看着温梓新，屏住呼吸，连哭声都发不出来，到最后甚至直接晕了过去。

房子里瞬间安静了下来。

那是一种比火烧全身还要痛苦、是比以为自己活不下去的那天还要绝望的感觉。

原来不是因为没有合理的理由。

只是因为他的存在，本身就令人感到害怕，令他的于清那么害怕。

温梓新站在原地，忽地把蛋糕盒丢到一旁。他大步走过去，将于清抱进怀里，像是怕弄疼她，动作极为小心翼翼，强忍着的泪一滴又一滴地砸在她的脖颈。

漆黑的小房子里，月光从窗外洒了进来。

透过蛋糕盒上的透明塑料片，能见到蛋糕上歪歪扭扭地写着八个字。

——不是报答，只是喜欢。

陷入昏迷时，于清隐隐听到有个男人在她耳边说话。

那声音是那么的熟悉，说话时却磕磕绊绊，吐字也没有往常那般清晰。

“我想跟你说，我喜欢你……”

“想跟你说，想一直跟你在一起……”

“想一辈子，遇到任何事情，身边都有你。”

“可是……”

等了很久，那人都没有再开口。在于清以为他不会再说下去的时候，耳边缓缓传来了一句话。

那话，轻得让人几乎听不见，却像是用尽了全身的力气所吐出来的。

“你那么怕我。”

第二天早上，于清洗漱完之后，看着空荡荡的餐桌总觉得有点儿怪异，但又好像没什么不对劲。

她摸了摸心脏的位置。

因为这个行为，于清有些莫名其妙，但很快就抛在脑后，哼着歌拿起昨天买的方块包抹了点黄油，顺手撒了点白糖，放入烤箱中。

吃完面包之后，又开始了一天的忙碌。

每天做的事情几乎都是重复的，有时候她都分不清这是梦境还是现实，分不清这到底是哪一天。

因为，真的太平淡了。

于清依然是电影城里最没有存在感的群众演员。

因为那个说好要供她读书的男人已经被她遗忘。

后来，那个男人多次出现在她的面前。他每次出现，都是在她绝望与悲痛之际，并将她从其中拯救出来。

再然后，他会平静地将她的记忆删除。

再后来，他回来了。

变成了容貌相同，但性格和之前几乎没有任何相似之处的小星星，经常是沉默的，不论她说什么都同意，只懂得一味迁就她的温梓新。

……

于清猛地从梦境中惊醒过来。

窗外的天空漆黑一片，周围安静得甚至能让她听到空气流动的声音，像是极其强烈的孤独感所发出来的声音。

于清伸手摸了摸汗涔涔的额头，喉咙里不自觉地哽咽着。她的指尖向下滑，摸到满脸的泪水，刺得她皮肤生疼。

于清下了沙发，脚上踩到了什么东西。

她低头一看，是那个男人带回来的文件袋，上面还写着“温梓新”三个字。她的手握了拳又张开，慢慢弯腰将它捡起。

于清顾不得将文件袋打开，也顾不得看上面男人的资料和照片，现在的她只想确认一件事情。

于清急切地往自己的房间跑，而后走到床头柜的旁边。她用力拉开柜子，动作粗暴，像是泄愤般地将上面的各种杂物扔开。

然后她看到了放在最底下的东西——一张字条，上面歪歪扭扭地写了一行字。

看到它，于清的眼泪完全不受控地掉下，接连不断地、一颗又一颗地砸在了那张字条上。字迹被泪水晕染开，变得模糊不清。

她伸手将文件袋抱在怀里，像是无法承受般地痛哭起来。

有时候，上天就是那么喜欢跟你开玩笑。

那天温梓新又回到了那个他一直想逃脱的地方，于清也回到了独来独往的生活。

可那天却是——

两人都以为最值得期待的明天。

这一瞬间，于清觉得自己全身的力气都被抽光了。

她靠着床沿坐在地上，抱着文件袋的手臂收紧，无边的痛苦与孤独将她淹没，她甚至不知道接下来该怎么度过。

她像是自虐般地不断回忆过往发生的事情，到最后，她的脑海里一直重复着两人之前的对话。

“你怕吗？”

“不……吧。”

“是吗？”

“我……我是真……真不是很害怕……正常这种状况，我要害……害怕的话…我应……应该也不敢跟你说话的。”

这话就连她自己想起来都觉得可笑，更何况是他，原本他已经选择不再出现在她面前。

可她用言语哄骗他，让他再次同意留下来。她的目的像是故意伤害他，所以在发现他真面目的时候，她又再次用言语将他击退，满心疮痍地离开。

这样的她，确实是一点都不值得原谅。

于清的生活开始变得浑浑僵噩。

她每天躺在床上，哪儿都不想去，她分不清朝夕，只知道抱着温梓新带回来的那个文件袋，连片场都没心思再去，日复一日地过着同样的生活。

在回忆中睡去，在温梓新那双红得像是要落下泪的眼中惊醒。她什么都吃不下，却还是硬逼着自己吃些补充热量的东西。

整个人变得憔悴而虚弱。

她的情绪反复而异常，有时候哭着哭着便笑起来。

于清是被手机振动声吵醒的。她慢慢地睁开眼，眼睛空洞无物，毫无反应，没有半点儿要去接电话的意思。

过了好半晌，手机因为没电自动关机，振动了一下，而后整个房间再度陷入寂静之中。

遮光窗帘阻隔了所有光线。

于清的身体蜷缩成一团，再度合上了眼。

“我日日夜夜都在祈祷，能够逃离那个只有我一个人所在的深渊。”

是什么地方，只有你一个人在，为什么一直想逃离？

“可你为什么，总要让我回去呢？”

我没有总想让你回去，因为比起死亡，我更怕你会再度离我而去，再也见不到你。

于清的眼眶渐湿，就当她要再度睡过去时，玄关处突然响起急促的门铃声。她的眼睛迟缓地动了动，隐隐还能听见许小云的声音。

“于清！于清！你在不在里面？！”

过了好半晌，于清才意识到这不是幻听。她昏昏沉沉地坐起来，想站起来，眼前却突然一黑，在地上晕眩了好一阵。

直到缓过来一些，于清才爬了起来，走到玄关开门。

见门开了，许小云才松了一口气，后知后觉地怒了起来：“你是不是有病？我给你打电话为什么不接？还直接关机了？你想吓死我？”

于清像是终于找到了依靠般，她鼻子一酸，走过去把脸埋进许小云的颈窝处。

许小云的怒火瞬间消散：“你怎么了啊？”

而后于清的身体发颤，又开始呜咽起来。

许小云愣了：“怎么回事儿？你别吓我。”

她什么都说不出来，只知道哭，像是气都要喘不过来了。

“不是，有什么事儿你跟我说。”被她的情绪感染，许小云的眼眶也红了，“没事儿，别怕，咱们一起解决，没关系的。”

豆大的泪往下砸，于清艰难地说：“我不知道该怎么办……”

“慢慢说，没事儿。”许小云安抚她的情绪，语速慢下来，“你知道你上了微博热门吗？”

正说着，她忽然注意到于清手中的东西：“这是什么？”

听了许小云的话，于清也看向手里的东西。那是温梓新的身份证，上边的他面无表情，不带笑意，给人一种拒人于千里之外的感觉。

许小云也看清了男人的模样，愣了一下，而后拿出手机，翻出一个视频给她看：“是这个男的？”

手机里响起了熟悉的声音。

“怎么哭成这样？”

“你还笑！你看我头发！你看！丑死了！”

“不是，你能不能明确给我指一下哪儿丑了？不然我实在找不着。”

于清猛地抬头，眼里还含着未掉落的泪，难以置信地抬头看向许小云的手机。

“这个男的就是温梓新吧？”许小云又说，“别哭，咱不是约好，等我回来一起吃个饭吗？”

本还想问问他们是不是分手了，但于清的这副模样又让许小云把话咽了回去。她叹了一口气，恨铁不成钢道：“不就是个男人，我们清清长这么好看，以后找个更好的。”

于清怔怔地盯着屏幕，没说话，直到视频放完了，她才回过神来，轻声道：“许小云，我想吃东西。”

“这才对，你没必要为了别人让自己这么痛苦。比起别人，自己过得好才是最重要的。”许小云拍了拍她的脑袋，一直悬着的心终于着了地，“你坐着等我，我去给你弄。”

等许小云进了厨房，于清便转头回房间。她拿起床上的手机，插上数据线充电，长按开机键开机。

主界面立刻跳出一百四十三通未接电话，以及三十九条未读短信。

她直接略过，平静地打开微博热门。

还没看几条，于清又看到了刚才那个被人剪辑过的视频。她点了进去，又看了一遍，接着按了一下返回键，点进评论区。

“说来你们不信，我是为了我男神去看的剧，看完结果换了个男神。”

“这什么剧啊！我想去看！”

“好心说一句，路人不用特地去看了，这剪辑已经包含了剧里两人所有的片段了。”

“这妹子感觉好像在别的剧里见过！”

“话说，难道只有我一个人觉得，这男的有点像之前那个小星星吗？”

于清没再继续看下去。

她刚想打开未接电话看一眼，外头便传来了许小云的声音：“于清，我煮好饭了，你快过来吃。”

她按了下锁屏键，起身坐到餐桌旁。

这几天一直没怎么进食，此时于清实在没什么食欲，勉强喝了口汤。

“说吧，到底怎么回事？”许小云坐在她旁边，皱着眉头，“我感觉我再晚来一步，就得给你收尸了。”

“你这还猜不到吗？”于清苦笑，“分手了。”

许小云盯着她，又叹了一口气：“没关系的，过了这段时间就好了。”

于清小口地吃着面，良久才轻轻应道：“嗯。”

“这男人真不是好东西！”许小云忍不住骂，“不就是有几分姿色吗？我能找……”

于清打断她的话：“不关他的事情。”

许小云立刻收回接下来的话。

“是我。”于清垂下眼，“是我的问题。”

许小云也不知道他们之间发生了什么，而且于清看上去不太愿意说。她没再追问，只是道：“我今晚留下来陪你吧。”

“不用。”于清说，“你不用再担心我了，我会好好过下去的，然后……”

她要等温梓新回来。他都那样说了，肯定还会回来的。

许小云摇头：“我真放心不下，等你正常点我再走。”

于清没再反对，沉默着继续吃面。一有东西下肚，于清的感觉明显好受不少。吃完之后，她回到房间，恰好听到手机铃声响起。

于清看了一眼，是陌生人的来电。她犹豫了几秒，还是接了起来：“喂？”

电话那头传来一个女人的声音：“您好，是于清小姐吗？”

于清咳嗽了一声，伸手将温梓新的证件放入床头柜中。

“嗯，哪位？”

“我是邓之姿，是星立经纪公司的经纪人。”女人说，“是这样的，想问一下您有意跟本公司签约吗？”

于清顿了一下：“星立？”

“是的，另外还想问一下，您有之前跟你一起拍戏的那个男演员的联系方式吗？他在里面饰演林卓，我联系过那个剧组，听说那是你带来的朋友。”

听到这话，于清的眼神立刻黯淡了下来，沉默不语。

邓之姿继续道：“请问他有进娱乐圈的想法吗？”

于清如实说：“我不清楚，我现在没法联系到他。”

“这样啊。”邓之姿的语气带了惋惜，“好的，那我就先不打扰了。如果你有意向跟本公司签约，可以随时打这个电话。”

于清应了一声“好的”，便挂了电话。

她坐在原地发了一会儿呆，不知道在想什么，直到许小云走进来后，她才说话：“许小云……”

“怎么了？”

“星立找我签约。”

许小云有些意外，惊喜道：“哇！星立呀！挺好的啊，大公司！你以前不是一直很想签这个公司吗？”

于清扯了下嘴角，却一点儿都笑不出来。

见状，许小云伸手摸了摸她的脑袋：“虽然我不知道你跟那个男人发生了什么，但你自己要想好，不要因为一时的意气用事就放弃了自己的人生。”

“我知道。”于清说，“我没有想放弃自己的人生。”

只是，觉得太可惜了。

如果没有发生那样的事情，她现在大概就跟温梓新一块儿去签约了吧。

许小云在于清家待了两天，直到她情绪稳定些才回家。

等她走后，于清联系了邓之姿，提出了签约的意愿之后，她换了套衣服出门。

这间房子归于安静。

没多久，于清的房间出现了一个男人。

男人身材挺拔、消瘦，身上穿的衣服还是离开时的那一套。他蹲下身，从床头柜里拿出自己的身份证明，眼里看不出情绪，之后他便离开了。

房里的一切都和于清离开的时候没有区别，唯独床头柜的柜子大开着，里头少了一样东西，也多了一样别的东西。

多的是一张字条，上面写着一行字。

——不用提心吊胆了。

两年后。

邓之姿用钥匙打开于清家的门，走了进去。

客厅空无一人，室内安静得像是没有人存在。

邓之姿已经习惯了这样的场景，她直接往书房走，见里头还是没人，便转身打开了浴室的门。

此时，于清正躺在浴缸里。

她闭着眼，水面上浮着厚厚的泡沫，将她的身躯遮挡住，只露出白皙的脖子和脸蛋。浴室里水雾萦绕，热气蒸得她的脸颊泛红，更显得娇艳欲滴。

余光见门被打开，于清懒洋洋地瞥了一眼。她毫不在意邓之姿的出现，伸手将松散的发丝捋到耳后，再度阖上双眼。

她的反应让邓之姿的怒火瞬间燃到顶端："你最好给我一个合理的解释，《并肩走》的试镜你为什么没有去？"

于清思考了一下，似是很认真地答复道："没找着试镜的地方，我就回来了。"

邓之姿冷笑道："我让小李来接你了，他说你连门都没出。"

见蒙混不过去，于清沉默着站起来。她走到隔断门里，全身赤裸着在邓之姿面前淋浴。

"《并肩走》有读者基础，而且这个制作班底出的剧没有一个评分低的。陈导也有足够的名气，重点是人家基本已经指定你当女主了，你接了，就稳赚不赔。现在只差走个试镜过个场，你到底在矫情什么？"

于清抿着唇关上喷头，拿起一旁的浴袍裹上。

邓之姿完全忍不住了，她被于清这副云淡风轻的模样气炸了："于清，你觉得，以你的名气配得上耍这么大的牌吗？"

"别的演员全都在争着抢这个角色，你倒好，给你送上门了都不要！"邓之姿闭了闭眼，一字一句道，"你知道这是大荧幕吗？如果拍得好，你的身价可是会翻倍涨。"

于清偏头看她，眼珠子被水蒸气染得湿漉漉的："那能看到的人是不是就更多了？"

这话犹如让了步，邓之姿松了一口气："当然。"

"知道了。"于清走出浴室，顺带说道，"明天的试镜我会去的。"

这两年因为签了公司，于清的资源明显比之前多了。

邓之姿很会挑剧本，不会让她什么烂剧都接，让她饰演的角色，虽然并不算多重要，但因为性格突出，再加上演技好，她的口碑还算不错，因此名气也就渐渐上来了。

近期，于清出演的一部电视剧正在热播。

她在里边扮演一个患有双重人格的女配角，副人格是一个十恶不赦的杀人犯，主人格心地善良，做事怯懦。

在某次意外中，主人格发现了副人格所做的事情。

因为副人格的阻拦和蛊惑，再加上主人格胆小怕事，不想在监狱里度过余生，她完全不敢跟任何人说起这件事情。

后来在一番心里挣扎之后，她还是决定去自首。

人物心理上的恶与善被她诠释得非常完美，这样的反差吸引了不少粉丝，也入了陈导演的眼。

邓之姿跟着于清走进书房里。

于清已经躺在床上，发丝还沾着水，将枕头濡湿，可她像是一点感觉都没有。

邓之姿暗暗叹了一口气："明天我亲自来接你。"说完便走了出去。

听到玄关响起了关门声，于清这才如释重负，从枕头下面摸出手机，打开微博，点进热搜看了一眼。

热搜榜第一是《尾随》的演员名单曝光。

于清点了进去 。

"连续五年全国销量第一，漫画家步引成名作。真人电影《尾随》演员名单曝光，从去年年初便筹备开拍，2019 年 7 月 6 号上映。"

制作人名单上写着，导演是郭宇恒，编剧是步引，林随扮演者是温濯……

于清打了个呵欠，顺手点进评论看了看。

"我看到了啥？尾随？之前没有任何宣传，我还以为还没拍，结果下个月就要上映了？"

"请问温濯是哪位？"

"林随！我想大声欢呼了！"

"这人能演出林随，我跟他姓。"

"预告片呢？"

于清觉得无趣，把手机扔到一旁，用被子蒙住脑袋，闭上了眼睛。过了半晌，她猛地将被子掀开，走回自己的房间。

于清从床头柜的药瓶里拿了一颗安眠药，直接干吞下去，眼睛一直注视着放在最上面的那张字条。

她轻笑了一声，将柜子关上后就回到了书房。

药效很快发挥，于清一合眼便睡了过去。

隔日一早，邓之姿来到于清家中，把她从睡梦中扯了起来。她使出全身的劲将于清丢进卫生间，认真说："给你半个小时，把自己弄得好看点。"

于清点头，迷迷糊糊地开始洗漱。十分钟后，她回到房间，却从衣柜里随便拿出一套衣服。

跟着她进来的邓之姿立刻将衣服抢了过去，塞回衣柜里："你上次被记者拍到的时候就是穿的这一套。"

于清看了她一眼，没说什么，拿了另外一件。

这次邓之姿没再反对，叮嘱道："你能不能化个妆，不要老是素颜，有点明星包袱行不行？"

于清依旧没说话，一边打呵欠一边脱睡衣。

邓之姿觉得自己简直要操碎了心。她翻了个白眼，走出房间。

过了一分多钟，于清换完衣服走了出来。见邓之姿一副立刻就要爆发的模样，她立刻道："我吃完早餐再化，你不是还给我带了吗？"

邓之姿"哼"了一声，将袋子里的海鲜粥拿了出来，说："赶紧吃。"

于清弯起嘴角，虽然没什么胃口，还是硬逼着自己吃了半碗才放下筷子。

她化妆的速度很快，没多久两人就上了保姆车。

于清跟司机小李打了声招呼，打算闭上眼补眠。

哪知一旁的邓之姿突然往她身上丢了个剧本，说道："赶紧给我背台词，一会儿试镜你就演这段。”

打开邓之姿折了角的那一页，于清注意到男主的名字，不由得指尖一顿。她抬起头，勉强露出个笑容：“以前看过这本小说，还挺喜欢的。”

邓之姿垂着眼，一边给人回短信，一边回道：“喜欢还一直推脱？”

“那是年少无知。”

邓之姿应了一声，没再说话。于清开始专注地看剧本，将自己整个人代入角色中，还未等她从角色的情感中挣脱出来，已经到了试镜的地点。

邓之姿带着于清到化妆间，找了个位置坐下。于清跟化妆师打了声招呼，而后继续看剧本，任由化妆师在自己脸上涂涂画画。

邓之姿则到大厅去帮她签到，领号码牌。于清也没注意等了多长时间，只感觉没多久就轮到了她。

她整了整头发，推开门走了进去。

于清饰演的故事片段是这样的：男主回国之前给女主发了自己的航班信息，当天女主打算去接机，但在她坐上去往机场的出租车后，通过手机看到一条新闻——男主的航班失事了。

于清对眼前的导演和编剧鞠了个躬，便立刻进入状态。

这场戏局限不小，且是坐在出租车内，她不能有太大的动作。于清低眼看着手机，目光僵住，而后茫然地抬起眼。

她的手开始发抖，咬着拇指，拨打了男主的电话，再焦虑地把手机放下，又拿了起来，又放下。

这动作反复了几次后，于清极为无助地呜咽起来，看向前方：“师傅……”

导演念出司机的台词：“哎呀！妹子，你这是怎么了？”

“我……我不知道……”于清的眼泪掉了出来，喃喃地重复道，“我找不到我的男朋友了，我想见他……”

这之后便是一段长达一分钟的哭戏。

泪眼婆娑之际，于清看到陈导演满意地点点头，随即便是一声“Cut”。但于清的哭声还是止不住，她只好捂着嘴巴再次鞠了个躬。

演到后面，于清已经觉得自己就是剧本中的那个人。

满怀欣喜去见自己爱着的人，却找不到他的人影；很想见他，很想放下心来，可恐慌偏要让自己陷入痛苦和无措之中。

况且，故事里她的对象也叫温梓新。

因为当时太过喜欢这本小说，也太过喜欢里面那个深情的男主，所以在温梓新让她起名的时候，就直接说出了这个名字。

如果能预知自己会这么喜欢他，那时候就应该给他起另外一个名字。

想到这里，于清觉得胸口处的空虚感更甚。她回到保姆车内，听着邓之姿在自己旁边说着话。

“接下来你基本没什么行程了，《并肩走》只有男主还没确定，预计八月份开机。现在网上还在投票，我看票数最高的是最近火起来的流量明星，长得可帅了。”

与此同时，于清的手机响了起来。

她扫了一眼来电显示，立刻接起，还没来得及开口，那头便传来许小云兴奋的声音：“于清！七月六号的《尾随》你看不看？我最喜欢的漫画！你敢不看，我就跟你绝交！”

听到这话，于清看向邓之姿：“下个月六号我有行程吗？”

邓之姿从包里拿了个本子，翻了翻：“有，你要跟你上部戏的剧组去Z市参加一个综艺节目，当天估计赶不回来。”

于清点点头，示意自己听到了，继续跟许小云说：“我那天有行程，要不改天陪你去？”

许小云瞬间失望，但也表示理解："唉，那算了，你就算忙，自己也要注意休息。首映我必须看，不看首映有什么意思！我找我的小师弟一起去！"

两人又聊了几句，于清才挂断电话。

困倦顷刻席卷而来，于清从一旁拿起眼罩戴上，眼前陷入了一片暗色中，呼吸声变得缓慢而匀速。

就在邓之姿以为她已经睡着了的时候，她突然开口："之姿，我今年生日还是想待在家里。"

"一整天。"

邓之姿叹了一口气，道："好。"

第七章 他回来了

《尾随》首映当天。

录制完节目，于清回到酒店时刚到凌晨。她疲惫地倒在床上，失神地盯着白亮的天花板，过了好一会儿才拿起手机看了一眼。

有一通未接电话，她顺手点开，是许小云。

大概是看完首映，想跟她分享心情吧。

于清刚想打回去，突然注意到时间太晚，犹豫了一下，决定作罢，然后想了想，还是发了一条短信过去：怎么了？

随后，她从行李箱里拿出一套换洗衣服。

同时，手机发出“滴滴”的响声，屏幕上跳出个对话框，提示她手机电量已不足百分之十。

于清懒得管，而后进了浴室。

镜子中的女人脸上带着精致的妆，每一寸肌肤都被打造得一丝不苟——她的黑眼圈被遮挡住，精神上的萎靡也被遮盖住了。

于清抬手摸了摸镜子中的自己，情绪莫名就上来了。她平复着心情，用力眨了眨眼，强行弯起唇，拿起卸妆油开始卸妆。

等她收拾好出来的时候，已经一点了。

于清用毛巾擦着头发，拿起桌子上的手机，坐到床上。如她所料，许小云没有回复，于是她习惯性地点进微博。

一看，热门微博几乎要被《尾随》霸屏。

于清懒洋洋地躺在床上，点进其中一条微博的评论。

“温濯也太帅了吧！”

“郭导从哪儿找的极品演员！真的完全演出了我心目中的林随啊！”

“好巧哦，我男神演了我喜欢的漫画。”

“我已经把微博昵称改成温 × × 了……”

“为何我总觉得我的阿随有点儿眼熟。”

看到这儿，于清有点好奇了。

前些天一提起《尾随》，微博上基本是在吐槽，骂声不断，结果首映一出来，怎么全部是一副“真香”的模样。

于清刚想点开视频看预告片，手机因为没电自动关机了。

她叹了一口气，兴致顿时没了。

于清将手机丢到一旁，合上眼睛，正睡得迷迷糊糊之际，她的耳边如同幻听般传来了男人熟悉的声音。

“因为我是个怪物。”

于清猛地从睡梦中惊醒。

周围漆黑一片，偶尔传来空调发出的“咔咔”声，使这安静的深夜更显寂寥。

她平复着呼吸，觉得头疼得快要炸掉了。

想看一下现在的时间，手机却没电。于清爬了起来，就着月光走到行李箱旁将充电器拿了出来，又去翻找安眠药，表情顿时有些郁闷：“没带啊……”

而后，于清一夜无眠。

其实于清也不知道，自己现在活着的意义是什么。

原本振作起来是因为觉得他还会回来，可后来又收到了那样的字条，完全将她的盼头撕碎，变成毫无盼头的空等。

可尽管如此，她依然想等下去，想等到他回来，就算他不愿意原谅她，还是想亲口跟他说一声：

——对你，爱比恐惧更多。

想着想着，于清终于在天彻底亮起来前睡着了。

直到中午十二点，她才醒来。

于清迷迷糊糊地睁开眼，拔掉连着手机的数据线，长按开机，再起身走进卫生间里洗漱。

刚准备换套衣服出门吃饭，床上的手机响了起来。于清拿着手里的牛仔短裤走过去，按了接听，顺带点了下外放。

许小云的声音从电话那头传了过来，倒不像于清所想的那般激动，反倒有点小心翼翼：“于清，你有看微博吗……”

于清边换裤子边回道：“什么微博？”

那边沉默几秒，似乎不知道怎么说，半晌后才干巴巴地冒出了句：“就《尾随》的首映式，你看了吗？”

于清笑道：“我哪有时间，我不是跟你说了我有工作行程？不过我看到评论了，你最喜欢的漫画好像拍得很好，高兴了吧？”

许小云叹了一口气：“你还是看一下吧。”

于清觉得有点莫名，但还是点了点头：“知道了，我一会儿就看。你打给我就为这事？”

“是啊……反正你去看就对了，不然到时候你又得说我不跟你说……”

“行，那我先挂了啊，我准备出门吃饭。”

“你去吧，记得看啊。”

挂了电话，于清从行李箱里拿了件纯黑色大T直接套上，又顺手拿了一双袜子走到床边。她想着许小云的话，于是打开微博。

一点进去，热门第一条就是《尾随》首映式的视频。

于清点了进去，一边听声音一边穿袜子。

那似乎是在场的观众拍的一段视频，周围很吵，但有人上台后便立刻安静下来，随后传来主持人的问话。

这个开头让于清觉得很无聊，刚想关上就听到主持人开玩笑般地问着：“郭导是怎么找到温濯这样的宝藏的？”

郭导演爽朗地笑了一声：“其实前年就在筹备《尾随》了，但是一直找不到合适的演员来饰演林随，便一直拖到年底，偶然的一个机会让我遇上了温濯。在他试镜之后，唯一的想法就是：世间只此林随，再无他人。”

这个导演算是圈内非常大牌的导演了，能让他有这么高的评价，倒是少见。

于清有些诧异，因为刚好把运动鞋套上，便伸手拿起手机，一看笑容猛地僵在了脸上。

视频里主持人也笑起来：“郭导演都这样夸赞你了，温大男神不来点表示吗？”

男人身着一套西装，衬衣的扣子一丝不苟地扣到了最上方。因为戏中的角色，他将头发剪短成板寸头，显得阳刚挺拔。

听到这个问题，他没有丝毫考虑，勾勒出了一个浅浅的笑容。

“是郭导过奖了。”

下一刻，男人的视线突然望向镜头这边，眸子深邃、黝黑，仿佛很深的旋涡，让人不由自主地就被吸引了。

视频播放完毕，自动跳到了另外一个视频。

于清不敢相信自己的眼睛，半天都没反应过来，她甚至觉得是因为自己过于渴望，才会沉沦于梦境中。

她动作迟缓地再度点开那个视频，重新看了一遍，就在微博上搜索“温濯”两个字。

一时间，各种称赞映入她的眼中。

“《尾随》票房过亿，林随扮演者温濯一夜成名。”

“世间只此温濯，再无他人。”

……

看着看着，于清的眼泪掉了下来。

他也进了娱乐圈，他一直都知道她的一举一动，就是从未想过要再出现在她面前。

于清用手抹了抹泪，给邓之姿打了个电话，声音还带着哽咽：“之姿，你能帮我弄到温濯的联系方式吗？”

“你这是怎么了？”邓之姿被她这样的语气吓了一跳，“他经纪人的联系方式我肯定是可以拿到的，但是看微博现在这个热度，近期估计有不少记者联系温濯的经纪人，所以我不知道什么时候才能联系上。”

于清急了：“那他的经纪公司是哪家？我直接过去找。”

邓之姿立刻炸了：“你理智点行不行？你以为那么容易遇到？那些天天守在经纪公司门口的粉丝怎么没遇到？而且，你现在过去找温濯，被记者拍到又得被说！”

于清抿着唇，没有吭声。

“我不能理解，你为什么要找温濯？人家一红你就找上门？你让其他人怎么想！”

“那我不当演员了行吗？”于清伸手捂住自己的双眼，呜咽道，“我只想找他，我不当演员了行吗……”

电话那头的邓之姿一愣，似乎快被她气疯了，随即冷笑道：“如果你有那个钱赔违约金的话，你就试试。我现在立刻回酒店，你给我待着别动。”

电话一挂，于清红着眼再次在微博里输入“温濯”两个字。

他还没开通微博，但已经有很多用户将微博名改成了“温濯的 × ×”，惹得她心里泛酸。

他连名字都改掉了，大概是想跟她彻底划清界限了吧。

接下来的一周，于清每天都在邓之姿的监视下。

为了避免于清趁自己不注意跑去找温濯，邓之姿直接搬到了于清的家里。

这天，于清刚上完一档户外的综艺节目，整个人近乎累瘫。

浴室里传来了邓之姿洗澡的声音，于清撇了撇嘴，像往常一样上微博观察温濯的动态。

他今天多了一个采访视频，她的眼睛一下子就亮了起来，点了进去。

视频里的男人带着漫不经心的笑容，眼神却意外认真，回答的字眼像是仔细斟酌过，听起来随意却又恰到好处。

见视频的进度条就快到头了，于清有些失望地耷拉下眼皮。

突然有个记者问道：“温濯，《并肩走》男主的网上投票，你的票数已经要超过第一名了，请问你有意向担任男主吗？”

男人挑了挑眉，疑惑似的问：“《并肩走》？”

其中一个记者耐心地解释起来，包括这部剧的大概情节和已定的女主于清以及这本书在网上的热度。

听到自己的名字时，于清的心一下子就提了起来。

于清看到视频里的男人笑了一下，眼神毫无波动，似乎只是听到了一个不相干的人。

“抱歉，没太关注网络。”他吐出来的字眼礼貌而又严肃，还带了点惋惜，“听起来是一个很吸引人的故事，虽然很感兴趣，但近期的档期太满，估计要辜负各位的厚爱。”

那一瞬间，于清听到了从心脏处传来什么东西破碎的声音。

话毕，这个视频也结束了。

于清呆滞地看着屏幕，一时间也不知道该干什么。她抿了抿唇，点进评论区，恰好看到有个评论说这个不是完整版，还附带了链接。

于清挣扎了半刻，还是决定点进去看看。

这个视频比刚才那个长了几分钟，于清不想再看到温濯听到自己名字时那副冷淡的样子，直接将进度条拖到刚刚看到的地方，提心吊胆地盯着他的脸看。

有个记者将麦克风拿高了些：“有网友翻出你两年前跟于清拍摄的电视剧片段，请问你们两个是什么关系？”

听到这话，温濯的话里带了几分调侃：“一起拍个戏，要有什么关系？”

话音刚落，另一个记者抢先问：“那两年前微博爆红的那个‘小星星’是你吗？”

温濯脸上的笑意未减，抬眼直视镜头，像是透过那儿看到了什么别的东西：“是我。”

周围传来了人群略带惊讶的呼声，稍稍掩盖了温濯接下来说的话。一时间，视频里的背景音变得有些吵闹，但他的话于清还是听得一清二楚。

他的笑声带了凉意，比起刚刚的官方用语，这句话明显带了些个人感情。

“但我最讨厌别人这样叫我。”

场面静了一瞬，周遭的人似乎还未反应过来，温濯再度开口，神态温和有礼："我还是比较喜欢成熟一点儿的外号。"

于清没继续看下去，关掉了视频。她心里堵得慌，像是被沉重的石子压住，就快透不过气。

他最讨厌别人这样叫他。

因为最开始是她先这么叫他的。

他讨厌她，他不喜欢她了。

于清的眼眶渐渐红了起来，她猛地站起来，往玄关的方向走。

邓之姿恰好从浴室出来，注意到到于清的举动，她皱了眉，语气不太好："你要去哪里？"

闻声，于清停了脚步，回头看邓之姿："温濯的经纪人联系你了吗？"

"我没联系。"

"你为什么不联系！"于清的脾气突然爆发，声音也多了几分尖锐，她似乎绝望到了极点，"我都听你的了！节目什么的我也都上了！你让我别去他的公司找他，我也没找！可你为什么没联系？！"

"你问我为什么？"邓之姿的表情冷了下来，"我带过那么多个艺人，从来没见过哪个比你还难搞。上节目不是你的工作吗？什么叫听我的？"

听见这话，于清别过头，强忍着泪水，一声不吭。

"等网上一片谩骂声的时候，还不是要公关来处理？！"邓之姿被她弄得头疼，说："敢情不用你来解决，就不是你的事情了是吗？！"

双方僵持半晌。

于清抬起手，用力揉了揉眼睛，低声恳求道："对不起，是我不好，我太情绪化了。你帮我联系吧，求你了……"

"我以后不会这样了，我只求你帮我这件事情。"

邓之姿闭了闭眼，终是松了口："成，我帮你联系。唯一的条件就是，你绝对不能被记者拍到。"

于清的眼睛瞬间一亮，连忙点头："那能见到面吗？"

"尽量。"邓之姿瞪了她一眼，"反正你有什么要跟他说清楚的赶紧说，别再摆出这副哭哭啼啼的样子了，人设都崩了。"

闻言，于清很乖地弯起嘴角，露出了个笑容。

"好，我不哭了。"

邓之姿的效率很高。

没过几天，于清就有了跟温濯见面的机会。

这天，于清录制完节目，邓之姿从她身后递了一瓶水，说："温濯在你隔壁的录影棚，他刚录完。你现在可以去化妆间找他，我跟他经纪人说好了，没有别的人。"

这突如其来的话让于清怔住，她连水都没接，直接跑了起来。

邓之姿喊住她："不是那个方向！这边！"

于清刹住脚，转身往邓之姿指的方向跑。不知是因为奔跑还是别的什么，她心脏跳动的速度变得剧烈。

终于跑到一扇门前，上面贴着一张 A4 纸，标注着：温濯化妆间。

两年来堆积的情绪在这一刻全数涌上心头。

于清在原地站了半晌，深呼了一口气，用指节叩了叩门。里头没有反应，她便再度敲了三下门。

这次门内终于传来了男人清润的声音，略带沙哑，听起来有些疲惫。

"直接进来，不用敲门。"

于清的心瞬间像是提到了嗓子眼，又像是带了刺，疼得她眼眶泛红。她用力抿了抿唇，拧住门把，慢慢推开了门。

此时，温濯背对着她坐在化妆镜前。

他戴着耳机，正低头看着手机，完全没有理会身后的人，但感觉门口一直没动静，他便疑惑地抬起头，通过镜子看向后方。

于清想了千百遍他们再度见面时的模样。

她想象过温濯的任何一种情绪，也许依然是憎恨的，对她会有很多的怨气，不想再见到她，也不愿意跟她有任何交谈。

不管是哪一种，她觉得都可以接受，因为至少他还记得她。

可都不是。

他十分平静，就像是见到了一个陌生人，神色无波无澜，跟她前段时间在视频上看到的模样，没有任何区别。

温濯看上去温和而疏远，像是戴了一副冷漠的面具，对什么事情都毫不上心。

温濯朝她颔首，打了声招呼："好久不见。"

在他平静地说出这四个字后，于清的所有勇气消失殆尽。她张了张嘴，勉强扯出了个笑容，大脑一片空白："好久不见。"

他摘下了一边的耳机，轻声问："你有什么事吗？"

"我……"于清已经忘了来这儿的目的，她觉得自己现在的样子一定很狼狈，"就是很久没见了……听说你在这里录节目，就过来看看。"

温濯点头。

"你最近上映的《尾随》，我去看了。"于清语速很慢，眼睛随之低了下来，"很好看。票房破五亿了，恭喜你。"

温濯笑了笑："谢谢。"

两人再次沉默。

其实于清还有很多很多的话想要问他。

她想问，你这两年去哪儿了？你过得好不好？有没有人欺负你？会不会受了委屈？

可又觉得这些话从她嘴里问出来，反倒像是在讽刺。

于清局促地抓住衣服下摆，笑着说：“我也没别的事，感觉这么突然来找你还挺尴尬的……就不打扰了。”

他的表情没什么变化：“没事。”

于清挠了挠头：“那再见。”

温瀷：“再见。”

于清转头，往门的方向走去。她抓住门把手，想拧开，却停住了动作。

她莫名感觉，有些话要是不说，这次或许会成为两人这辈子最后一次对话。

于清转身，不知道该怎么称呼他。想试着喊出一声“小星星”，却又立刻想起他在记者面前说的那句话。

“但我最讨厌别人这样叫我。”

她有些鼻酸，生涩地喊：“温瀷。”

温瀷靠在椅背上，神态懒洋洋的，抬眼应道：“怎么了？”

“其实我来主要是想跟你道歉……”于清的拳头握住，又渐渐放松，“看你过得很好，又不太想提以前的事情让你不开心。”

听到这话，温瀷唇边的笑意似是敛了些，又似乎没有。他的眼眸漆黑，直直地看着她，像是在专注地听她说话，又像是一根锋利的刺。

于清的声音发颤，认真地把话说完：“我很抱歉。”

“对不起。”

真的太对不起了。

是我，辜负了你所有的感情，让你对这个世界有了防备。

“不是所有人都会像我这样子的。”于清怕自己说话会带哭腔，便压着嗓子，“希望那些事情不会影响到你。”

温瀷没出声，而是伸手从旁边抽了张纸巾。

等不到他的回应，于清也没强求：“那……”话没说完，就见他起了身，往她的方向走来。

于清的话瞬间卡在了喉咙处。

温瀶站在她的面前，神色很淡，垂眼盯着她的脸，将纸巾递到她的面前。

于清愣了一下，似是没懂他这个举动的意思。

温瀶低声提醒：“你哭了。”

她这才反应过来，用指尖摸了摸脸，顿时触到了一脸泪水，于是她立刻用手背擦，却越擦越多：“抱……抱歉……”

温瀶的动作未变。

“我不是故意的……”于清觉得难堪，声音哽咽，她胡乱地说，“我……我……对不起……”

下一秒，温瀶抬起手，用手里的纸巾帮她擦眼泪，动作慢条斯理：“不用再道歉。”

于清怔怔地看着他，一动不动。

温瀶把她脸上的泪都擦掉后才停下了动作，然后站直身子，似乎并不觉得自己刚刚的举止有什么不妥。

接着，他把纸巾扔进旁边的垃圾桶里，眉眼温柔，继续道：“因为——”

“我并不打算原谅你。”

如果不是听清了他的话，看着他这样的表情，于清差点以为他要说情话。温瀶十分平静地给了她一个结果，仿佛从未对这件事想过第二个选择。

两年前，他有用憎恨威胁的语气跟她说话，相比之下，现在反倒更伤人。

于清立刻垂下头，用手背挡着眼，避开他的目光。她用力咽着口水，把所有的哭腔吞回肚子里：“我知道了。”

于清放下手，眼睛红得像是要滴血：“那我就不打扰了。”

说完，她立刻转过身，她觉得自己无法在这个地方待下去。她那么不堪一击、狼狈至极，她罪有应得。

身后的温瀶又出声道：“等一下。”

于清的动作停住。

“你晚一些再走吧。”温瀶抬脚，走回去坐下，“现在外面人多，被人看见了，我不太好解释。”

这撇清距离的话，像是一把刀扎进了于清的胸口。她吸了吸鼻子，手垂了下去，低声应道：“好。”

温梓新靠在椅背上，低头看着手机，神色懒散：“你的妆花了。”

于清立刻看向他同时看到了镜子中的自己。眼泪还在掉，眼影和眼线糊成一团，鼻子和眼睛哭得红红的，整张脸看上去就像个调色盘。

于清尴尬地垂下头。

温瀶往旁边指了指：“那里的东西你都能用。”

于清本想拒绝，却又被温瀶接下来的话给堵了回去：“收拾一下吧，我不太希望你这副模样从我的化妆间出去。”

她连摆出表情的力气都没有，只是顺从道：“好。”

于清扯出化妆棉，往上面倒化妆水，而后慢慢往脸上抹，可眼泪像是流不尽那般，源源不断往下流。

别哭了，别哭了，别哭了。

于清暗示着自己，用化妆棉蹭掉泪。

“于清。”温瀶突然喊她。

这还是两人重逢以来，他第一次喊她的名字。

于清身子一僵，不敢看他，含糊地应：“嗯？”

他似是很不解："你为什么哭？"

"我没有说过分的话，对你的态度也不算差。"温濯放下手机，语气就真的像是在求指教，"你怎么像被我打了一样？"

温濯笑道："还是说，我就算什么都不做，光是安静地待在一边，都能让你害怕成这样？"

一瞬间，像梦魇一样缠了她两年的那句话，再度在耳边回荡。

"不是！"于清猛地出声，喃喃重复，"不是的！"

温濯抬眼，淡淡地盯着她。

于清撞上了他的视线，直直地看着他，而后又安静了下来。过了好半晌，她像是不受控般，抽抽噎噎地说："我——"

"我很想你。"

话音刚落下，化妆间里的两人都沉默了。

从见面开始，温濯脸上一直挂着的笑意也随着这句话僵住，慢慢地敛了起来。他表情平静，声音轻不可闻："想我？"

下一刻，两人的对话被一阵电话铃声打断。

温濯垂眸，看向自己手中的手机。他接起电话，听着那头的人说话，他应了一声："知道了，这就出来。"

他放下手机，像是回过神般笑了起来："你说你想我？"

于清没再憋着，她只想把所有的心情都告诉他。她忍着哭腔，哑声道："我每天都在等你回来。"

"你说，要我时时刻刻小心着，你会回来……"因为哭久了，于清说话都格外费劲，"我就每天都在等，可你没有……"

"你没有回来……"

……

又过了半分钟，温濯淡淡说："说完了？"

于清没应声。

"抱歉，让你失望了。"温濯抬手，亲昵地将她的头发挽到耳后，声音却不带半点感情，“我现在可没有以前那么好骗。”

于清抬头，指甲掐进肉里。

“所以，”温濯一字一句道，“这次就不陪你玩了。”

等温濯走后，于清在他的化妆间又待了一会儿。不知过了多久，她才浑浑噩噩地起身，回到自己的化妆间。

邓之姿还在里边等她，听到门打开的声音，立刻抬起头：“见到了吧？开心了——”

在看到于清的模样后，邓之姿的声音瞬间停住：“怎么了？”

于清摇摇头，她刚刚已经花光了所有的力气，现在连哭都不想再哭，只觉得自己完全没有继续下去的勇气了。

“干吗？”邓之姿立刻火了，“他耍大牌吗？你在委屈什么？你没比他差到哪儿去！”

“不是。”于清说，“我们回去吧。”

“你干什么？不是你前几天一直哭着闹着说要见温濯吗？现在见到了，怎么还这副德行？”

于清坐到椅子上，一声不吭。

邓之姿皱眉：“你们俩是什么关系？”

“以前……”于清现在实在很需要一个人来倾诉，她抿了抿唇，轻轻地说，“他以前是我的男朋友。”

邓之姿惊了：“什么！”

“我做了一件非常伤害他的事情。”于清说，“之后他就消失了，我们也一直没再见过。”

“你做了什么？”邓之姿猜测，“你出轨了？”

知道邓之姿是开玩笑，但于清笑不出来：“不是。”

邓之姿叹息，表情渐渐认真起来：“所以你是去找他，希望能让他原谅你，结果他拒绝了吗？”

安静几秒，于清轻轻地“嗯”了一声。

“这不是理所应当的吗？”邓之姿说，“如果他立刻原谅了你，那么他所受到的那些伤害不就显得微不足道吗？”

“如果你是抱着‘你去找他，他就会原谅你’的心态去的，被他拒绝了，你觉得很伤心、难以置信。”邓之姿说话完全不留情面，“那我还挺看不起你的。”

“不是。”于清情绪很低落，“我只是怕他对我一点感情都没有了。”

“那这事儿得你自己去争取啊。”邓之姿摊手，“总不能你做错了事情，还想别人上赶着来找你求和好吧。”

于清看着她，讷讷道：“那我要怎么办？”

邓之姿突然意识到自己说得好像太多了。她清了清嗓子，忙扯开话题：“所以你现在最该做的，就是赶紧——”

于清打断了她的话：“你能给我温濯经纪人的电话吗？”

“不可能。”邓之姿瞪大眼睛，凶巴巴道，“你想干什么？”

于清用力揉了揉眼，一本正经道：“我得争取。”

邓之姿有种搬了石头砸自己脚的感觉，她说：“别想了，死心吧，合同里明文条例写着，不能谈恋爱。你要想争取，也得过几年。”

“我没有要谈恋爱。”于清眼睛红红的，“我只是想去追求他。”

邓之姿被她的厚颜无耻惊到了：“那你跟我说说，这两个有什么区别？这不就是谈恋爱！”

“他现在很讨厌我，不会接受我的。”于清说，“所以我只能算是单方面喜欢，不算谈恋爱。”

邓之姿没话说了：“总之，我不给。”

“你如果不给我的话，我就直接去他公司找了，或者是找别人问——如果别人问起来我为什么要，我不太好解释。”

听到这话，邓之姿翻了个白眼：“你这威胁人的能力可太厉害了。”

既然知道怎么拦也没用，干脆就降低点风险。邓之姿把手机号码发给她，叮嘱道：“我只有一句话，绝对不能被记者拍到。”

温濯一路走到地下停车场，找到保姆车。他打开车门坐上去，面无表情地说：“你知道于清会来我的化妆间？”

“怎么样？惊喜吧？”经纪人张良吉伸手捶了捶他的肩膀，“见到女神了，开心吗？激动吗？是不是觉得有我这样一个经纪人，真的是太幸福不过了！”

温濯皱眉，警告道：“不要做多余的事情。”

“嘁。”张良吉压根儿没把他这话放心上，反而一副很八卦的样子，“所以后来是什么情况？她跟你说什么了啊？

温濯没回答，只是低头点亮手机屏幕。

解开锁屏，桌面壁纸是不久前见过的人。

阳光打在少女的脸上，她迎光而笑，小虎牙半含半露，明艳而又俏皮。而后，他用指腹轻抚她的嘴角，表情若有所思。

“都见到真人了，”张良吉很扫兴，“还看什么照片啊。”

没多久，温濯熄灭屏幕，闭眼休息起来。

他的模样隐没在暗处，看不太出情绪，也不知道见到人了，是开心抑或是不开心。

保姆车内安静了好一阵。

张良吉忽然又出声，将自己的手机递给他：“哎，阿濯，这是于清的电话吗？她给我发短信了。”

温濯的眼皮动了动。

张良吉继续道：“说是要你的电话号码，给吗？”

闻言，温濯睁眼看向张良吉手里的手机，伸手接过。看到那串熟悉的号码，他的神色未变，缓慢地将短信内容看完。

“张经纪人，您好，我是于清。说来很冒昧，但还是想问一下，您能给我温濯的手机号码吗？这么晚给您发短信实在不好意思，希望不会打扰到您。”

就这么看了大半分钟，温濯猛地把手机丢回给他。

张良吉吓了一跳，连忙接住：“你这是什么反应？这是给还是不给？不给的话，我去想措辞了。”

温濯拿起旁边的眼罩戴上，语气格外冷淡。

“随便。”

发了短信后，于清一整晚都在等回复，做事儿也没法专注，她时不时地就点亮手机，一副心神不宁的样子。

她倒是没想过目的能这么轻而易举地达成，但是一直没有一个结果，总归是让人着急的。

于清点亮手机十次，十次都没有任何消息。

等她彻底死心，洗完澡从浴室出来，点开手机想找邓之姿问一下明天的行程时，屏幕意外弹出了张良吉的回复。

“好的，没事儿，不打扰。”后面还接了一串手机号码。

这感觉就像是钱丢了好几天，本以为找不回来了，却有拾金不昧者主动将之归还。

于清擦头发的动作停住，反反复复看了三次，才意识到这不是幻觉。

她兴奋地扑到床上打了个滚，但因动作幅度太大，最后竟摔到地上，发出“嘭”的一声巨响。

于清吃痛地捂住脑袋，但脸上还挂着笑，看上去傻乎乎的。

给张良吉回了个“谢谢”后，于清将手机号存进通讯录，又在备注上犯了难。

于清盘腿坐回床上，纠结地咬着食指指节，好半天才犹犹豫豫地敲了七个字。

——每天都想见的人。

存好之后，于清盯着这些字看，莫名有点脸热。她打开短信窗口，又开始了新一轮的纠结。

能不能给他发一条短信？但他会不会觉得她很烦。今天他都已经跟她说了，不打算跟她玩儿了，结果转身她就拿到了他的联系方式。

可是不发的话，她拿到这个号码又有什么意义？

于清觉得现在比自己第一次演戏还要紧张。她崩溃地向后倒，眼睛一眨不眨地看着屏幕上的对话框。

随后，她豁出去了似的，一鼓作气地输了一行字，立刻按了发送。

“我是于清，这是我的联系方式。”

反正最严重的情况也不过是被他拉黑。

想到这儿，于清又开始不安。

万一真的被拉黑了该怎么办……

于清在这两种心情中反复，格外苦恼，又心不在焉地看了一集电视剧，然而还是没等到回复。她有点失落，迟疑地又发了一条。

“如果你有时间的话，我们能见一面吗？”

感觉像是一颗毫无存在感的小石子掉进了大海，半点水花都没溅起，甚至浪费了她扔石子的力气。

她垂着头，猜测对方可能在看到第一条短信的时候就把她拉黑了。她呼出一口气，放弃了以这种方式跟他拉近距离，却再度扔了一个“石子”过去。

“晚安。”

但这次“大海”却出乎意料地给了她回应。

“没有。”

于清一愣：“什么？”

温濯：“没有时间。”

他没有问她是怎么拿到他的联系方式的，也没有提起今天的事情。

虽然是拒绝的话，但比起被无视，这样连发两条短信回复她，还是让她格外惊喜。

至少他搭理她了。

她感觉自己像是在追星一样，毫无要求，只要能与对方有一丝丝的互动就心满意足了。

她对着这两条短信笑了一阵，才回道：“好，那你注意休息。”

温濯用余光瞥见这条短信，停下刷牙的动作，唇线渐渐拉直。他嘴里含着牙刷，腾出两只手想给她回复点什么。

随后，又进来一条短信。

“那等你以后有空了我们再约，可以吗？”

温濯盯着手机看了三秒，熄了屏，没再回复。

洗漱完，他走回房间，拿起遥控打开电视。

屏幕自动播放着于清过往参演过的电视剧，都是剪辑过的，基本上只有她一个人。

听着于清的声音，他眼里的情绪难辩，只喃喃地吐出了两个字，声音沙沙的，带着数不清的眷念。

“我也……”很想你。

这条短信发送后，于清竟一闭眼就睡了，没有借助安眠药，也没有再做噩梦，一觉睡到天明。

于清醒来的第一反应就是看手机。没看到他的回复，昨晚的愉悦瞬间被浇灭。

很快，她又开始安慰自己，鼓励自己。

原本都以为他完全不会搭理她，现在都已经回复两条信息了，就别贪心了。

想到这儿，于清翻了个身，又开始组织语言。

她在脑子里缕清今天要做的事，一件又一件地敲在屏幕上，而后发给温濯。确定发送成功了，她才爬起来洗漱。

换好衣服后，于清瞟了一眼毫无动静的手机，也没太失望，随意收拾了下脸便出门了。

今天一大早就有工作，是去拍一个饮料的广告。她到楼下的时候，邓之姿已经到了。

于清上了保姆车，跟对方打了声招呼，而后又看向手机。

那头的人没有反应，也不知道是没看到，或是看到了不想回复她。

车开了一阵，邓之姿注意到于清每隔半分钟看一次手机，不禁皱眉，说道："给我注意点，别成天心不在焉的。"

于清抬头，乖乖道："好，我知道。"

与此同时，手机振动了一下，进来了一条新短信。

于清立刻点开来看，是温濯的经纪人张良吉发来的。

她顿了一下，一瞬间有点儿失望，动作也慢下来，平静地伸手点开。看到第一行字，于清愣住了，而后视线从左至右，一字一句慢慢掠过。

于清抿着的嘴角渐渐上扬，心脏似乎都开始加速。

2019 年 7 月 17 日温濯行程表：

6:00 到 6:15 起床洗漱换衣服；

6:15 到 7:00 吃早饭；

7:00 出门；

8:00 到 12:00《尾随》剧组采访；

……

这条短信的内容完全出乎她的意料，她怎么也想不到张良吉会主动给她发这条短信。

唯一可能的缘由——

于清不太敢想，却又忍不住多想。

她开始陷入纠结的状态，不知道回点儿什么才能不显逾越，又不显疏远，怎么说才能看上去跟他不算撇清关系，并且还能不太明确地表达出自己觉得这短信是温濯让发的。

想了半天，于清只回了六个字：好的，感谢告知。

短信发送成功后，过了一会儿，那头也回道：不客气。

于清思考了一下，这次没再回复，而是打开了跟温濯的对话框。她盯着看了半晌，还没想到要说些什么，车子就已经到广告公司了。

因为她心不在焉的，邓之姿没收了她的手机。

于清这次拍摄的广告是一款夏季清凉饮品。

按照甲方想要的方案和感觉，于清换上了那边提供的衣服。她身着一件露脐吊带衫，下套牛仔热裤，脸上的妆容清透明亮，显得格外活泼。

这个导演很挑剔，一点点细节都不能出错。第一个片段连着拍了几十次，于清才过，然后导演宣布休息十五分钟。

于清松了一口气，接过助理递过来的水喝了一口，走到显示屏旁看了看效果。

倒是不枉同一个动作做了几十次的功劳，看上去确实非常赏心悦目。于清想了想，让助理偷偷去把她的手机拿过来。

想到自己想做的事情，于清有点脸热。她往周围看了看，犹豫着把显示屏上的画面拍了下来。

她打开与温濯的短信对话框，上面最后一条消息还是她今早发的那一大串行程。她截开图片，指尖停在发送键上。

她十分纠结要不要发过去，发了好像过于唐突；但不发，她又觉得好像有点儿可惜。

毕竟拍得还挺好看的。

不过想想好像也没什么，她不是跟他报备了行程吗？这发照片能不能就是给他证实她说的行程都是对的？

休息时间不算长，于清不想因为纠结而浪费太多的时间，她干脆闭上眼，咬着牙一鼓作气地发过去。

见发送成功了，于清瞬间把手机扔到一旁的手机上，又开始觉得尴尬。她再次拿起手机，生硬地补充了一句：刚拍完一个片段，现在休息。

很快又觉得不太好，便在这句话的末尾加上一个微笑的表情。

她盯着这句话看了几秒，总觉得很做作，就无声地哀号了一下。见休息时间快结束了，正想把这事儿抛在脑后，把手机放到助理那儿时，手机振动了一下。

是“每天都想见的人”发来的消息。

于清呼吸一屏，立刻点开。

温濯：什么广告？

于清还没来得及回复，那头又发来一句：拍广告还有不穿衣服的要求？

看到这话，于清愣了一下，看了一眼自己刚发的那张图。

穿得是有点儿少，但也不至于说成没穿吧？而且他这句话的意思就像是她发了一张带了别的意味的图，但其实她并没有那个意思。

此刻，于清觉得自己尴尬到了极点。她的脸慢慢地红了起来，敲屏幕的速度加快：什么不穿衣服？

于清：我这哪里没穿？你仔细瞧瞧。

发完后，看着最后五个字，于清感觉这话好像还是很有歧义。她闭了闭眼，强行反驳：你在《尾随》里有个场景只穿了一条短裤，那才叫不穿衣服。

这话一发出，休息时间也到了。

于清的手机立刻被助理收回，放到她看不见的地方。

她只能收回心思。

等剩下的拍摄片段结束，于清迫不及待地拿回手机。她点亮屏幕，想看看温濯回了什么内容，却发现短信箱里空空如也。

于清的动作一顿，她很清晰地感觉到心脏一空，失望的感觉接踵而来，到最后，还升腾起了一股不知名的烦躁，好像这是两人再度拉开距离的征兆。

接下来的几天，于清照例给他发自己的行程，遇到什么事情也会跟他说，但不管她发多少条短信，都得不到他的回应。

她仿佛又回到了那段盲目等待的时光。

于清不知道自己做错了什么，心情越发低落，也开始变得惶恐不安。可她不敢再做更逾越的事情，怕那样做只会让他更反感。

有些情绪堆积下来，并不会因此消失不见，到最后只会爆发出来。

这一天又即将要过去，于清往上拉了拉，扫了一眼自己这几天发的消息，最后还是发了句“晚安”。

于清在等待温濯的回应中睡去，并且她还做了个梦。

梦里的她从睡梦中醒来，发现再度遇见温濯只是一场梦境。她不愿意相信，问遍周边的朋友，都没有人认识温濯这个一夜成名的男演员。

她想把这当成是个巨大的恶作剧，跑出家门，拽着街道上的陌生人，一个又一个地问过去。

“你认识温濯吗？林随的扮演者，最近很火的那个……”

可所有的答案都是否定的。

问到最后，她接受了现实，直接在街上蹲下，崩溃大哭。

于清在梦里哭着哭着就醒了过来，她摸摸自己的脸，一脸的泪，冰凉凉的。这感觉极为真实，让她一时半会儿都缓不过来，觉得自己还在梦境当中。她爬了起来，拿起床头柜上的手机，极为强烈的冲动吞噬了她的理智。

她的手指发抖，眼泪顺势砸到屏幕上。

没关系的吧，她只想确认，他还在这里。

他是真实存在着的，跟她说过话，也跟她用短信交流过。这段时间的所有事情，都不是一场梦。

就算他对她已经不再有从前的感情，但只要他还在就好，他不要再消失就好。

于清拨通了温濯的电话。

她用手背抵着眼睛，听着那头的嘟嘟声，用力抿着嘴唇。响了五六声后，于清终于不受控地发出一声哽咽。

她知道这本就是毫无指望的事情。

贴在耳边的手机慢慢拿了下来，于清抱着腿，脸埋进了膝盖里。下一刻，手机的嘟嘟声被其他声音取代。

男人的声音熟悉、沙哑，从听筒处传来，显得有些微弱。他的语气懒洋洋的，似是刚被吵醒，还带了点鼻音。

“哪位？”

于清猝不及防地抬起眼，她吸了吸鼻子，眼里挂着泪，有些发愣。但怕对方因为没有得到回应而挂断电话，她回过神，立刻把手机拿起来。

没时间调整情绪，于清的话里还带着哭腔：“你好……”

那头的人安静了几秒，接着于清听到窸窸窣窣的声音，像是起身翻开被子的动静。

温濯的声音清醒了些，问道："怎么了？"

"抱歉，这么晚打扰你了。"于清用力咽了咽口水，觉得说话格外费劲，"我没别的事情，你继续睡吧……"

温濯打断了她的话："有什么事情，你说。"

于清眼睛更加酸涩，说话的语速很慢，没再瞒着："我这几天没看到你回消息，然后刚才做了个梦。"

那头沉默地听着。

"梦到……"于清渐渐呜咽起来，声音变得有点儿不清晰，"梦到你没有回来，没有人知道你……"

"所以我就想打个电话确认一下。"于清擦着眼泪，有些狼狈地说，"现在没事了。你继续睡，也很晚了……"

对方还是沉默。

过了好一会儿，温濯忽然说："听声音就能确认吗？"

于清显然没明白他的意思，问："什么？"

对方又沉默半晌。

温濯平静地问："要不要我过来？"

这话毫无预兆地抛出来，让于清有种听错了的感觉。她愣了一会儿，迟疑地问："现在吗？"

"嗯，你打开房间门就能见到我。"说到这儿，温濯停顿了一下，缓慢道，"但如果你害怕的话，我可以换种方式，只是速度会慢些。"

"不用！"于清站了起来，立刻说，"我不怕，我现在就想见到你。"

她大步走到门旁，将门打开。

原本黑漆漆的过道亮起了白光，那亮光渐渐凝成人形。这是她极为熟悉的画面，是曾经让她恐惧得失去理智，所以做出了伤害他的事情。

光芒渐褪，安全感铺天盖地袭来。

温濯的手机还贴在耳边，他缓缓放下手机，脸上无甚情绪，垂头看她，轻声问："是我进去，还是你出来？"

于清连忙给他腾了个位，局促道："你进来吧。"

温濯走进房间，于清伸手关上门。她忙用手背把脸上残留的泪擦干净，这才转过头。

与此同时，温濯出声解释，语气很淡："最近接了个户外综艺节目，封闭式的，不让带手机。"

于清知道这是在回答她先前在电话里说的话。她不知道该回些什么，站在原地没动，半晌后才道："抱歉，我不是在指责你。"

她勉强地笑了笑："本来你也没什么要告诉我的理由。"

房间的窗没关好，晚风从外头吹进来，将厚重的窗帘吹得哗哗作响。

他像没听见她的话，继续说："手机一直放在经纪人那儿。他不敢碰我手机，估计没看到你找我。"

他的态度比之前好了很多，这让于清有些不知所措："我知道你忙，我没别的意思，哪怕你不想回复也没关系。"

反正本来就是她的错，他还生她的气，还不想原谅她，也没关系。

只要他人还在，就什么都没关系。

"我一个人过久了。"温濯低眼，缓慢道，"没有跟其他人告知行程的习惯，所以很抱歉。"

也许他这话并没有别的意思，却像一把锋利的刀捅在于清的心脏上，痛得她瞬间说不出话来，连笑容都挤不出来了，只是用力地点点头，想说没关系，可脱口而出的话却成了："你为什么放过我了？"

温濯神色一顿："什么？"

话一脱口，于清的情绪立刻爆发。她忍着哭腔，声音发颤：“我知道那时候是我不对，可你也不能说走就走啊。”

她的话也让温瀃明白了她想表达的意思。他的表情隐晦不明，轻描淡写道：“这不好吗？”

“我为什么要觉得好？！”于清终于忍不住发脾气，像个被误解了的小孩，“你说了不会放过我的，既然一开始你就没打算回来，那你为什么还要说那样的话？”

直到现在，于清依然还记得，那天回到家，当看到抽屉里多出来的那张字条时，内心有多么绝望。

原本她以为，只要一直等下去，他就一定会回来。

可最终等到的，却是他的一句道别的话。

她就在这毫无期盼的岁月里度过了两年，无数个日夜里，最为清晰的是他那双黯淡中带了绝望的眼。

怕他过得不好，怕他又回到那个一直以来都想逃离的深渊，怕这样的结果都是她造成的。

这些如同梦魇般，时时刻刻将她困在其中。

绝望之际，她唯一能支撑下去的是，他把证件拿走了这事情。既然他需要身份证，是不是代表着，他在哪个她所不知道的地方生活着。

抱着这样的想法，于清撑到了今天。

终于，她再次遇见了他。

“因为……”温瀃一停，自嘲般地笑了下，回答她，“怕你会真的一直提心吊胆。”

毕竟，那只是他绝望之际说出来的狠话，是一说出口就立刻后悔了的话。

“我是一直提心吊胆。”于清抽噎起来，小心翼翼地去牵他的手，“我就怕你真的不回来了。”

温濯没甩开她的手，喉结上下滚动着，哑声道：“没骗我？”

于清乖乖道：“没有。”

温濯直直地盯着她的眼睛，情绪上涌。他似是再一次选择成为败者，一字一句地说：“这次最后一次。”

于清抬眼：“什么？”

“如果还有下一次，”温濯回握住她的手，将她扯进怀里，声音温柔得像在说情话，“我不会再饶你了。”

“如果再发生一次，”他的手抵着她的腰，吻住她的眼角，语气半带威胁，“到那个时候，我会带你离开这里。”

还未等于清说话，他的嘴唇下滑，覆上她的唇。

他的舌尖微凉，像是刚含过冰块，让于清忍不住瑟缩了一下。

温濯半点儿也不温柔，揪着她的舌头用力交缠，良久后才松开，一寸寸向下，直到锁骨处才停下。

仿佛要把这些年的所有思念都表达出来，温濯的力道粗野，似乎不弄出印子不甘心。

于清被他亲得晕乎乎的，用存留的理智说：“不要弄出痕迹，我明天还要工作，大夏天不好遮……”

闻言，温濯的动作停下，双眸因为欲念而显得深沉。他的指腹轻抚着她的嘴角，轻飘飘地道：“又不穿衣服？”

“明明就有穿……”于清弱弱地说，“而且，我明天是去录音棚配音。”

他倒也没再说什么。

于清觉得被他吻过的地方都开始发烫，表情有些紧张，但也没有拒绝的意思，迟疑地勾住他的脖子。

“算了。”看着她的模样，温濯把她抱了起来，“下次吧。”

把她放到床上后，温濯也钻进了被窝里，像抱娃娃一样抱着她，嘴唇贴在她的后颈上，气息滚烫：“睡觉。”

于清没有抗拒这样的亲昵，翻了个身，将脸埋进他的胸膛。

困意在不知不觉中袭来。

这两年一直不踏实的心在此刻因这个人的拥抱而变得安稳。

隔日，于清醒来的时候，温濯已经走了。

她的大脑还发着愣，有种在做梦的感觉，莫名慌了起来。随即，她拿起手机，想给他打个电话，刚一点亮屏幕，便看到他发过来的短信。

“今晚我再过来，早上有工作。”

于清立刻松了一口气，弯起眼角，回：“好。”

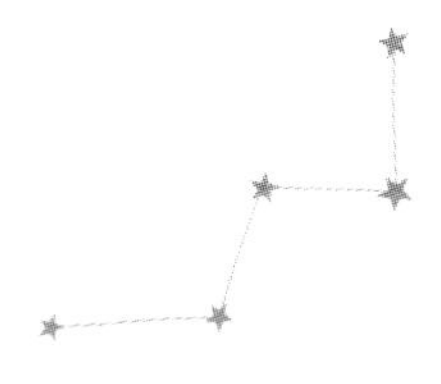

第八章

想跟你并肩走

给于清发了一条短信后，温濯闲着无聊，打开微博。他点开账号里唯一的关注，看了一眼她的最新微博。

于清转发了电影《并肩走》宣布她是女主的微博，并写道：感恩。

这条底下的评论已经上万条。

“女神，我也想跟你并肩走！”

“清清，我爱你！”

“原著党太满意了，完全符合我心中的卷卷，期待！”

……

温濯的视线定在最后一句评论上，然后他重新拉到最上面，再次看了一眼电影的名字，喃喃地重复：“并肩走……”

旁边的张良吉被他吸引了，看了过来：“怎么了。”

温濯：“《并肩走》男主的名字是什么？”

“男主还没定吧，我记得。”

发现自己的话有歧义，温濯重新问：“剧里的名字，不是演员的名字。”

张良吉郁闷道：“不知道，我没关注。你干吗？你想演？”

温濯得不到答案，干脆自己直接打开网页。看到网页上呈现的答案，他的表情顿时僵住，而后扯起嘴角，似是气乐了。

这本小说，他看过。

那会儿他在于清家没住多久，就在书房注意到了这本书。

当时，他随手打开这本书，立刻看到了上面的男人公有着一个跟他同样的名字，内容讲的是男主和女主纠缠不清的文艺爱情故事。

那天晚上于清回来后，温濯刚想指责她，想跟她争论，他的名字居然是别人的这个事儿，可话还没出口，他就看到于清弯腰脱鞋时露出的一片雪白肌肤。

他的话全数收回口中，身体开始发热。

温濯还能记得于清那时候的反应，她换好室内拖鞋后，抬起头疑惑地看他：“你怎么了？”

当时他似乎是若无其事地走过去接过她手中的东西，抱怨她今天又那么晚回来，假装生气地说了个没事然后像是做贼心虚般地走回房间，重重地关上了门。

他想应该是这样。

总之，从那天晚上开始，他有了爱。

回忆起那件事，温濯的表情变得有点不自在。他掩饰般地摸了摸嘴唇，转头对张良吉说：“帮我安排《并肩走》的试镜。”

闻言，张良吉立刻炸了：“你疯了？大哥，你之前在记者面前拒绝了啊！你说你没档期！你现在又要接不是打脸吗！”

温濯敛起眉头，冷静反驳道：“可我有档期。”

张良吉觉得自己要气疯了：“所以你为什么要那样说啊！当时《并肩走》的剧组都发来邀请了！热度、导演，还有演员阵容都很好，刚想帮你接了，你就在记者面前那样说！现在又要接！你是不是故意的！”

看着他因为激动脖子都涨红了，温濯拍了拍他的肩膀，厚颜无耻地建议：“那你就帮我澄清一下，说是你不小心给我说错了我的日程。”

张良吉：“这是人说的话吗？你的锅为什么要我来背？！”

张良吉冷笑了一声，冷漠地移开了眼，继续摆弄自己的手机：“你想得美。最近公司准备给你安排一部悬疑剧了，别想别的了。”

“我不能一直维持一个戏路。”温濯的指尖轻敲手机，速度迟缓，似乎在心中斟酌着用词，“不然大众对我的唯一印象就是林随，我得换个风格，比如……”

张良吉转头看向他，顺便接过他的话：“比如，去文艺片里演一个邋遢男主来改变形象？”

“阿濯，我以前怎么没看出你是这样的人。”张良吉痛心疾首地捂着胸口，满脸失望，“你居然想借着工作之名来接近我的女神。”

“是我女朋友。”温濯纠正，但细想了下，他好心地补充，“当然也可以是你的女神，只可远观而不可亵玩焉的那种。”

“你疯了？合同里写着不能谈恋爱啊！”

“合同里没写。”

“就是写了，我是你经纪人，我怎么会不知道？！”

“没写。”

“你死不承认是吧？我一会儿就回公司翻给你看，有了证据，看你还怎么抵赖。”

“那你去看。”

见温濯一副胸有成竹的模样，张良吉又开始怀疑自己了，但很快又把这个想法挥之脑后。

这不可能。当时温濯只是个刚入圈的新人，新人的合同都是一样的，全部都有一条：禁止在合约期间发展恋情。

所以，他绝对不可能记错。

两人僵持了半晌，张良吉还是妥协了：“算了算了，我跟公司报备一下。但你不要抱太大的期望，毕竟你之前在公众面前那样说了。”

温濯忽地说：“《尾随》的片酬全给你。”

温濯的态度瞬间三百六十度大转变，但还未等张良吉答应，又改口道：“算了，你还是先报备吧。”

这话一出，张良吉那颗想飞黄腾达的心顿时破碎。他捂着千疮百孔的心，狠狠瞪了他一眼，而后含着泪开始给公司打电话。

温濯完全没注意到他的情绪变化，心情格外不错。

钱还是不能乱花的，毕竟，他还欠于清不少钱，本子上都还记着呢。

三天后，电影《并肩走》的官方微博发了一条微博：“所有演员已定，预计八月份开拍。演员名单如下，温濯饰温梓新，于清饰秦卷卷……”

这条微博舆论热议一片。

“温濯不是说没档期吗！”

“我的天，从未见过如此高颜值的文艺片！”

“楼上的，你的意思是歧视其他文艺片的演员不好看？”

“温濯什么时候才开通微博啊，我不想在别人的微博下面找他了。”

……

看完前几条评论的于清一脸蒙，转过头看着邓之姿，疑惑道：“《并肩走》的演员名单都定好了？”

“月底开机，男主是温濯。”邓之姿想起另外一件事情，转头看她，“对了，你后天生日是吧？帮你安排好了，那天没工作。”

听到这话，于清愣了一下，轻声道：“谢谢。”

很少见她这般诚恳的模样，邓之姿有些不自在，敲了敲她的脑袋：“有什么好谢的啊，这是我的工作。”

于清傻乎乎地摸着自己的头发，没再说话。

到家后，屋里头不如往常般漆黑、寂静，而是灯火通明的。白亮的灯仿佛都带了温度，打在于清的身上，让她觉得心里都暖暖的。

于清低头看了一眼玄关的地上，没有鞋子，随即向前望去。出门前被她关好的房门此时已经打开，隐隐还能见到躺在床上的男人。

她走进去，跪坐在温濯旁边，戳了戳他的脸颊，小声问：“你怎么接了《并肩走》？不是没档期吗……”

温濯抬眼看她，笑道：“这不是能假公济私吗？工作的时候也能见到你，多好。”

于清弯唇，隐藏不住开心的情绪：“你前天去试镜怎么不告诉我？还装作一副什么事情都没发生的样子。”

“嗯，”温濯懒洋洋地坐了起来，抓住她的手说，“给你个惊喜。”

于清爬上床，忍不住凑过去抱他。

温濯回抱住她，用鼻尖蹭了蹭她的鼻子，目光像是带了热度和蛊惑：“要不提前来对对戏？”

于清眨了下眼："对什么戏？"

"我没看过剧本。"温濯边说着话，贴着她后背的手边顺着脊梁骨往下滑动着。

隔着衣服，于清都能感觉到他手掌的滚烫。

他的嘴唇贴在她的耳际，饶有兴致地看着她的耳根变得通红："但情侣的话，总该有点儿亲密戏吧。"

于清把他推远了些，谴责道："那你这多不敬业。"

她没半点儿情调，起身准备去洗澡，又补了一句："你得先看剧本，看清了、读透了，咱俩才能对戏。"

"……"

于清走到浴室门口，正想进去时，口袋里的手机响了起来。

于清拿出来看了一眼，一个陌生的号码，但是和她同在G市。

不知是想到了什么，于清表情犹豫，似乎有些烦躁，但还是接了起来。

果然，那头传来了一阵低沉的男声。也许是没想过她会这么快接起来，那头愣了下，随后喊了声："清清姐。"

于清的语气无波无澜："有什么事？"

"妈让我问你，今年生日回家吗？"

"跟我要钱吗？"于清冷笑了一声，完全藏不住自己的情绪，暴躁而又厌恶，"你把银行账号发给我。她从小到大花在我身上的钱，我连本带利还给她，至于别的，想都不要想。"

那头沉默了几秒，梁彻的声音有些沙哑："不是……"

"没事我就挂了。"

不等他再回话，于清直接挂断。

她在原地发了会儿呆，心情跌到了谷底。良久，她吐了一口气，突然注意到自己没拿贴身衣物。

于清转头想回房间拿，突然注意到此时温濯就站在门边。他半倚着门，目光放在她的身上，姿态懒散。

注意到她终于看了过来，温瓘走过去，弯下腰与她对视，只字未提她打电话的事情，问：“后天有事要做吗？”

于清想了想：“没有。”

“那这时间留给我？”他揉了揉她的脑袋，声音像是在安抚，“这回总算可以陪你过个生日了。”

于清的鼻子莫名一酸。

温瓘注意到她的神色，伸手捧着她的脑袋，好笑道：“这是要哭鼻子了？都要二十三了，还像个小姑娘一样爱哭鼻子。”

“我又不老。”于清的声音带了鼻音，小声嘟囔着。

“是啊，这年龄是不老。”他像是想到了什么，拿起她的手瞧了瞧，嘴角勾了起来，“倒是挺适合嫁人的。”

听到这话，于清猛地把手抽了回来，坏心情一挥而散。她的表情不太自然，绕过他进了房间：“我……我要拿衣服去洗澡了。”

看着她的背影，温瓘似是松了一口气，呢喃道：

“真好哄。”

洗完澡，于清走出浴室，蹑手蹑脚地跑到客厅关灯。她不太清楚今晚温瓘会不会像昨晚那样过来跟她一起睡，于是比他先一步回到自己房间。

于清趴到床上，抱着手机玩。

恰好，许小云发来一条微信：“你要跟温瓘一起拍电影吗？”

于清嘴唇弯了弯，回复道：“是呀。”

许小云：“你们俩咋样了？”

于清心情很好：“在一起了！”

许小云：“那就好，以后开心点。”

于清发了个表情过去，问：“话说，你跟你的小师弟现在怎么样了？”

许小云：“什么怎么样，就是发现以前是同一个高中的，莫名有点亲切感而已。”

于清：“知道了，我懂，不用解释。”

许小云：“不是，你懂什么了？”

许小云：“我喜欢年龄比我大的，不喜欢小鲜肉，而且他像个娇气包，说几句话眼睛就红了……”

于清：“你解释这么多，反倒让我越来越觉得，你对那个小鲜肉有意思了。”

在这个时候，门外响起清脆的叩门声。

于清转头看了一眼，忙喊了声“进来”，打字的速度加快：“我先睡了，明天找你聊天！”

温濯推开门走了进来，于清坐起来，问道：“怎么了？”

温濯把门关上，走到床边，很自然地说：“过来睡觉。”

于清舔了舔嘴角，抬头看他，小心翼翼地说：“我们以前好像也不是一起睡的……”

闻言，温濯挑眉，看上去似是有些不解。

“有便宜我为什么不占？”

沉默了三秒，于清重新趴回床上，看上去像是默认了他的话。她将被子盖到自己的身上，说：“那你过去拿条被子，把枕头也拿过来。”

温濯没有听她的话，上了床：“这些我都用不着，就不拿了。”

于清半张脸埋在被子里，声音有些模糊：“可是开着空调半夜会冷的，到时候你可别抢我被子盖。”

闻言，温濯笑起来，凑过去隔着被子抱她。

“咱俩不能一起盖？”

想到他刚刚说的那句“有便宜我为什么不占”，于清的身子往后一缩，脑袋摇得像个拨浪鼓：“我这被子还挺小的……”

“可我昨天没觉得小啊。”温濯低笑了声，用力把于清抱了起来，让她压在自己的身上，“那不然这样，你来当我的被子？”

于清身体一僵，而后沉默地从他身上爬下来。

正当温濯以为她生气了，想要哄哄她的时候，她忽地把身上的被子揪出一块，盖到他的身上，随后钻入他的怀中。

这举动让温濯的心软得一塌糊涂。他捏了捏她的脸，决定不再逗她：“好了，睡吧，我过去那边睡。”

于清立刻扯住他的衣角，没让他走。顿了一下，她小声问：“小星星，你为什么要改名字？”

“没改。”她的举动让温濯的嘴角弯起，耐心道，“这个是出道的艺名，身份证上的还是你给我取的名字。”

完全没有想到会是这样的答案，于清愣了。想到这名字的来源，她有些愧疚，不安道：“就是，那个……我当时是觉得你不想告诉我你的名字，才随便给你起了一个……”

温濯眉梢一挑，没说话。

见他不说话，于清立刻加了几句话补救：“主要是我当时真的超级喜欢那个男主，被作者刻画得超级棒……”

“行了。”温濯其实对名字不太在意，觉得不一定是独一无二的，毕竟这世上撞名的人也并不少，“你给起的，男主形象写得再差我也认了。”

于清额角一抽，顿时不想说话，过了几秒又忍不住说：“要不我还是喊你温濯吧，现在喊你温梓新总觉得怪生疏的……”

“你喜欢怎么喊都行。”

旁边的于清沉默下来，好长一段时间都没说话。

正当温濯以为她睡着了的时候，她突然小心翼翼地开了口：

“我能问问，你是外星人吗？”

听到这话，温濯的眼皮掀了起来。他能清晰感觉到，怀里的人似乎很紧张，呼吸都不自然。他也没觉得这事儿有什么不能说的，老实道：“是的。”

“是什么……”

不知道她能不能接受，温濯抓了抓脸颊，一时之间也不知道该怎么继续说。突然间，他想起了一件事情。

“你之前不是跟我说过，有颗星星一直跟着你？”

于清瞬间脸热，觉得自己之前这话格外白痴。虽然不知道他为什么突然提到这个，她还是有些尴尬地解释：“当时脑子抽风……犯蠢了，你干吗记那么久……”

“是我。”

于清又反应不过来了，一脸蒙：“你的话题为什么转得那么快，我跟不上了。”

他好像一直在说同一个话题。

温濯想了想，多加了几个字：“那颗星星是我。”

知道她肯定会很震惊，温濯也没继续说话，耐心地等着她反应过来。

没多久，于清坐了起来，恼羞成怒般地拿枕头砸他：“真是你吗？！你怎么这样！年纪轻轻就学人家跟踪！而且还那么蠢，一下子就被人发现了！”

温濯气乐了：“我跟了两年你才发现啊。”

于清被他噎得语塞，觉得没面子般地轻哼了一声。她十分幼稚地把被子扯回来，背对着他躺了下去。

“怎么还生气了？”温濯又凑过去抱她，声音含着笑，“我这不是想看看你，也没别的办法。”

“你直接来找我不就好了。”于清咕哝。

温濯只是笑，没有说话。

于清没再闹脾气，突然想起了个事儿："对了，那你和我们普通人不一样，是不是能活很久，然后也不会变老什么的？"

说到后面，她的声音低下来，似乎有些难过。

其实这事儿温濯也不太确定，但看到她这副模样，他还是把自己的想法说了出来："不一定，之前用能力时耗了很大的能量。"

"不过我觉得，应该能让我支撑人类一生的时间。"

至于会不会变老，大概是……会的吧？毕竟他的身体也是会新陈代谢的。

可他说了这样的话，于清又替他开始憋屈。

"时间是不是太短了？"

毕竟等了那么久，却只换来不到百万分之一的时间。

"以前觉得不公平。"温濯一顿，低头亲了亲她的发梢，"现在只觉得是上天的恩赐。"

能活着是好，但一个人活着，又有什么好？

听出他话里的意思，于清用力点头，认真说："我会好好陪着你的。"

温濯应了一声。

于清继续嘱咐："你以后就按正常人生活，不要再用你的那些能力了，不能再继续消耗了。"

"没关系，偶尔用用浪费不了多少。"

"那也不能用。"于清坚定地摇了摇头，闷闷道，"而且，如果不小心一点，被人发现了怎么办。"

温濯扬眉，说道："可我直接过来，你就不怕被记者拍到我来找你？"

于清的情绪瞬间低落："你怕吗？"

"我倒是不怕，但你的事业才刚起步。"温濯说，"而且，你的合同不是规定不准谈恋爱吗？”

于清的理智瞬间回来了：“还有三年才到期……”

温濯揉了揉她的脑袋，见她还是一副恹恹的模样，不禁失笑：“等你合同到期了，我们就公开，好不好？”

“你应该签约比我晚吧，你的经纪公司没这个规定吗？”

“有啊。”

“那——”

“被我删掉了，用能力。”

温濯似乎并不觉得这是什么大事，语气理所当然：“我怕会影响我们两个的感情。”

于清顿时想收回自己刚刚的话，想让他也用能力帮自己那份的条例删了。

温濯注意到时间不早了，他阖上眼，轻声说：“睡觉吧。”

于清闭眼酝酿了一会儿睡意，还是格外清醒。

她忽地想起自己从没跟他解释过什么，想说的话太多，一时也不知道从哪儿开口，便磕磕绊绊地道：“对了，我那时候真的不是怕你，就是突然间看到那个画面……而且你也从来没有跟我说过……”

温濯睁开了眼。

于清不知道自己说的话有没有哪儿不对劲，只想告诉他自己内心最真实的想法：“就是超出我的接受范围，一时脑子慌乱所做出来的反应，那些话都不是真心的……”

“而且你每次都直接把我的记忆删掉，我连后悔的机会都没有。”于清小声说，“可能真的有一点点怕，但是比起害怕，我更喜欢你。”

温濯安静地看着她，没有吭声。

说到后面，于清突然间什么都说不出来了，只能小声地道歉。

“对不起。”

温濯抓住她的手，淡声说：“别跟我道歉。”

于清抽了下鼻子，可怜巴巴地问：“那你原谅我了吗？”

“我不会原谅你。”

听到他的话，于清觉得手脚冰凉，抬起头呆滞地看他，似乎在研究着他这句话的真实性。

温濯也不想吓着她，很快便补充了一句：“所以你得赎罪。”

于清一眨不眨地看着他，道：“那我要怎么做？”

“也不用做别的什么。”温濯笑了起来，眉眼柔和，“一直陪在我身边就可以了。”

于清讷讷道：“但这不算是奖励吧？”

“你觉得是奖励也行。”温濯轻笑，“总之，我只有这个要求。”

只有这个，这就足够了。

这话像是个安定剂，让于清的睡意渐浓。

温濯盯着她的脸，想起刚刚的电话，开了口：“你是不是没跟我说过，为什么会从家里搬出来？”

闻言，于清迷糊地睁开眼睛，往他怀里蹭了蹭，“我好困，明天再告诉你。”

温濯的眼里带了笑意：“好，睡觉。”

狭小的空间，静谧到所有声音都放大了。于清的呼吸轻微，带着节奏，仿佛吹在温濯的心尖上，惹得他心痒痒的。

下一刻，于清突然像是在说梦话，搂着他的力道收紧。

“别走……”

温濯瞬间像是掉入了蜜糖中，低头吻了吻她的嘴角，轻轻地回了声“好”。

——知道了，我哪儿也不去。

隔日，于清结束访谈已经晚上十点了。她怕温濯等太久，下了车便小跑着回家。出乎她的意料，她在自家楼下的大门前遇到了一个人。

她的继弟，梁彻。

他和之前几乎没什么太大的不同，只是高了一些，显得壮了不少。

于清本想直接忽视他走进去，但是他就站在门口的位置，她完全没办法忽略，只能道："麻烦让一下。"

"你知道，妈跟爸离婚了吗？"梁彻纹丝不动，在看到于清终于有了点反应后，才继续说道，"四年前就离了，在你搬出家不久。"

因为这意外的话，于清的呼吸一窒，但很快就镇定下来，无波无澜地说："关我什么事。"

梁彻沉默下来，盯着她看了一会儿："那是你妈。"

"不是。"早就不是了。

吐出这两个字后，于清绕过他，快速把门打开挤了进去。

梁彻没有跟上去，只是安静地站在原地。看着她的背影，他的眼眸一点一点地沉了下来，如同那深不见底的海洋，黝黑中带着寒意。

回到家中，于清一眼就看到了坐在沙发上阖着眼的温濯，低落的情绪稍稍高涨了些。她故意没有穿鞋，轻手轻脚地走了过去。

就在于清想捏住他的鼻子不让他呼吸的时候，男人猝不及防地伸手，将她扯入自己的怀里，闷笑道："其实你的动静还是挺大的。"

她恼怒地反驳道："我最近瘦了！"

闻言，温濯捏了捏她腰间的软肉，附和道："确实瘦了。"

于清顿时扬起头，骄傲得像是要上天。

看到她这副模样，温濯眼中的笑意更深了：“明天喂你吃蛋糕，把你喂得白白胖胖的。”

“才不要胖。”

“为什么不要？”温濯神色不解，抬手摩挲着她的嘴唇，“多可口啊。”

于清的脸瞬间涨得通红，嘀咕道：“你能不能别老……”

没等她说完，温濯就打断了她的话：“啊，我说的是蛋糕。”

听到这话，于清的脸更红了。她恼羞成怒地推开他，很不爽地说：“我知道你说的是蛋糕，你干吗要强调一遍？”

温濯逗够了她后，立刻服软，把她扯回来，哄道：“我开玩笑的，我说的是你。”

于清哼唧一声。

见她这个反应，温濯凑过去亲她，随即调侃道：“长得太漂亮也不好，脾气太大了。”

于清立刻奓毛：“你说我脾气不好！”

“我夸你漂亮的话没听着？”

“那又怎样！反正你就是骂我了！”

这样的对话让温濯突然想起了从前，笑出声：“记不记得你以前骂我，被我说完了之后，还很厚脸皮地说以后就在心里骂，不会骂出声？”

于清的火气瞬间没了一半，硬着头皮解释道：“我那时候又没说你什么……你还一直揪着不放。”

“知道了，你脾气好不好都很漂亮。”

“我脾气很好！”

“好，你漂不漂亮脾气都很好。”

于清：“我也很漂亮。”

这次温濯没再立刻回复她，而是站起身把她抱了起来，一边往房间的方向走去，一边道："我要抱我脾气很好也很漂亮的女朋友去洗澡了。"

于清刚褪了几分热度的脸又开始烧起来，挣扎了起来。

"我才不跟你一起洗！"

温濯眉梢抬了抬，解释道："我说抱你去洗澡，没说要跟你一起洗。"

难道她又误会了吗？

温濯诧异道："你想跟我一起洗？"

于清："才没有！你怎么这么多话！"

"我在床上的时候话更多。"

"跟你聊天。"他补充道。

于清："……"

等于清从浴室出来，已经快十二点了。她困得连眼皮都睁不开，麻利地爬上床挤进被窝里。她懒洋洋地抱住温濯，随口问："你过来的时候有被记者拍到吗？"

温濯靠在床头摆弄手机，听到她的话后顿了一下，低头看着她："我从家里过来的。"

"什么从家里……"于清有些疑惑，但没说完便反应过来，不太高兴，"我不是跟你说过不要再用能力了吗？"

"太多记者了。对了，于清，"说这话的时候，温濯有些犹豫，"你搬到我那边去住好不好？那边的安保措施比这边好多了，而且很多明星住那边，被拍到的概率也小很多。"

闻言，于清也没多做考虑，直接应承了下来。

"好呀。"

这倒是让温濯愣了，他松了一口气，伸手揉了揉她的脑袋：

“看你一直在这儿住，不愿搬走，还以为这间房子对你有什么特殊的意义。”

他还做好了被她拒绝的准备。

“这是我爸给我留的嫁妆。”提起这个，于清突然有些不好意思，“不过不住这儿也没什么影响。之姿也一直让我搬，好多记者都知道我住这儿了。”

“那为什么不搬？”

于清老实道：“怕你回来了……”

怕你回来了，却找不到我。

温濯喉咙发干，顿时不知道该说什么。他把手机放到一旁，张了张嘴，还未说出话，于清突然坐了起来，爬到床头柜前把里头那张字条拿出来给他看。

“你看！”于清的眼神有点儿委屈，“我还留着呢。”

随着她的动作，温濯往床头柜望去。

可这次听到于清的话，却没有像往常一样看向她，而是定定地看着床头柜里的一个小瓶子，然后缓缓地伸手拿了出来。

见状，于清脸色僵住，立刻夺过塞回柜子里。她堆起笑脸，明显有些慌乱：“睡觉，好晚了。”

温濯没有阻止她的动作，低声道：“吃多久了？”

“没多久呀，而且我好久没吃了。”她笑嘻嘻地说着，见他还板着一张脸，讨好道，“你干吗，皱着一张脸像个老头。”

“我以前没见你吃这些药。”

“就是工作太累了嘛，总是颠三倒四的作息，久而久之就会失眠。”于清没老实说，胡乱地编着理由，“然后有点焦虑和轻度抑郁，没别的什么……”

下一刻，温濯猛地把她扯入怀里，将脸埋入她的颈窝。他的呼吸沉沉的，有些凌乱。

于清有些不安，结结巴巴地解释着："不是多大的事情，而且我也不是经常吃，没什么依赖性……"

"我后悔了。"温濯声音嘶哑，每个字都像是被什么摩擦过，沙沙的感觉，也仿佛是从喉咙深处硬挤了出来，带着无边的痛意。

这是他从未想过的事情，没有想过，她的情绪会因为他的离开有那么大的波动。也因为跟她说出了那样的话，更加没了重新出现在她面前的勇气，只想着用另外一种方式出现在她眼前。

想在这个圈子混得好一些，能对她有些帮助，却从未想过她会过得那么不好。

于清小声说："我还后悔那时候那样说你呢……"

"怎么不跟我说？"在这一瞬间，温濯丢去了所有的伪装，哑声说，"明天去医院看看好不好？"

于清点头，很乖地说："我一直有定期看心理医生，明天不用去，我只想一天都跟你在一起。"

温濯慢慢松开她，盯着她的脸看："我们公开吧。"

因他这突如其来的话，于清一怔。

温濯看上去不像是在开玩笑，镇定从容地给出建议："我可以帮你把合同改了，你不愿意的话，违约金我也赔得起。"

"干吗呀？你不用愧疚，我才是那个做错事情的人。"于清伸手摸了摸他的脸，小虎牙贴在下唇的位置，看起来俏皮又可爱，"而且你回来之后，那两年发生了什么事情，我都忘光了啊。"

"我觉得现在这样真的超级好的。"见他不说话，于清再接再厉，"至少你在我面前不再总是沉默和言听计从了……"

提起这个，于清的情绪也低落了："我们当那些事情都没发生过好不好？你一直这样就很好……"

会生气，会吃醋，会调侃她，这才是真正的小星星。

她喜欢的也是这样的小星星。

温濯吐了口气，认真道："好。"

耳边响起了他刚刚定好的闹钟。他的头低下来，吻住她的嘴唇，带着浓浓的缱绻："宝贝儿。"

于清眨了眨眼。

"生日快乐。"

于清反应过来，眉眼弯了起来，将手摊平，放在他的面前，笑嘻嘻地说："礼物呢？就这一句话呀？"

温濯吻了吻她的手心，也笑了："是我。"

是我的一辈子。

以前对你的那些不好，我用我的一辈子来补偿，好不好？

于清皱眉，把手抽了回来，不满地嘟囔："你好敷衍……"

温濯饶有兴致地盯着她："生气了啊？"

于清死鸭子嘴硬，阴阳怪气地回："没有生气。"

"别不高兴了，"温濯没再逗她，低声哄，"有礼物，醒了之后再给你。"

闻言，于清的眉眼舒展开来，又开始说："你才不是礼物。"

温濯一愣，还未开口说些什么，便听到她理直气壮地继续说："你本来就是我的。"还觉得自己说得非常正确，模样十分严肃，义正词严地说，"不要拿原本就属于我的人来送给我。"

出乎意料的话，温濯被她逗得笑出声。他的脸埋在她的后颈处，笑得全身都在颤抖，温热的气息扑在她裸露在外头的肌肤。

于清不想理他，翻了个身酝酿睡意。有他在身边，踏实感总特别足。困意蓦地袭来，她在他怀里找到个最舒适的地方，昏沉沉地睡了过去。

迷迷糊糊之际，她隐隐听到温濯说了句话。

"看来以后没有自由了。"

明明像是一句在抱怨的话，可说出来却都是笑意。

这一觉，于清莫名就梦到了六年前。

那时候，父亲过世三个月，于清的期中考试也因此考砸了，她不想让母亲心情更差，就趁母亲在厨房洗碗的时候，翻出老师发的短信，迅速删掉。

刚松了一口气，手机便响了一声，吓得于清这个做贼心虚的人差点跳了起来。她条件反射地看向厨房里的母亲，见母亲完全没有察觉到，提起来的心便再度放了下来。

她想把手机屏幕按回桌面，短信提示框里显示出来的三个字，让她下意识地点进去看了全部内容。

“宝贝儿，今晚出来见面吗？我们的两个月纪念日。”

那时候，父亲过世才三个月。

于清不记得那时候的自己是什么心情了，只记得自己强装镇定地将那条短信设置为未读，将手机放回原处，然后面无表情地回了房间。

于清在房间里听着母亲的动静。

听到母亲收拾好餐桌后，走进浴室里洗了个澡，然后回房间折腾了一会儿，而后来到她的房门前，温柔地说：“清清，妈妈出去一会儿，你学习完之后早点睡觉，知道吗？”

于清没有理她，整个人闷在被窝里，捂着嘴巴，忍着即将要爆发的情绪。

听到玄关处的关门声，她终于呜咽了出来，像是一头受伤的小兽，伤口还未愈合，就被人重新撕裂开。

那段时间，于清都不知道自己是怎么过来的，她变得越来越沉默寡言，每天都像是被人捏住了心脏，连气都喘不过来。

那时候，她每天都能看到母亲在饭桌上吃着饭，会突然拿起手机看，然后露出一个甜蜜的笑容，随后嘱咐她几声就出门了。

原本因为走读而不需要晚修的她，慢慢变成了晚修之后才回家。每天到家后，吃着饭桌上已经冷了的饭菜，流着眼泪吃还有些发硬的米饭。

她头一回那么讨厌自己的母亲。

再后来，为了眼不见心不烦，于清干脆申请了住宿。

一切堆积到一块，会渐渐地离临界点越来越近，只需要一根小小的稻草就能让事情爆发。

那一天是周五，到家之后，看着空荡荡的客厅，于清心中的委屈和烦躁升到了一个顶端。她觉得自己不想再待在这儿了，猛地把书包丢到一旁，跑进主卧，翻着父亲留给自己的那套房子的钥匙。

还没等到她翻到那把钥匙，就看到床头柜里的东西，身体陡然一僵，眼泪立刻掉了下来。她觉得世界都崩塌了，爆发般地捂着心脏哭了起来。

——那是一盒用得剩下几个的避孕套。

这是于清完全接受不了的事情。

她曾看过父亲在床上看书，母亲躺在父亲腿上睡得正香。

那时候，她走进去打算让父亲帮她在试卷上签字时，父亲听到动静，将视线从母亲身上挪开，温柔地看着于清，将食指竖在唇前。

父亲用口型说：“不要吵到你妈妈。”

那天，阳光从窗子撒进来，透过茂密的树叶，落满了一地的光晕。于清在那一刻觉得，人生最极致的美好大概就是这样了。

可在父亲死后的第四个月，父亲那么爱着的母亲，却在这张床上跟另外一个男人在一起了。

于清拨通了母亲的电话，听着那头传来的一如既往温柔的声音，崩溃地抽抽噎噎道：“妈妈，你为什么要这样……”

母亲一愣，声音带了慌乱：“清清，你怎么了？”

“你是不是不要爸爸了……”她哭得几乎喘不过气来，整个人都在颤抖，“你为什么要这样！爸爸才去世了三个多月！你就那么着急吗！”

那边沉默了下来，像是没想过她会知道这个事情。

“妈妈，你就那么想改嫁吗？”一想到父亲，于清就连呼吸都觉得疼，“那带着我这个拖油瓶是不是不好？我死了好不好？我死了好不好！”

说到最后，她喊得几乎要破音。

听到这话，母亲的声音里全是恐惧，还能听到那头传来奔跑声，还有呼啸的风声：“清清……你别这样，妈妈这就回来……”

“妈妈……”于清呜咽着，话里全是低声下气的恳求，“你不要这样对爸爸……他那么爱你……求你了。”

那头的跑步声停了下来，良久后，于清听到了她母亲的回复。

“好。”

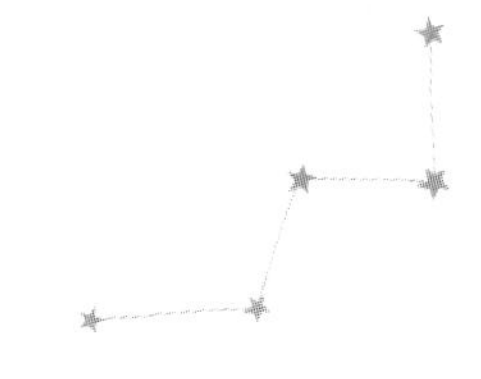

第九章

嫁给我，好不好

于清从梦里醒了过来，脸上是一片湿冷。

周围黑漆漆的，天还没亮，她不知道现在是几点，心底压抑得无法再入睡，便坐了起来，推了推身旁的温濯：“温濯……”

温濯立刻睁了眼，注意到她通红的双眼，顿时没了睡意，也坐了起来。他伸手帮她擦掉眼泪，声音因为刚睡醒有些沙哑：“怎么了？”

“我妈妈……”于清呜咽道，“她之前答应我了，说不会的……可她之后就直接把那个男人带回来了……”

“她跟我说她已经答应那个男人的求婚了，让我体谅她，她说她也很痛苦……爸爸走了之后，她每天都生不如死……只有那个叔叔能减轻她的痛苦……”

温濯立刻反应过来，伸手抱住她，安抚般地拍着她的背，轻声说：“嗯，还有呢？”

“她一直在我面前哭，一直求我……”于清突然抬头看着温濯，失了神般地开口说，“我那时候为什么要体谅她……我为什么……”

她多希望，那时候妈妈能做到像她承诺的那样。

如果是那样，后来的她就不会从家里搬了出来，也不会因此放弃上大学的机会。但也有可能，不会遇到温濯了……

于清的声音带了鼻音，很认真地问：“如果你死了之后，我立刻找了别的男人，你能体谅我吗？”

知道她情绪不好，温濯也没因为这个问题而生气：“所以我不会死的。”

于清看着他，眼睛还含着泪。

想了想，温濯又觉得自己说的话不太对：“准确来说，是一定会比你活得更久。”

他可不想再发生这样的事情。

他走了之后，她会独自痛苦，独自一人哭那么久。

于清没坚持问，又开始啪嗒啪嗒地掉眼泪：“我好怕爸爸在天上看到了之后会哭，爸爸一定很难过的……”

见状，温濯叹了一口气，盯着她的眼泪喃喃道：“真想让你忘掉这些事情。”

好的都留着，不开心的都忘掉。

于清吸着鼻子，把眼泪都蹭到他身上，靠在他怀里，调整了下情绪，而后缓缓地将自己积蓄良久的心事都吐出来给他听。

没过多久，母亲和继父结了婚，带着她搬了过去。

于清越来越讨厌回家，从原本的每周回一次变成了只有节假日的时候才会回家。就算回了家，她也只是一声不吭地回到房间里待着。

她知道继父很讨厌她，但因为他对母亲好，她也没有给他多少脸色看。

后来，忘了是因为什么，于清跟继父的儿子梁彻开始玩得好，也慢慢地没有那么抗拒回那个地方。

或许，是同病相怜吧。

但不一样的是，于清很讨厌她的继父，梁彻却很喜欢他的继母。所以后来，于清跟母亲的关系转好，也有梁彻一直在劝导的原因。

就这样相安无事地过了两年左右。

因为高三学习任务变得繁重起来，于清基本一个月才回一次家，每次回家之后，梁彻都要黏着她聊天。

他的性格似乎一直都是这样，有些阴沉，说话的腔调也让人觉得怪怪的。但在于清面前，他所有的负面情绪都敛了起来，变成了一个开朗的大男孩。

那段时间，梁彻总是小心翼翼地问她：会不会喜欢年龄比她小的男生。

每次于清都一边写着作业一边敷衍几句，后来真的被闹得没辙了，倒是有了些好奇："你干吗老问我这个？你同学喜欢我？"

他没承认也没否认，只是继续问。

于清对着他翻了个白眼，直接道："绝对不会。"

她的话一出，梁彻的脸色立刻阴沉下来，沉默着走出了她的房间。她也没把这件事情放在心上。

后来，继父的公司出了点问题，母亲把父亲留给她的房子和钱全数给了继父，但还是不够。在继父的恳求下，母亲向于清开了口："清清，你爸爸留给你的那套房子，能……"

还未等母亲说完，于清便立刻拒绝了："不可能。"

那时候，像是所有不好的全部一起来了。

于清每次回家都感觉自己的贴身衣物少了几件。一开始她以为是母亲觉得旧了，直接帮她扔了，可后来，连新的都不见了。

她去问过母亲，但得到的只是母亲一个疑惑的眼神。

于清瞬间有了毛骨悚然的感觉。

时间久了，她心中的恐惧越发强烈，脑袋里的那根筋似乎随时要断裂。

终于有一天，于清提前回家，看着空无一人的客厅，屏着气拧开了梁彻房间的门把。她知道自己不应该这样想，但想起梁彻之前说的话，她还是咬着牙走进了他的房间。

于清翻了翻他的衣柜，看到什么都没有之后才松了一口气，暗骂自己的龌龊心理。

她和梁彻莫名僵持着的关系也缓和了不少。

再后来，高考完之后的某一天，于清从外头回来，路过主卧的时候，她听到了继父和母亲的对话。

“你也该为我们的未来想想，等我公司周转过来了，清清的那套房子，我再替她买回来。就是跟她借一段时间，这样不行吗？”

母亲叹了一口气，声音依然温温柔柔的：“她不同意，毕竟那是她爸爸留给她的。”

“你就知道考虑她的感受！”继父暴怒了起来，里头传来了东西掉到地上发出的噼里啪啦声，“我的公司现在都快倒闭了！”

母亲没说话。

于清捏着拳头，忍着进去怒骂继父的冲动。

而后，继父的声音又缓和下来，跟母亲提议：“上次王总来家里吃饭的时候，看到清清的模样，后来总跟我提……你看，王总这才三十多岁，模样长得虽然不好，但是有钱啊。而且看他那么喜欢清清，估计也会很疼她。”

于清难以置信，继父的嘴脸在此刻丑恶到了极点，她觉得自己都快吐出来了。她的手放在门把上，刚想打开门走进去，却听到了母亲的回答：“我考虑一下。”

那句话很轻很轻，却在于清的脑海里持续不断地放大，然后回荡着。

她的母亲对生活屈服了，然后还放弃了她。

于清呆滞地把手放了下来，喉间一涩，转头往房间走去。

这是一套复式楼，于清的房间在二楼。她抬眼望去，刚好看到梁彻从自己的房间走出来，手上拿着她的贴身衣物。

刚刚听到了那样的对话，现在似乎发生什么事情都不能影响她的情绪了，她缓缓地抬脚走上了阶梯。

一步，两步……

梁彻僵直地站在那里，似乎不知道该做出什么反应。

于清走到他的面前，盯着他手中的东西，很久之后，才哑着嗓子问道：“你为什么要拿我的东西？”

在这段时间里，梁彻终于冷静了下来，轻轻地回答：“姐，阿时喜欢你。”

下一刻，她用尽了全力扇了他一巴掌。

如果曾经是真心地对待一个人，那么在被他背叛的时候，痛意就会成倍成倍叠加。而此刻，于清对梁彻是再也无法原谅。

说完所有事情，天已经蒙蒙亮了。于清的困意也猛地涌了起来，眼皮明明已经慢慢耷拉下来，却还含糊不清地说着：“今天梁彻跟我说，妈妈跟继父离婚了……”

温瀝摸了摸她的脑袋，没有说话。

“不过也不关我的事……”于清紧皱的眉头舒展开来，完全阖上了眼。

但她过往的那些事情却像是一块巨大的石子，重重地压在温濯的心上。他无半点睡意，温柔地说：“于清，把那些事情都忘掉好不好？”

于清迷迷糊糊地“嗯”了一声。

“以后我会对你很好的。虽然跟我在一起，没有办法让你感受到父爱和母爱，但是我一个人也可以把你宠得无法无天。”

闻言，于清费劲地睁开了眼，弯起嘴角：“好。”

这一觉睡得踏实，醒来时，太阳已经高挂天空了。

刺眼的光照进来，于清皱着脸睁开了眼，大脑放空了一会儿。她突然觉得有些不对，低头一看，胸前放着一只宽厚修长的手。

于清的呼吸一窒，猛地蹦起来，顺手抓起枕头打身后的人，整张脸红得几乎都要烧起来，说：“你干什么！你手放哪儿呢！不要脸！”

温濯看上去也是刚醒，任由她打，有些茫然地说：“我怎么不要脸了？”

“你……”于清说不下去，继续打。

“我做什么了？”温濯下意识抓过她，再度把她抱到怀里。他的声音沙哑，像是想继续睡觉，“我碰到你哪儿了吗？”

于清绷着脸点点头。

“碰你哪儿了？”温濯语气自然，好像不觉得自己说的话有多么厚颜无耻，“你全身都软绵绵的，我分不出。”

于清忍无可忍，气得踹了他一脚。

温濯伸手握住她的脚踝，按在他小腹的位置，吊儿郎当道：“踢哪儿呢？”

被他这样的举动惊住，于清全身一僵，想把脚收回来，却一直被他固定着。她憋了半天，什么词都想不到，只能骂出四个字。

“臭不要脸！”

温濯觉得好笑，怕把她惹急了，便松开了她的脚。他凑过去亲了亲她的嘴角，盯着她的眼：“只会骂这一句啊？”

于清不想理他了，挣开他的怀抱，起身洗漱。

从卫生间出来，于清躺到沙发上翻看了下手机，这才发现有许多个未接电话，还有各方发来的生日祝福短信。

她一一道了谢，正想打开微博看看，许小云便来了电话。

于清弯了弯唇，立刻接了起来。

许小云似乎在跟旁边的人说话，听到电话接通了之后，才笑着问她：“要不要我过来陪你？不过估计又是拒绝吧？”

于清有些不好意思，小声地说：“明年跟你一起过。”

“行了，跟我还说这些……等等！清清，你等一下。”说完这句，许小云的声音远了些，像是在跟另外一个人说话。于清在这头还能听清两人在争执最后一颗肉丸谁吃，最后她听到了许小云胜利的声音，也忍不住笑出了声。

不过，电话里另外一个人的声音她好像在哪儿听过……

还没等她想清楚，许小云再度回来跟她说话：“你看看你什么时候有空，我把礼物带给你，顺便见你一面。”

于清想了想：“月底之前吧，之前之姿跟我说月底开机。不过，具体哪天我也不清楚，到时候再跟你说。”

挂了电话，温濯也恰好洗漱完出来。他格外黏人，出来之后的第一反应就是找她，看到她之后就凑过来抱着她，身上还带着一股须后水的味道，格外好闻。

看着于清玩手机，温濯把玩着她的头发：“不饿？”

于清点进微博，听到他的问话才反应过来，摸了摸肚子：“有点儿饿。”

“那出去吃饭？”

于清立刻摇头：“不要，我不想出门。”

温濯：“那你想吃什么，我给你做。”

“家里好像没什么吃的。我记得你跟我说过你怕火？”说完这句话，她有点疑惑，“对了，你为什么怕火……”

下一瞬，于清的脑海里突然闪过一片血肉模糊的画面。

一个男人，身上是被烧灼过的痕迹，五官已经看不清了，但整体跟她面前的男人无二。

于清脸上的笑意停住。

看到她这副模样，温濯知道她已经想起来了。他揉了揉她的脑袋，看上去很无所谓：“不疼。”

于清一声不吭地爬起来抱他，认真说：“以后我会对你超级好的。”

温濯笑：“长大了一岁，倒是会心疼人了。”

于清不服气地反驳：“我之前难道不会吗！”

“别心疼了，昨天才跟我说忘掉以前的事情。”温濯捏了捏她的脸颊，“而且真的不疼。”

“老说谎，也不怕鼻子变长。”于清咕哝了一句，打开软件点了两份外卖，顺便备注了下放在门外，而后再次回到微博。

刚想发条微博，突然发现她的微博评论消息比平时多了将近三倍。她有些好奇地点进去看了看，顺着这些评论，她找到了罪魁祸首。原来是温濯转发了她的那条电影官宣微博，还发了个爱心表情。

“剧组宣传我能理解……我真的能理解。”

“我没关系的，但你为何，而且只关注了于清一个人。”

“为何我闻到了甜味，温濯前期打脸的行为，脑补出了一部一百万字的小说。”

“不管了！这个肯定是假的！”

……

于清愣了半天，难以置信地把手机递给温濯看，问：“你怎么只关注了我一个人，连官博都没关注，你不怕你经纪人找你麻烦吗？”

温濯瞟了一眼，轻飘飘道：“我把密码改了。”

说着，他从口袋里把手机拿出来，放在于清面前：“他一直用电话和短信轰炸我，我没理。”

于清有些无言以对：“赶紧回，别让人家着急了，他也是为了你好。你现在在上升期，而且我们之前不是说好了，等合同到期了再公开。”

“可我昨天跟你提了，现在公开。”温濯提醒她。

于清没多考虑，立刻摇头：“不行，现在时机不好，而且违约金好高。就算你赔得起，我也不舍得让你给。”

温濯直直地看着她，神色不明，也没有应话。

于清凑过去戳他的脸颊，讨好道：“生气了？”

“没有。”温濯知道自己这个行为是太过着急了，很快就松了口，“那就三年，多一天我都不等。”

“你可太没耐心了。”于清嬉皮笑脸地说，“万一三年之后，我还是不同意公开，你是不是就要跟别的女人跑了啊？”

“不会，会直接拖你到民政局……”于清瞬间瞪了过来，温濯话锋立刻一转，“求你公开。”

被他这副模样逗得笑出了声，于清忍不住损他。

温濯也不介意，低声道：“一会儿吃完饭，我带你去个地方。”

“去哪儿？”

温濯摸了摸她的脑袋：“送你礼物。”

虽然不知道他要带自己去哪里，但是于清还是很兴奋地跑回房间换衣服。挑选了半天，她选了一条无袖收腰短裙，穿好短裙后，拿起化妆桌上的瓶瓶罐罐开始收拾自己的脸。

一切准备妥当后，于清整了整头发，拉开门往外走。

温濯就站在她的门外，也换了一套衣服，是从书房里拿的。他的这副模样让于清晃了神，一瞬间竟觉得回到了从前的时光。

“真漂亮。”温濯笑着亲了亲于清的手背，牵着她往玄关处走，再蹲下来替她穿好了鞋，“现在出去肯定会被记者拍到的，所以我们得用别的方法走。”

“不行。”于清拧眉，“你要那样，我就不出去。”

可温濯却不允许她反对，伸手将她的脑袋按到自己的胸膛前，声音半带哄意：“等一下就好，把眼睛闭上。”

于清被哄着，没有再反对。

因为未知的恐惧，她闭上眼，有些紧张地抓住了他的衣服。

感受到她紧绷的身体，温濯抱住她的力道加重，忍不住在她耳边笑了声，伴随着热气卷入于清的耳郭：“胆小鬼。”

周遭的环境扭曲塌陷，被黑暗卷入、蔓延，而后带着光的色彩重组，演变成另一个画面。

没过多久，温濯的力道稍松。

感到这样的变化，于清小心翼翼地睁开眼，盯着自己身上的光点，兴奋起来：“你看！我也会发光啊！”

温濯弯下腰跟她平视，神色认真：“你本来就会。”

这话似是一语双关，于清立刻听懂了，不自在地挪开了视线。随后，她注意到周围的景色，壮丽而又炫目。

在这附近于清没有看到第三个人，似乎整个世界只剩下他们两个。抬眼望去，夜空中是千变万化的光带，空间大得看不到边际。

光带缓慢飘动着，忽明忽暗，发出斑驳的色彩。

于清被这景色震撼到，一眨不眨地盯着看了半晌，然后转头问：“这是哪儿呀？”

“我也不知道。”温濯抓住她的手，轻轻摩挲着，“就随便找了一个地方。赶紧看吧，一会儿就走了。”

“干吗那么急？”

“不想走？”

“嗯，漂亮，想继续看。”

看到她这副呆呆的模样，温濯忍不住把她的脸扳了回来，有些吃味地问：“你不想再看我是星星的样子吗？”

“我看过呀。”于清眨了眨眼，“最亮、最漂亮的那颗。”

他似乎很满意这个回答，也没再多说什么，只是耳尖渐渐染上了粉色。

于清盯着他看：“可你现在最好看。”

温濯的心情更好了，伸手掐了掐她的脸：“行了，跟你开玩笑的。慢慢看，想什么时候走就什么时候走。”

“我不想看你变成星星的样子。”于清的眼睛亮得像是倒映着天上的光，一本正经地说，“只想让你在我旁边，陪我一起看想看的东西。”

变成星星的话，那太遥远了。

她摸不到，抓不着，那样的感觉太不好受了。

温濯的喉结滚了滚，没有说话。

说完之后，于清也有些不好意思了，转过头继续看着天上的极光，有些高兴地问道：“这个就是礼物吗？好棒啊！”

听到这话，温濯呼吸一顿。他把手伸入口袋里，盯着她，眼中像是有什么在涌动着，熠熠生辉：“我跟这片极光，你更愿意看哪个？”

于清觉得好笑，怎么还在纠结这个？

“是你，当然是你。”

两人的周围开始浮起一层白雾。

听到她的这句话，温濯紧张的心情终于有了一丝缓和。他低眉笑了笑，轻声道：“看天空，这次才是礼物。”

于清愣了愣，转过头。

此时，天空中那些带状和弧状的光像是受到了什么吸引，成群结队地向这边涌来，全数聚拢成一颗极小又极其亮的星星，慢慢凑近他们，浮到了于清的眼前。

光芒渐渐褪去，显现出它原本的模样。那是一枚戒指，上面点缀着一颗小小的星星，而后掉落到温濯的手上。

于清舔了舔唇，整个人也开始紧张起来。

温濯盯着手中那枚戒指，随后看向于清，嘴角渐敛。他的表情严肃起来，慢慢地单膝跪下，仰望着于清，表情虔诚得不可思议。

“于清，我会对你很好很好的。”他喃喃开口。

听到他这句话，于清莫名鼻子一酸，眼眶红了起来。

“我会好好赚钱，给你买你想要的所有东西，也会克服恐惧火的心理，给你做你喜欢吃的任何食物。遇上任何事情，我都能够帮你解决，让你此生都过得无忧无虑。”

“不会让你生气，不会让你难过，更不会让你有片刻不安与恐惧。”

他的每句话、每个字都像是从心底发出来的，缓慢而又铿锵有力。说到最后，他的话里带了恳求。

“所以，嫁给我，好不好？”

吐出最后一个字后，温濯整个人已经陷入了紧张的最高点，忐忑不安地等待着她的反应。

于清连忙点头，吸着鼻子伸出了手，眼泪簌簌地掉落：“嗯。”

温濯得到想要的答案，眼里的情绪毫不掩饰，仿佛得到了整个世界。他禁不住勾起了嘴角，将戒指套在她的无名指上。

围绕在两人身旁的白雾随之消散开来。

温濯站了起来，擦去她脸上的泪，目光灼灼地盯着她。而后，他重重地吻住她的唇瓣，吮着她有些退缩的舌尖，将自己此刻的所有情感都倾注在这唇齿的交缠之中。

良久，温濯用鼻尖抵着她的鼻子，含笑看着她。

两人的身后是一片绚丽而引人注目的极光圈，可此时的他们眼里只有彼此，视线连半分都不愿意挪动开来。

两人回到家时，外头已经完全黑了下来。

于清立刻趴到沙发上，乐滋滋地盯着自己手上的戒指看，也没有注意温濯在做些什么事情，只知道他半天都没出来。

等了半天，于清开始觉得奇怪了，说：“你在干吗？厨房里没吃的。”

话音刚落，温濯捧了个蛋糕从里头走出来，上面是一根短短的蜡烛，摇曳着火苗。

于清瞪大眼，明显着急了。她顿时站起来，大步走到他旁边，想接过那个蛋糕：“我来拿，有火。”

“不用。”温濯绕过她，把蛋糕放到茶几上，对站在原地的她招了招手，“过来这边，傻站着干什么呢？”

于清走过去，刚想坐到他旁边，便被他一把扯住，拉到怀里。

耳边响起了他的声音，带着哄人的腔调：“来，我家清清今年生日有什么愿望，现在来许愿。”

于清双手十指交握，闭上眼，迅速许了个愿望，很快就将烛火吹熄。她转了个身，双手环住温濯的腰，闷闷道：“我不吹蜡烛也没什么关系。”

“那多亏啊。”温濯低声笑了下，揉了揉她的发丝，“别人生日都有蜡烛可以吹，我家于清怎么可以只有个蛋糕。”

于清看着他，眼眶又红了，觉得有了他之后，自己就变成了个爱哭鬼。

他亲了亲她的眉心，笑得温柔：“我不怕。”

为了你，我什么都可以不怕。

要搬到温濯那儿住这件事，于清不能瞒着邓之姿。见到她的时候，于清纠结了半天，决定循序渐进地提：“之姿。”

邓之姿看着手机：“有事就说。”

于清小声说：“我跟温濯在一起了。”

“知道。”提前有了心理准备，邓之姿的神色没多意外，提起了另外一茬，“他昨天的那个微博，只差没直接告诉天下人，你们俩在一起了。但这事儿还能拿剧组当借口，你们俩以后给我注意点。”

“嗯……”于清舔了舔唇，小心翼翼地说，“我可能会搬到他那儿住。”

邓之姿似是不敢相信自己的耳朵，火气立刻爆发了：“你疯了？你想跟他住一块？！你这是上赶着让公司知道你违约了！”

既然都提到违约了，于清顺带问：“那如果我们俩公开了，大概要赔多少违约金呀？”

邓之姿瞟她一眼，给她比了个数字。

于清顿了一下，低头在心中计算着自己的资产。看到她这副模样，邓之姿想了想，补充道：“其实也不一定，看公司怎么做吧。”

于清叹了口气，忍不住说：“我昨天答应他的求婚了。”

邓之姿刚喝了口水，听到这话时立刻被呛到，开始疯狂咳嗽，脸也因此涨得通红。她抬起头，难以置信地说：“你说什么？”

于清没想过邓之姿会有这么大的反应，连忙给邓之姿顺了顺背，小声说："我跟他认识很久了，又不是闪婚。"

好不容易喘过气来了，听到她这样的话，邓之姿差点又背过气去："你是不是有病？你的事业刚有点起色就结婚？奖项都没拿过几个，你甘心？"

于清被她说得一愣，抿了抿唇："这事儿我考虑过了，我也不知道这是我一时冲动的想法还是别的什么，但是我现在想的是，合同到期之后，我应该会退圈。"

闻言，邓之姿的所有火气都被浇熄。她的嘴唇张了张，似乎想说什么，却又不知道说什么。

"也没什么啦，我就是觉得，这也不是我想做的事情。"于清对她笑了笑，无所谓地耸了耸肩。

于清以前一直想，进了娱乐圈后，如果上了大荧幕，会不会有很多人喜欢她，以后会不会不再觉得那么寂寞；妈妈看到之后，会不会后悔那时候抛弃了一个这么棒的女儿，她会不会因此而感到快乐。

可温濯走了之后，再多人喜欢她，她依然时时刻刻都觉得很寂寞。想到她的妈妈可能会看到她拍摄的剧，也一点都不快乐。

没有那个人在，拥有再多，也食之无味。所以她不需要很多很多的人喜欢了。只要拥有温濯一个人的爱，她就已经得到整个世界了。

"帮我安排一下呀！尽量同一栋，能买就买，我现在的钱应该够了。"于清笑嘻嘻地抱着经纪人的手臂撒娇，"绝对不会被发现的，我用我的人格发誓！"

邓之姿的情绪有些低落，叹息一声，点了点头。

"那你以后要做什么？"

"挺想回去读书的。"说完，她突然笑出声，转头看着邓之姿，

“不过是不是太老了啊，到时候我都二十五了。”

邓之姿摇了摇头：“想去就去吧。”

有什么想做的事情就去做，这一生多短暂，浪费了就可惜了。

于清鼻子一酸，低低地应了一声。她拿起手机，给温濯发了条消息：“我不想工作了，以后你养我好不好？”

那头回复得很快：“我把我的所有都给你。”

温濯：“你养我。”

盯着最后那三个字，于清的眉头皱了起来，十分嫌弃：“不养，养不起。”

没等到他的回复，她就到了目的地。刚想下车，手机铃声响起，她看了一眼，又坐回来，接了起来：“你怎么给我打电话了？”

温濯低笑了声：“没钱吗？”

这一听，于清明白他打来的目的，嘴角忍不住弯了弯，故意气他：“对啊，没钱。”

“那我把钱都给你，你用来包养我。”

“你就那么想当小白脸？”

温濯又笑出了声，嗓音清润温和，带了几分沙哑，通过电流传到于清的耳中，让她的耳根忍不住发烫。

“嗯，想吃老婆的软饭。”

听到这话，于清的脸瞬间涨得通红，她慌忙地道了声再见便挂了电话，脑海里却一直回荡着他说的那句话，晕乎乎地下了车。

《并肩走》的开机仪式之前，于清腾出半天的时间跟许小云见了一面。两人约在一家有包厢的咖啡厅里，有一搭没一搭地聊着各自最近发生的事情。

得知于清已经接受了温濯的求婚，许小云的眼睛蓦地瞪大，看上去也很兴奋："这么快？你们两个应该也没复合多久吧！"

"毕竟已经认识很久了。"于清抿着唇笑了笑，也开始问她的情况，"对了，你的小师弟呢？听你说这么久，我也没见过他的样子。"

许小云摆了摆手："跟你家那个根本没得比。"

"行了，跟我还说这些客套话。"于清弯起眼，将手伸到她的面前，"来，给我看看照片，让我看看配不配得上你。"

许小云的耳朵有点红，似是不太好意思，磨磨蹭蹭地拿起手机，从里边翻出一张照片。

照片里的男人趴在桌子上睡觉，露出半个侧脸，头发似乎被人刻意蹂躏过，蓬松而凌乱，半张脸陷在臂弯间，但依然能看出整体长得十分清俊。

于清的笑容僵在唇边。

过了几秒，她抬起头看着许小云，故作镇定地问："你的小师弟叫什么名字啊？看着好像有点眼熟。"

"可能你见过吧。"许小云把手机收了回来，笑了笑，"以前也是我们高中的，不过我以前没见过他，他叫向景时。"

有什么东西在于清的脑海里炸了。

于清看着眼前的许小云，发现此时她的视线放在手机屏幕的男人上，虽然唇上挂着无所谓的笑容，但眼底的喜欢却半点都藏不住。

她顿时什么话都说不出了，觉得自己没法平静地维持这个话题，干脆扯起笑容，跟许小云聊起了别的事情。可于清心底还是像是被什么堵住了，闷闷的，难受得连气都喘不过来。

两人一直聊到了晚上八点。

因为太久没见，许小云还有些舍不得于清，正想开口让她今晚住自己家时，温濯打来了电话，催促着她回家。

听到他俩之间的对话，许小云揶揄地对于清眨了眨眼：“行了，我们走吧。我送你回去，我可是有车的人了。”

想着向景时的事情，于清欲言又止，最后还是什么都没说，扯起笑容点了点头。

回到温濯家门前，于清心不在焉地按着密码锁。因为脑子混乱，她输了好几次都没输对，听着门锁响起刺耳的声音，她的心里越发烦躁。

下一刻，门从里边被人打开。

温濯穿着家居服：“回来了？”

见她一副无精打采的样子，温濯挑眉，将她扯了进来，低声问：“怎么了？不高兴？”

于清摇了摇头，躺到沙发上，眼神放空，不知道在想什么。

温濯坐在她旁边，安抚般地摸了摸她的脑袋。

脑袋里装的东西多了，于清觉得所有东西都像是糊成了一团，转都转不过来。她烦躁地坐起来，看着温濯：“许小云喜欢的那个小师弟是向景时。”

听到这个名字，温濯的眉眼稍抬，像是在思考这个人是谁，很快恍然大悟般地“啊”了声。

“我之前不是跟你说了。”于清咽了咽口水，有些难以启齿，“就那事，我问梁彻为什么要拿我的东西，他的回答是向景时喜欢我。”

温濯轻轻地“嗯”了一声。

“你说我要不要跟许小云说？”她的脸上满是忐忑不安。

温濯叹了一口气，本来真的不想为曾经的情敌说话，但看她这副模样，而且他还欠向何一个人情：“不用说。”

于清一愣。

“不是向景时。”想到这事儿，温濯的表情也变得不太好看，但对她说话的语气仍然是温和的，“梁彻偷拿了你的东西给向景时，你觉得合理吗？”

想到另外一个可能性，于清的喉间变得干涩起来。

“可他是我弟弟。”

温濯没说话，凑过去抱住她。

于清在他怀里闷闷地说：“其实我也有想过，但是就是不敢相信……”

“我觉得好恶心。”于清越说越难受，胃里似乎在翻滚，有什么东西顺着食道涌了上来，“我想吐。”

听到这话，温濯盯着她泛白的唇瓣，而后在上面轻啄了一口。

于清刚刚还反胃的感觉瞬间全无。

“还觉得恶心吗？”

“没有。”

“那快去洗澡。”

“再亲一下。”她的声音低低的，带了点撒娇。

听到这意外的话，温濯愣了两秒，笑出了声：“行，亲你一下，把梁彻和向景时都给我忘掉。”

这话显得她像是非常渴望他的亲吻，于是将他的手扯掉，对着他做了个鬼脸：“不亲就不亲，我才不稀罕！”

温濯抓住她的手腕，稍稍皱了眉，说：“怎么？你还想一直记着啊？”

于清眨了眨眼，乖乖地摇了摇头。这时，她突然想起另外一件事情，有些不好意思地问：“温濯，我们什么时候扯证……”

“扯证？”温濯疑惑地重复了一遍，反应过来后，脸埋在她的颈窝处笑了半天，“当然是越早越好，方便我把你吃掉。”

于清瞬间不想理他了，使劲想把他的脑袋推开，可他却纹丝不动。

笑够了之后，温濯抬起头："不过，你的户口本应该在你妈妈那儿吧。"

"我过段时间去找她，跟她拿户口本。"于清郁闷道，"我跟你说个事儿，我想把爸爸留给她的那套房子买回来给她。我算过了，全款买下来的话，我的积蓄应该还剩个十来万。这些也都给她，以后我就再也不联系她了。"

温濯揉了揉她的脑袋："你觉得怎样好就怎么做。"

于清很严肃地提醒："那我现在就是个穷光蛋了。"

"又没钱了？"温濯拖腔带调地说，"我不是把我的钱都给你了吗？我还等着清清金主的包养啊。"

于清鼓起脸嘟囔着："我明明连一个钢镚儿都没看到。"

"转你卡里了。"

"没有啊，我没看到短信啊。"说完之后，她想了想，一边打开网上银行，一边说道，"你给我转了多少呀，够我吃个雪糕——"她的笑容僵在唇边，随后愣愣地看着温濯，"你全转给我了？"

"嗯。"看着她这副傻乎乎的表情，温濯忍不住弯起嘴角，补充了一句，"还留了几千块吧，要给你买东西吃。"

于清垂下眼，没说话。

温濯想了想，又道："过几天再把这个房子改成你的名字，今天没来得及。"

于清是第一次遇到这样的人。

能这么毫无保留地对待她，把她当成这世间唯一重要的珍宝，将拥有的所有东西都给予她，一条退路都不留给自己。

于清又想哭了，话里带了哭腔："你干吗呀？"

听到她的语气，温濯有些愣，下意识伸手去摸她的眼角，很认真地说："于清，这些东西对我一点都不重要，一点儿也不。"

"而且，这多值得啊。"温濯的眼睛泛着光，"我之前不也还欠你钱，就当是我还给你的钱了。"

"哪有欠这么多……"

"那，多余的就当是我用来买漂亮老婆的。"

于清搂住他的脖子，小声反驳："我才不是你买的。"

"嗯，我是你见色起意捡来的。"

"明明是你自己硬要住在我家的。"

听到这话，温濯低头看了她一眼。

她的眼眶和鼻子都还泛着淡淡的红色，眼里蓄着一层薄薄的雾气，皮肤白皙水润，像是一掐就要出水，整个人看起来水嫩嫩的。

温濯的眼神沉了下来："真想把你办了。"

于清的脸嗖地一下就红了，但她也喜欢他的亲近，没往后躲，小声咕哝道："我也没说不行……"

没想到她会这样回答，温濯顿了好一会儿。这次大概是真的觉得好笑，他笑了好一阵才停下，说："老婆你着急了？"

话一脱口，于清就觉得丢人又尴尬，她咬着牙挣开他，往房间走去。

后头再度响起了温濯的声音。

"跑什么？"

话音刚落，她的身后贴上了一副坚硬而温热的身躯。

于清想挣开他，可他又缠上来，气得她连话都说不利索："我没那个意思！"

"是吗？"

温濯的眼角微扬，将她的两只手扣在一起，单手固定住，而后将她抵在墙上，低头吻住她的唇，唇瓣慢慢向下移动，停在她的锁骨处，弄出红痕。

于清的眼底一片迷蒙，迷迷糊糊地看着他。

眼前的男人再度笑了下，眼底的那层墨似乎又浓了些，深邃而又带着蛊惑。

“先给你解解渴。”温濯温柔地吻了下她的额头，声音有些沙哑，“其他的，等结婚了之后再说。”

“我等得起。”

八月的最后一天，《并肩走》举办了开机仪式暨新闻发布会。

一走进会场，于清就看到站在陈导旁边的温濯，他穿的衣服已经不是早上出门时的那套了，发型也被刻意打理过，看起来比平时严谨，也难以靠近了不少。

温濯的视线微微一斜，注意到了于清的身影。他冰冷的眉眼瞬间瓦解，对着她勾了勾唇，随后转头对着陈导说了句话。

陈导转过头来，对着于清招了招手。

于清深吸一口气，走了过去。她走到两人面前，先跟陈导打了声招呼，而后看向温濯，有些尴尬地开口：“温先生。”

听到这个称呼，温濯挑了挑眉，重复着她的话：“温先生？”

陈导演也有点疑惑，奇怪地看向于清：“你们两个不是一起拍过戏吗？我还以为你们关系不错？”

于清瞬间心虚了，连忙否认：“也不算差，就是还没到那种可以互喊名字的阶段……”

温濯脸上的笑容收了回来，面无表情地看着她。

陈导演还想问，但看时间已经差不多了，便对着他们两个说：“过来吧，记者好像也来得差不多了，准备开始发布会了。”

两人并肩跟在陈导演的后头。

于清紧张地用余光注意温濯，然而就这么一眼，就被他立刻抓到。他的眸子漆黑，视线纠缠在她的身上。

温濯轻轻地“呵”了一声，于清连忙把视线收了回来，加快步伐走到陈导演的旁边，开始暗暗思考回去要怎么哄这个小气的小星星……

三人很快就走到了座席前。

于清按姓名牌坐下，隔壁坐着的刚好是温濯。

他比她晚来一步，慢条斯理地坐了下来，随后若有所思地看了她一眼，很快便将视线挪开。

前面是一大批记者，捧着摄影机，开着刺眼的闪光灯。

于清拿起剧组提供的矿泉水把玩着，低下头，身体不动声色地偏向温濯，声音细细的，哄着他：“别生气了……”

温濯没理她，拿起水瓶拧开，喝了口水。

于清突然也觉得渴，用力地拧了下瓶盖，原本轻易就开了的瓶盖却在此时纹丝不动。她扯了张纸巾，想隔着纸巾将盖子拧开，旁边的人突然扯走她手中的水。

她顺势望了过去。

温濯替她拧开了瓶盖，把水瓶放回她的面前，表情似笑非笑：“于小姐，记者发布会开始了。”

于清拿起旁边的吸管，默默喝了一小口，嘟囔道：“真小气。”

察觉到温濯似乎又看了过来，于清连忙看向前方，露出一个官方笑容，小虎牙半露，看上去灵动又可爱。

一开始是陈导演的发言。

于清状似很认真地在听着他说的话，实际上注意力全放在隔壁的温濯身上。

注意到他伸手揪了揪自己额前的发，注意到他再度拿起水喝了一口，注意到他的右手食指不断敲打着桌面。

他的指甲修剪得整整齐齐，弧形好看富有光泽，手指微微曲着，但依然能看出骨节分明，十分修长。

于清舔了舔唇，不动声色地将视线收了回来，低头看着自己的手。

好像没他的那么好看……

于清小心翼翼地把手放在他的手旁边，认真地对比了一下，而后在心中得出了一个结论：虽然没他的好看，但是比他的白……

想到这个，她的心情瞬间好了起来。

注意到她的小动作，温濯的眉眼带了笑，装作不经意地把手收了回来，放在自己的大腿上。

随着他的举动，他的手也被桌子上的红布遮挡着。

于清收回心思，也把手收了回来，双手交握放在腿上。

在这个时候，温濯突然将手伸了过来，准确地握住她那两只交握着的手。于清顿了一下，将手中的力道松开，左手钻入他的手心，跟他十指交握。

隔着桌面上铺着的红布，没人能注意到他们两个交缠在桌下的手。

于清的嘴角微不可察地弯了起来。

导演讲完后，便轮到主演们一一自我介绍。

看着温濯用左手拿起前面的麦克风，于清的心一下子紧张了起来，想把手从他手里抽出来，却被他更加用力地握住。

“大家好，我是温濯，饰演《并肩走》的男主温梓新。”

听到最后那三个字，于清更加心虚了，视线忍不住挪了过去，却恰好与他的对上。温濯对她礼貌性地笑了笑，向她示意了下面前的麦克风，小声地说：“到你了。”

于清抿唇点了点头，脸颊有些发烫。

介绍过后，轮到了记者提问。

一个记者一来便直指温濯，他抛出一个疑问："温濯先生，你之前不是在记者发布会上说过，没有档期，不会接《并肩走》的吗？"

温濯清了清嗓子，将嘴巴凑近话筒，他的语气带了点调侃："这个问题，我的经纪公司应该已经澄清过了，不过我也确实是打脸了。"

那个记者旁边的人低声说了句："之前他的经纪人开过记者招待会啊，说是之前接的一部国外电影投资方撤资了，档期便空下来了。"

"我知道。"那个记者叹了一口气，"就是觉得有些不对……"

另一边又开始提问："温濯先生，请问你一周前转发的那条微博，是用来公开你和于清小姐的关系吗？"

"什么关系？"温濯似是觉得荒唐，笑了起来，"微博不是我在管理，所有发的内容都是对作品的宣传。"

那个记者还想追问，温濯便叹了一口气，半开玩笑地求饶道："各位就不要再把关注点放在我的身上了，多多帮忙宣传这部电影吧。"

听他这样撇清关系，于清的心情立刻放松了下来，但心底又有几许酸涩的泡泡冒起。她抿唇笑了起来，连忙接过话，把话题转到了电影上面。

《并肩走》正式开拍之前，在于清的要求下，邓之姿给她腾出了半天时间。

那天，于清刚结束一个访谈，她走到停车场，坐进保姆车里，打开手机拨号页面，输入了十一个烂熟于心的数字，却在绿色拨号键上停了下来。

她深吸一口气，调整着自己的情绪，很快就按了下去。听着听筒发出的“嘟嘟”声，她的心情越发忐忑不安。

大概响了三声左右，那头的人接起了电话。

女人的声音一如既往的温柔，因为难以置信，语气比平时多了几分颤抖：“是清清吗？”

那声“妈”实在喊不出口，于是于清低低地应了一声。

电话那头慢慢传来了哽咽的哭声。

因为母亲的哭声，于清有些心烦意乱，只想赶紧把事情解决：“你现在住在哪里？有时间吗？我过去找你。”

于母压抑着哭声，给于清报了个地址。

话毕，于清捂住话筒给小李重复了这个地址。车子发动后，她突然想起了什么，问道：“就你一个人吗？还有别人吗？”

听到这话，于母的声音有些尴尬：“没有别人。”

于清放下心来：“嗯，我一会儿就过去。”

说完她便挂了电话，给温濯发了一条短信：“小星星，我现在去找我妈。”

温濯：“嗯，我这边还有一小时结束，你等等我，我跟你一起去。”

于清想了想：“不用，我就跟她拿个户口本，把房产证和钱给她，然后我就走了。很快的，刚好你回家就能见到我了。”

温濯还是有些不放心：“要不我直接过去？”

于清：“真的不用，一个小时后在家里见。”

温濯：“你把地址发给我。”

看到这句话，于清弯起嘴角，没再多说什么，直接把地址发给了温濯

没多久，她就到了母亲所在的小区。小区有些破旧，保安坐

在保安室门外小憩，完全没有注意到来人。

也不知道什么时候才能下来，于清跟小李道了声别，让他先走。她走到其中一栋楼前，底下的门大开着，里头黑漆漆的，楼层的灯似乎都烧坏了。

所幸天色不晚，仍有光照射了进来，才显得楼道没那么阴森可怕。

想着刚刚母亲说的门牌号，于清一步一步爬上了六楼。走到601的门前，她伸手敲了敲门。

里头响起了脚步声，急促、粗重，还带了浅浅的鞋子拖着地的“嚓嚓”声。

于清突然有了不好的预感。

与此同时，眼前的门也被打开了，节能灯散发的刺眼的白光，从里头透了出来。于清获得了光明，也看到了面前人的模样。

来人是梁彻。

看到他，于清下意识向后退了一步。她偏了偏头，看到客厅中央的沙发上坐着一个人，头发比起四年前花白了不少，背也佝偻着，整个人像是苍老了十岁。

她望了过来，眼里全是泪，嘴巴一张一合，喊着：“清清……”

看到她这个模样，于清的心情也很不好受。她捏住手机，走了进去，坐到母亲另一侧的沙发上，轻声问：“你不是说只有你一个人在吗？”

闻言，于母看了看站在一旁的梁彻，拿起纸巾擦了擦眼泪：“阿彻刚刚才来，平时周末他都会来看我，刚刚忘记跟你说了。”

于母以为于清问的只是那个继父。

于清点了点头，没再多问。她拿起带来的包包，从里面拿出一个文件袋，放在茶几上：“这里面有爸爸留给你的那套房子的房产证，还有十五万，当是报答你的养育之恩了。”

于母刚擦干净的眼泪又涌了出来，捂着嘴痛哭了起来：“别，你拿回去吧……妈妈哪能拿啊……妈妈哪有脸拿啊……”

梁彻走过去给于母递了几张纸巾，面无表情地看着于清。

“你过分了。”

于清没理他，视线盯着那个文件袋，眼神放空，继续说道：“我要结婚了，这次过来除了给你这笔钱，还要跟你拿户口本。”

对面的两人均一愣。

随后，于母小心翼翼地问：“对方怎么样？对你好不好？”

“呵。”于清突然笑了，眼底满是讽刺，“你以前看男人的眼光挺好的，所以遇到了我爸，但现在，还是算了吧。”

于母喉头一哽，站了起来，失神般地边往房间走边道：“我去给你拿。”

客厅只剩下于清和梁彻两个人。

于清能清晰地感觉到，对面的人阴沉，还带着不善的目光。于清有点儿透不过气，她低头打开手机，敲打着屏幕，想给温澜发一条短信。

梁彻突然开了口，还带着笑：“给你结婚对象发短信？”

于清手指一顿，正想直接忽略他，继续给温澜发短信的时候，于母从房间里走出来了，递给她一个红色的本子。

“给你。”于母的语气有些局促。

于清接了过来，将其放入包里，而后便站起来：“那我就先走了。”

于母也没脸挽留她，抹着泪哽咽道：“是妈妈对不起你……”

听到母亲的话，于清的脚步停了下来，问出了一直以来的疑问：“为什么爸爸才走一个月，你就能像把他忘得一干二净一样，爱上别的男人？”

于母全身一僵，错愕地看着她。

看着母亲这副憔悴的模样，于清的眼眶红了。她抿了抿唇，尾音带了点颤抖：“我爸爸是不是太可怜了……”

说完之后，于清不再停留，也不想再听母亲的任何一句话。

于清抬脚走到玄关，打开门快步走了出去。于母缓缓坐在地上，痛哭出来，声音歇斯底里，犹如被人活生生剥去了一颗心。

她做错了。

她一直觉得自己才是最痛苦的那个，所以忘了女儿的感受。

原本以为能用另外一个男人来填补自己心中的痛苦，可最后，除了失去女儿，别的她什么都没有得到。

快乐没有，痛苦更甚。

于清用力揉了揉眼睛，勉强把那些负面情绪抛却，拿起手机给温濯发了一条短信：“我拿到啦！这就回家！”

温濯：“我也差不多了，你在小区门外等我，我去接你。”

楼上突然响起了脚步声，拖鞋拍打着水泥地，发出巨大的声响，节奏很快，很快就到了她那层楼上面的楼梯间。

于清有些奇怪地往上看。

男人停下脚步，逆着光，站在原地盯着她看，而后喃喃道：“姐，你为什么不搬回来跟我们一起住？都怪你，爸妈离婚了。”

听着他的语气，于清觉得有些不对劲，继续抬脚往下走，速度加快了不少，同时给温濯打了个电话。

“就因为我拿了你的衣物吗？”他跟了上来，声音粗犷、难听，带着沉沉的喘气声，“那我都还给你好不好？我全部都留着，都放在我的被子里呢。”

电话拨通后，那头的人立刻接了起来。

于清立刻大喊，语气紧张得就像一根绷直到将要断裂的线：“温濯！你快过来……”

眼前就是门口了，她再走几步就出去了，可身后的人却突然扑了上来。

于清尖叫一声，力道一松，手机掉到了地上。

下一刻，梁彻捂住了她的嘴巴，用力拖着她往单车间的方向走。她疯狂地反抗，可梁彻的力道大得惊人。

他单手扣住她的两只手，单膝跪地压住她的一双腿，怕她叫，又将口袋里的香烟盒子塞入她口中，而后从一旁扯了一条电线，将她的双手和双腿都捆绑住。

完成这一系列的动作后，梁彻才放下心来。他的眼神阴郁，眼睛泛红，宛若带了血：“清清姐，你为什么要嫁人？”

于清“唔唔”地叫着，四肢剧烈地挣扎着，被电线勒出一道血红的痕迹。她的眼里全是恐惧，不断掉着泪。

“你走了之后，家里一点都不好。”梁彻像失了理智，喃喃低语，“妈妈搬走了，爸爸的公司也没了，天天就知道喝酒。”

于清完全听不进他的话，看着那头掉在地上的手机，已经黑了屏。

“我在外面租了一套房子，我们一起住好不好？我们以前住在一起的时候多么幸福啊……姐，好不好？我保证再也不拿你的东西了……”

听到这话，于清疯狂地摇头，双腿并拢，用力踢了他一脚。

梁彻闷哼了一声，眼睛更加阴沉了，然后笑着从口袋里拿出一把折叠式的刀，用刀锋拍了拍她的脸：“既然如此，既然我得不到你，那谁都别想得到——”

“姐。”梁彻声音温温和和地说，“这样公不公平？”

于清停下反抗，泪依然不受控地掉，带着求饶的意思。被堵着的嘴巴发出细碎的呜咽声，顺着声音听，还能听出她说的话。

“求求你，放过我……我不想死……”

她跟小星星约好了，一个小时之后要在家里见面的。

小星星还在等她回家啊。

第十章

相遇的终点

接到于清电话时，温濯正打算换套衣服就走。

他拿着衣服进了更衣室，还想着一会儿要绕路去于清最喜欢的那家蛋糕店，给她带个抹茶蛋糕回去。他还能想象到她看到蛋糕时的惊喜表情，还有吃饱了的模样。

还没等他开始脱衣服，电话响起来了。

那头传来了于清满是恐惧的声音，呼吸急促，随之而来的便是短暂的尖叫声以及手机掉到地上发出的噼啦啪啦声。

温濯的心一紧。

电话还没挂断，还能听到女人发出的微弱呜咽声、男人略带痴狂的声音。

温濯把手机从耳边放了下来，呼吸频率加快。他忍着指尖的颤抖，在手机地图上搜索于清说的那个小区的具体位置，而后直接到了那里。

于清没有告诉他在哪一栋楼，他只能一栋一栋地去找，而且也不一定还在小区内。

温濯觉得自己快疯了。

他拥有那么多其他人没有的能力，却还是不能在她恐惧绝望的时候瞬间出现在她的面前。

到其中一栋楼时，温濯听到了于清的声音。

是隔壁楼。

于清正在哭，她说："求求你，放过我……我不想死……"

之后便是她绝望又痛苦的声音，含糊不清地重复着两个字："温濯……"

像是在绝望之际唯一想见，唯一能想起的人。

温濯的眼睛都红了。

他看清了于清此时的模样。

她的四肢被绑了起来，身前半蹲着一个男人，此时男人正用刀子抵着她的颈动脉，刀锋开始渗血。

于清的哭声已经停下来，全身僵硬，身子不断向后倾，想要远离那把刀，却被身后的墙阻挡着，没有退路。

单车间里浮起一层白雾，把外头的世界隔绝开来。

温濯大步走过去，把刀子从梁彻的手中掰开，扔到一旁，梁彻蹲着，丝毫动弹不得。

看到于清身上的伤痕，温濯周身都是戾气，重重地踹了梁彻一脚，把梁彻踢到了单车堆里。

单车被他碰撞得全数倒在地上，发出哐当哐当的声音。梁彻吃痛地喊出了声，脸上被水泥地蹭出了几个伤口。

温濯扯着梁彻的领子把他拉了起来，单手掐住他的脖子将他吊在半空中，脸上半分表情都没有，眼底全是杀意。

因为窒息，梁彻的整张脸都涨得通红。他想挣扎，身体却完全不听自己的使唤。

温濯脸上的肌肉抖动着，带着巨大的恨意，手上的力道越收越紧，直到梁彻开始翻白眼，他才一字一句地开口。

他的声音低沉、喑哑，像是要攫取梁彻仅剩的气息一般，语速迟缓而又狠厉。

“你想死吗？”

就在梁彻几乎要断气的时候，温濯听到了身后传来于清疯狂挣扎的声音。她呜咽着，双腿并拢重重地砸地，想要引起他的注意。

温濯的理智瞬间回来了，然后松了手，转头看向于清。

随着他力道放松，梁彻掉到了地上，捂着自己的脖子咳嗽着，肺似乎都要炸开来。

温濯走过去，蹲在于清面前把她口中的香烟盒子拿出来，解开她身上的电线，看着她身上青紫的伤口，手一直在发抖。

在他做这一系列动作的时候，于清一直抽抽噎噎的，等到他把电线解开，她立刻抱着他的脖子开始号啕大哭。

那是在恐惧至极后陡然放松爆发的情感，那是绝处逢生后的庆幸与感激，那是，因为能再次见到他才流出的眼泪。

温濯扶着她站了起来，声音低低柔柔的，尾音微微颤抖，与刚才的语气截然不同：“把手松开，让我看看你的伤口。”

于清的哭声还是止不住，乖乖地把手从他颈后松开，扬起脖子给他看。

伤口还缓缓流血，但伤并不重，只是刮破了一层皮。

“疼吗？”

她摇头。

“不疼？”

犹豫了一下，于清还是摇头。

温濯不敢触碰，看着那道伤口，眼睛越发暗红，缓缓吐出了一句话：“以后都不敢让你一个人待着了。”

于清一怔，眼泪啪嗒啪嗒地掉着。因为哭久了，喉咙干涩，说不出话。

温濯抚着她的脸，眼里失了神：“你真让人放心不下。”

他的视线向下一垂，盯着她手腕和脚踝上的青紫，声音沙哑。

于清终于开了口，声音嘶哑：“我们报警吧。”

说完这句话，于清垂眼看了地上的梁彻一眼，注意到他脖子上的掐痕，喃喃道：“小星星，你快走吧，我来报警。”

随着她的尾音落下，周围的薄雾顿时全数散开。

一旁的单车整整齐齐地摆放着，不像刚才那般倒塌成一排。

梁彻脖子上的掐痕也随之消失了，却依然难受地咳嗽着。他想说话，但因声带处剧烈的疼痛，一句话都说不出来。

看到这样的状况，于清愣了一下，很快就反应过来。

她松了一口气，被温濯半扶着：“你帮我把手机拿过来，我得打个电话给之姿。”

温濯刚想动弹，注意到地上的梁彻时，脚步一顿。

他低头盯着梁彻疼得扭曲了的模样，半蹲了下来，居高临下地看着他，惹得他恐惧地挪开了眼。

温濯眼底的杀意暗涌，声音因为压抑着情绪而有些低沉：“离于清远一点。”

闻言，梁彻的眼神空洞了下来，平时那张阴沉的脸瞬间没了表情，低低地应了一声。

温濯站起来，走到一旁，弯腰把于清的手机捡起来，用衣服擦干净后才递给她。他从口袋里拿出自己的手机，先叫了救护车，然后才打电话报警。

于清给邓之姿说了大致的情况便挂了电话。她靠在温濯的怀里，身体因为残余的恐惧还不受控地颤抖着。看着地上的梁彻，她喃喃低语：“他怎么变成这样了呢……”

可怜得不像话，又丑陋得不像人。

温濯没说话。

于清闭了闭眼，将脸埋入他的胸膛。

“别怕。”温濯抚着她的脑袋，低声道。

邓之姿刚好在附近，所以来得很快。看到于清身上的伤口，她的眼睛立刻红了，但还是冷静地对温濯说：“你先走吧，我陪着于清就好。”

温濯没动，于清捏住他的手的力道也重了些。

见他们这副模样，邓之姿也不想再说什么，叹了声：“算了，随便你们。”

警车和救护车基本同时到达。

温濯正想跟于清一起上救护车，就被其中一个警察拦住，要求他去警察局录口供。

听到这话，温濯毫无情绪地道：“等我陪她去了医院，我再去警局。”

不管怎么说都没有用，其中两个警察干脆跟着他们两个去医院，验伤，处理伤口，顺便录口供。

邓之姿留在那儿跟警察说大概的情况，说完后也匆匆忙忙地赶去了医院。

两个警察将地上的梁彻拉起来，扣着他往警车的方向走。梁彻还是一副晕乎乎的模样，像是喝了酒，神志一点都不清醒。

动静闹得这么大，邻居们也纷纷打开门看热闹，注意到梁彻的脸，感觉是惊讶又理所当然。

于母坐在沙发上，也忍不住走到阳台探头看，一眼就注意到被警察反扣着双手往车里塞的梁彻。她僵在原地好一会儿，直到看到警车发动了才反应过来，匆匆地换了套衣服便往门外走。

于母到那儿之后，警察正盘问梁彻。他张着嘴，声音嘶哑得如同用气音说话，只说了几句便闭了嘴，似乎不想再多说。

警察被他气得不轻。

于母连忙走过去，表明身份之后，小心翼翼地问："请问发生了什么事情？"

警察冷着脸，生硬地回："你儿子涉嫌绑架，还有蓄意杀人，而且完全不配合，说他才是受害者，差点被人掐死。"

说到这里，警察冷笑了一声："身上一点受伤的痕迹都没有，装得还挺像。"

闻言，于母全身都开始发抖。她转头看着梁彻，似乎完全不相信这样的话："他说的是真的吗？你绑架谁了？你不是出去送你姐坐车吗？"

梁彻看了她一眼，嘴巴蠕动着，却一句话都没有说，然后飞快地低下了头。

警察又道："好像是个女演员……叫啥来着？"

"于清。"另一个警察道。

"对了，验完伤没有？"

"不知道，小刘他们俩还没回来呢。"

警察后来的话，于母一句话都没听进去，只听见了那两个词。

"女演员"和"于清"。

她死死地盯着梁彻，固执地问："他说的是真的吗？你把你姐绑架了？你想杀你姐？"

梁彻终于受不了了，伸出被手铐铐住的双手握住于母的手，哭得像是个孩子。他忍着喉咙的疼痛，迫切地说着：“妈，姐的男朋友要掐死我！我都没做什么，他就要掐死我！”

于母顿了一下，而后转头看向那两个警察，平时那股温柔的劲儿完全消失，横眉竖眼道：“听到了吗？他说有人要掐死他，你们没听到？！没听到就直接诬陷他绑架和杀人？！你们还算警察吗！”

两个警察面面相觑，对这突如其来的发展有些反应不过来。

弟弟绑架姐姐？姐夫要掐死小舅子？

很快他们便冷静下来，说：“行，一会儿带去医院验伤。”

于母的手还被梁彻握着。

被她这样护着，梁彻的心底十分温暖，撒娇般地蹭了蹭她的手臂。

说完这几句话，于母的表情有些恍惚。她怔怔地低头望着梁彻，他的眼底是全身心的依赖，毫无一点心虚和愧疚。

于母的视线往下挪，梁彻脖子上的那片肌肤白皙光滑，一点被人用力掐过的红痕和青紫都没有。

不可能的……

她视为亲生儿子的继子要杀她的亲生女儿吗……

于母握住他的手的力道重了些，喃喃自语，比起说给其他人听，更像是用这话来欺骗自己：“不可能的……”

绝对不可能。

没过多久，微博上有人传了于清和温濯一起从救护车上下来的小视频。

视频有些模糊，周围一片吵闹声，看不清两人是谁受了伤。视频最后一幕，于清转过头来，能清楚地看到她脖子上有被包扎的痕迹。

视频下面评论众多。

“天哪！什么情况啊？好心痛啊！”

“也不知道是不是我看错了，感觉于清的手腕和脚踝都有点青紫。”

“完全不想知道他们是不是在一起了！只想知道于清到底怎么了！”

“我知道这是哪家医院。”

“《并肩走》不是还没开拍吗？应该不是拍戏出的意外吧？”

幸好温濯来得快，于清脖子上的伤口没有伤到颈动脉。她擦了点消炎药，在医院打了个破伤风针，处理了下手脚的伤口。

虽然伤口不严重，但她显然是受惊了，情绪恹恹的，警察问什么都不回话。

邓之姿提出让她回去休息一天，明天再去录口供。

两名警察想了想，就同意了，而后看着温濯。

温濯依然没什么情绪：“等我把她送回家我再去。”

也不差这点时间，两人坐上邓之姿的车回了家，两名警察开着警车跟在后头。

于清坐在后座，靠在温濯的怀里缓缓入睡。

等待红灯的时候，邓之姿突然想起一件事情，小声问温濯：“明天要去警察局录口供，是你带她过去，还是我明天过来接她过去？”

温濯低头看着于清，没说话。

“那就我过来？”

“不。”邓之姿顺着后视镜瞟了他一眼，见他完全不想多说，便也没再开口。

到小区外，邓之姿直接把车开了进去，停在温濯那栋楼下。

温濯先下了车，而后探进半个身子，把于清从车里抱了出来。见她有被吵醒的趋势，还放软了声音哄着：“睡吧。”

于清睁开惺忪的眼看他，很自觉地把手臂挂在他的脖子上。

“小星星……”

“怎么了？”

“明天我们早起吧。”

“好，多早？”

“要很早很早。”

“好，早起。”

“我的户口本呢……”

“在你包里。”

于清伸手去摸被温濯挂在手肘上的包，拿出里头那个红色的小本本，递给他：“我要把我的名字迁到你的户口本上。”

温濯低头吻住她的嘴角，哑然失笑：“好。”

温濯把于清抱到床上，话里带着安抚：“你先睡一觉，醒来我就回来了。”

于清点点头，精神一松懈，身体的疲惫便猛地涌了起来，半分都不想动弹。她闭上了眼，嘟囔道：“我就睡两个小时。”

意思是她只等两个小时，两个小时后不回来，她可要生气了。

温濯笑了笑，给她掖了掖被子：“好，两个小时。”

于清的呼吸变得缓慢而匀速，也没应他的话便睡着了。

温濯眼底的笑意收敛了些，然后往外走，跟邓之姿交代了几句便出了门，坐上警车往警局的方向去。

走进房间，邓之姿坐在化妆桌前的椅子上，看着睡梦中的于清，而后拿起手机刷了刷微博，叹了一口气。

微博热搜榜上，温濯、于清共进医院，于清受伤，温濯、于清公开……

两年前发过温濯唱《小星星》视频的微博大V还在这样的热潮中推波助澜，他发微博说："今天翻手机的时候突然发现里面还有这样一张照片，就是和拍小星星男神那个视频同一天拍的！只有我看出了什么吗？！"

并附上一张温濯和于清两个人并肩走在一起的背影。

"我觉得旁边那个是于清，前排放他们两个跑龙套那部剧的剧照，背影几乎一模一样。"

"没觉得他们两个在一起了，温濯都说了是关系好的朋友。"

"博主有病吧？"

"我的天哪！这是温濯吧？"

"烦不烦？老是蹭热度，取关。"

邓之姿烦躁地挠了挠头，关掉微博，走出房间给公司打了个电话报告情况。

到了警局后，温濯很配合地把一切都说了出来。

"我是于清的未婚夫，今天跟她约好在她妈妈的小区门外见，但她突然给我打了个电话，语气很不对劲。我当时也快到那里了，就直接赶了过去，一到楼下就看到于清被她弟弟绑在单车间里，弟弟用刀抵着她的脖子。我趁他不注意的时候把他推开，然后报了警。"

警察边记录边问："嫌疑人没反抗？他身上没有被捆绑过的痕迹。"

"没有，我把他推开之后，他就晕过去了。"

"晕过去？"

"是的。"

"为什么会晕过去？"

“不知道。”

“嫌疑人说你差点把他掐死，有这事情吗？”

“没有。”

已经验过梁彻的伤，他的脖子上确实没有被人用力掐过的痕迹，警察也没对此揪着不放。

警察又问了几句，然后对着温濯点了点头，道：“可以了，感谢你的配合。”

温濯站起来，对他鞠了个躬：“拜托了。”说完，他推开审讯室的门便往外走。

没走几步就看到了被关在羁押室里的梁彻，温濯的脚步顿了一下，停下来看着他，笑了一下。

梁彻的呼吸一窒，难以置信地看着他，而后抚着自己疼得连咽口水都会痛到流泪的脖子。他冲过去抓住牢门，眼珠子瞪得几乎要从眼眶里掉出来：“你们听见没有！他承认了！你们为什么都不相信我说的话！”

于母正好从厕所出来，走向这头，听到梁彻的声音，她加快脚步，急切地问道：“怎么了？怎么回事？”

梁彻的眼泪和鼻涕一起流了出来，委屈地看着于母：“妈，他就是要杀死我！为什么我被关在这里，而他却在外面好好的！”

闻言，于母转头看向温濯，上下扫视了他一眼，冷静地问道：“你就是我家清清的结婚对象？”

温濯没回答，但还是礼貌地颔首。

于母突然激动起来，伸手推了他一把，怒道：“你有什么资格？你这个杀人犯！你有什么资格娶我女儿？”

听到这话，温濯的眼神冷下来，闷笑了一声。

他这一笑更是激起了于母的怒火，想伸手扇他一巴掌，却被他一把拦住。于母挣扎了好一会儿也挣不过他，只能愤愤地继续道：“你笑什么？你想掐死我儿子，你等着，我绝对会告死你！”

“我什么时候说要娶你女儿了？”温濯脸上挂着漫不经心的笑容，完全没把她的话放在心上，“我要娶的是于清啊。”

“你这说的什么话？于清就是我……”话还没说完，她突然停了下来，没继续开口。

场面突然安静了一瞬，温濯打破了这片沉默。

“今天那刀再深一点，于清的锁动脉就被割破了。”提起这个，温濯的眼神又带了几分戾气，“被你所谓的‘儿子’。”

听到这话，于母的手开始剧烈颤抖。

温濯低头看了眼手机，已经过去一个半小时了，他没有那个闲工夫再跟他们说话，于是便抬脚往外走。

于母转头看向梁彻，流着泪问：“他说得是真的吗？你要杀我女儿吗？”

梁彻疯狂摇头，将手从牢门里伸出来，慌乱地握住于母的手腕，胡乱辩解着：“妈，我真的没有要杀她，我就是吓吓她，想让她搬回来跟我们一起住而已！”

于母彻底醒悟，将他的手指一根一根掰开，恍惚地往外走。

她突然想起了一件事情。

那时候在电话里哭喊着让她不要嫁给其他男人的女儿，却在她将那个男人带回来的时候，将自己脸上的眼泪一点一点地抹去，轻声问她：“妈妈，这样你会幸福一点吗？”

于母毫不犹豫地点头，掉着泪求女儿谅解她。

接着女儿走过去握住她的手，像是妥协了般垂下头：“妈妈，我很爱爸爸。”

于母全身一僵，就在她想要开门继续求得女儿谅解的时候，女儿抬起头看她，扯出一个难看的笑容：“可我也很爱你。”

……

“你知道吗？咱家小姑娘可喜欢你了。”于父躺在她的旁边，眼里全是笑，“今天去家长会才知道，她脸上的伤口是跟同学打架弄的，因为她同学骂了句脏话，里面带了个‘妈’字。”

……

“啊？我不知道啊。”于父放下手中的报纸，有些吃味地说道，“清清从来不跟我说这些，她只黏着你。”

……

“老婆，你要对我们的宝贝好点啊。”于母对这突如其来的话很是疑惑，她回头便看到他那认真得过分的眼神，“因为她最爱你。”

……

她走到警察局的门外，蹲在地上痛苦地哭了起来。

温濯按开密码锁，轻手轻脚地脱掉鞋子，往房间走去。见到他回来了，邓之姿立刻站起来，对他点了点头，没说什么就走了。

于清还在睡觉，听到这细微的动静皱了皱眉，翻了个身，不高兴地嘟囔起来。说出来的话含糊不清，听不出在说什么。

温濯看了看时间，还有十分钟，便去浴室快速地洗了个澡。他爬上床，小心翼翼地将于清搂入怀中，点亮手机看了一眼，笑了笑，蹭了蹭她的鼻子，温柔道：“小骗子。”

还说只睡两个小时，害得我那么赶。

隔日，于清确实一大早就起床了，磨了半天才把温濯从床上扯起来。

温濯洗漱完，走回房间靠在门檐上，看着于清兴高采烈地挑选一会儿出门要穿的衣服，忍不住笑道：“这么急着嫁给我？”

于清很认真地点头。

温濯脸上的笑瞬间收了回来，忍不住走过去，坐在她旁边，握住她的手指，问道："一会儿去录口供，怕不怕？"

"不怕。"于清想了想，补充道，"领了证再去。"随后她将手里一件白色的衣服递给他，期待地问，"等会儿你穿这件，好不好？"

温濯把衣服接过来，揉了揉她的脑袋，宠溺道："我又不会跑。"

听到这话，于清脑袋里有几秒空白，而后垂下头，小声地说："我就是不想再浪费时间了，我们差不多浪费了四年。"

温濯心里有些发酸，嘴角还是弯着："那宝贝儿快点呀，我们当第一个。"

于清又高兴起来，把他推出房间便开始换衣服，顺便拿起化妆品给自己化了一个淡妆，这才满意地走出房间。

两人收拾好后，就出门走向停车场，上了车。

见温濯熟练地开着车，于清好奇地问："你什么时候学的车呀？我都还没去学。"

温濯转着方向盘，随口回道："没学。"

于清的眼睛蓦地瞪大，惊得一句话都说不出来。

她这副傻傻的模样让温濯笑出了声："骗你的，胆子真小。"

"那你什么时候学的？"

"去年吧，你胆子小不敢开车，只能我来学了。"

于清眨了眨眼，转头看向窗外："我好多事情都得靠你。"

"是啊，都得靠我。"温濯忍不住笑。

时间还早，民政局还没有开门，两人在外头等了好一会儿，才等到来上班的人。

两人牵着手走进去，于清将口罩和帽子取下来，一旁的温濯替她整了整头发，懒洋洋地笑了笑，弯下腰将脸凑近她，她就笑嘻嘻地帮他把口罩摘下来。

工作人员惊讶得合不拢嘴巴，于清抿着唇笑，将两人的证件都拿出来，说道："结婚登记呀。"

工作人员反应过来，点点头。

很快，于清拿着两本红色的结婚证从民政局走出来，眉眼闷闷的，不太高兴地走在前面。

温濯跟在她的后面，帽子和口罩都重新戴好了，从后面抱住她，笑着问："怎么了？领了证还不高兴？"

于清抿着唇，把结婚证递给他看："脖子上有伤口，不好看。"

闻言，温濯低头看了一眼，而后吻住于清照片里的伤口，稍触便离，抬头对她笑："其实都好看，我家清清最漂亮。"

听了他的话，于清的心情好了些。她低下头，突然发现照片里的伤痕消失了，细长的脖子如平时那般嫩白。

盯着照片看了半天，于清忍不住抬头看着温濯，发自内心地说："你好厉害……"

没想到能听到夸奖，温濯的耳尖瞬间红了。

"谢谢。"

"谢什么，"于清又看向照片，"我才要谢谢你。"

"谢谢你夸我。"

于清眨了眨眼："不客气。"

于清从审讯室里出来，挂起笑容，握住温濯的手。正打算回家，突然注意到羁押室里的梁彻，她的笑僵在唇边。

梁彻的神情萎靡，注意到于清时，眼睛瞬间亮了起来，喊着："姐……清清姐！你把我带出去吧……我不想待在这里……我没想着要杀你的……"

温濯的面色一冷，用身子挡住于清的视线。

那样惧怕的情绪似乎只是一瞬。

很快，于清牵着温濯往梁彻的方向走，距离对方两米远的时候，便停下了脚步，问道：“你想出去吗？很想出去？”

梁彻重重地点了点头，阴沉的眼里终于有了一丝亮光。

“我求你别杀我的时候，你为什么不呢？”于清没看他，喃喃地问，“我想好好活着的时候，你为什么要杀我？”

梁彻的神情一顿，解释着：“我没有要杀你……我就是吓吓你，想要你搬回来跟我们一起住……”

“我不知道你是怎么想的，你的心有多肮脏，只有你自己知道。”于清扯着温濯往外走，走了两步又停了下来，最后看了他一眼，“我希望你在那里，永远都出不来。”

看着两人的背影，梁彻所有的伪装都崩裂了。

他哼笑了一声，向后撸了把头发，眼神冷下来，靠着牢门站着，自嘲地笑了笑。

确实是出不来了。

很久以前，他的执念便是——要么跟她永远在一起，要么跟她一起死。

可这两个他都做不到，只能遗憾地被困在其中，死也出不来。

两人从警局出来时，又被人拍了照传上了微博。这次什么胡言乱语都出来了。

邓之姿给于清打了个电话，说：“《并肩走》的拍摄时间延期了，你要做好心理准备，可能会被撤演……网上的话不太好听，你就别看微博了。”

于清“嗯”了一声，也没在意，挂了电话便牵着温濯兴高采烈地去逛超市。

恰好是工作日，还是工作时间，偌大的超市里只站了几个人在挑选商品，人并不多，这也让于清变得格外自在。

两人慢腾腾地逛了一圈，直到购物车里放得满满当当，才往收银台走去。两人出了超市，把东西搬到后备厢，然后回家。

温濯开车的时候，于清坐在一旁玩手机，不知不觉便点进了微博，看到了热搜榜第一——

于清被绑架。

她的指尖一颤，点进去看了看评论。

“不知道该说什么了，我真的好难受。”

“真不知道那些骂人的在想什么？被绑架，怪我女神长得太漂亮？有病啊！”

“啧啧啧，也不知道你们在伤心什么，在娱乐圈混了两年就混得那么好，没手段我真不信。”

“听说《并肩走》剧组要换女主了。”

于清猛地按住了锁屏键，闭了闭眼。

一旁的温濯察觉到她的不对劲，问道：“怎么了？”

她扯起嘴角，摇了摇头，没说话。

回到家后，于清原本愉快的心情消失得无影无踪。她慢腾腾地回房间躺着，眼神放空，盯着白花花的天花板，不知道在想什么。

温濯快速在客厅扫了一眼微博，心情也阴郁下来。他烦躁地挠了挠头，打了个电话让张良吉处理一下，然后进房间躺在于清的旁边。

良久的沉默。

温濯侧身，把于清圈入自己的怀里，哑着嗓子道：“别难过了，嗯？”

于清闷声道：“其实我一点都不在意他们是怎么看我的。”

“我知道。”

“就是，怕别人会觉得我配不上你。”于清的声音带了哭腔，抓住他衣服的手开始颤抖，“久了之后，怕你就听进去那些话了。”

“说什么呢。”

温濯的吻落在她的后颈处，触感温温热热：“与其想这个，还不如把精神都放在我们的新婚之夜上。”

于清一愣：“可现在还是白天。”

“这事儿我不太挑时间。”温濯轻咬着她，声音含糊不清，“已经领证了，我可不想再等了，我可对你垂涎很久了。”

听到这话，于清的身体僵住，刚刚心塞的情绪瞬间一扫而光。她挣扎着往外爬，立刻被他抓了回来。

怕她再跑，温濯用腿固定她，不让她动弹。

温濯单手扣着她的后脑勺，低头含住她的嘴唇。

她用力抱住他，而后，听到他说：“我永远爱你。”

于清以为网上关于她的一些评论会影响她现在的事业，但意外的是，陈导演并没有要换女主角的意思，并且还特地给她打了个电话，慰问她的情况，坚定地告诉她，绝对不会换女主角。

而邓之姿跟公司提了她想要跟温濯公开的事情，公司虽然不太赞同，但也没有太反对，违约金也没有想象中那么多。

被绑架的事情也被另一件大事件冲刷了下来，失了热度。

没有更多消息向外传播，之前怀疑温濯和于清在一起的群众渐渐失了兴趣，将关注度放在别的事情上面。

所有的事情都在往好的方面发展。

《并肩走》开拍一段时间后，迎来了于清父亲的祭日。

于清带着温濯去看父亲，在回去的路上，她指着那片凹下来的地，笑道：“那时候，就是在看完爸爸回家的路上，在这里遇到了你。”

温濯点头，了然。

原来当时是因为这样才哭啊。

于清扯着他的手，开玩笑："我跟爸爸说，希望能从天上掉下一个男人，能照顾我的生活起居，陪伴我的一生。"

温濯转头看她。

于清："然后啊，你就从天上掉下来了呀。"

温濯笑出了声："幸好你走得慢。"

"什么？"

"不然就砸你身上了，漂亮老婆就没了。"

走了一小段路，男人再度开口："今天公开？"

12 月 2 日，以真人电影《尾随》一夜成名的男演员温濯发了一条微博，让粉丝们平淡如水的心惊起了一片片涟漪。

他写道："希望未来能与你并肩走。"末尾还 @ 了于清。

"《并肩走》？哈哈哈，老公宣传的方式真是与众不同。"

"看女方没有回应，我就放心了哈。"

"我觉得应该是炒作啥的吧，他们俩在我心中就是朋友啊。"

"不会是我家阿濯单恋吧！"

没过多久，女方也发了条微博，文字很短，写的是"好呀"，艾特了温濯，还附上了一张图片。

点开大图一看，是两本摊开了的结婚证，名字都被模糊化了，可结婚证上两人的模样倒是看得一清二楚。

穿着一样的白色 T 恤，上面都印着一颗星星。两人的笑容很浅，幸福却要从眼中溢出来。

希望未来能与你并肩走，而不只是默默尾随。

——正文完——

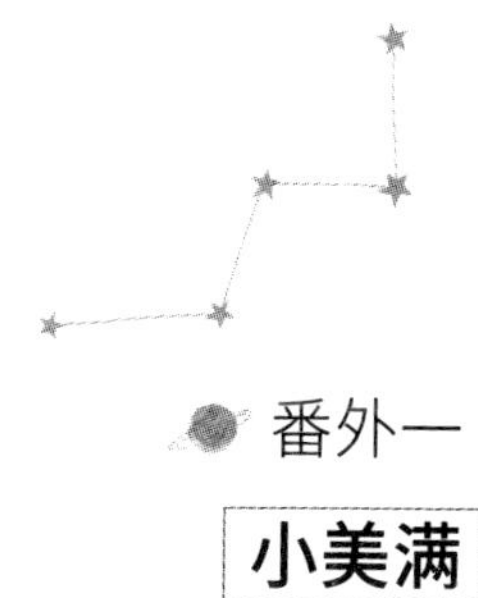

番外一 小美满

自从于清和温濯在微博上公开恋情之后，两人便不再顾忌大众，除了拍戏，别的时间几乎都腻歪在一起。

这天于清换好服装师递给她的衣服，然后往镜子里瞅了瞅。

镜子里的女人身着一件淡粉色的卫衣，前面有个很大的口袋，像是哆啦 A 梦的百宝袋。

于清忍不住伸手摸了摸里头，但只摸到一片空气。

玩心顿消。

化完妆后，于清从化妆间出来，一眼就看到了坐在椅子上拿着笔看剧本的温濯。她又看了看自己衣服上的口袋，笑嘻嘻地走过去。

“温濯！”

温濯抬头：“嗯？”

于清扯了扯口袋，献宝似的说：“我有一个这么大的口袋。”

他眼里带了笑意，配合道：“啊，好厉害。”

周围的人不由自主地将注意力放在他们两个身上。

于清眨了眨眼，撒娇般说：“我要把你装到里面带走。”

闻言，温濯握住了她的手，用指腹摩挲着，嘴角勾着浅浅的笑，眼角也微微上扬：“不觉得沉啊？”

于清想了想：“好像也对，那算了。”

“不是，”温濯好笑，说道，“你这也太容易放弃了吧？”

“那你能不能缩小点，变成巴掌那么大；或者你去买一件这样的衣服，把我装在里面带走。”于清理直气壮，“反正我很轻，一点都不重。”

“你怎么不早点儿说？”

“啊？”

“那我不就能早点儿把你带走了吗？”

温濯在《并肩走》里饰演的角色温梓新，在其他人面前都是温润如玉，唯独到了女主秦卷卷面前，就变成了一个像是患有社交障碍的“小结巴”。

于清一开始还没觉得有什么，但从某一天开始，她跟温濯对戏的时候，莫名觉得他很可爱。

“温梓新，你作业交了吗？”

“交……交了。”

秦卷卷疑惑地翻了翻手中的那一沓作业本，再度看着他：“没有啊，班里四十五个人，这里只有四十四本，就差你的没交。你确定你交了？”

“我……我……我交了，真……真的。”

见他涨得脸都红了，秦卷卷也不好意思再怀疑。她舔了舔唇，一时间也不知道该怎么办，于是将注意力都放在手中的作业上，终于发现他的作业本夹在了另一本作业本里。

秦卷卷松了一口气："找到了。"

温梓新没说话，净白的脸上还泛着浓郁的红晕，脑袋低垂着，也不敢看她。

秦卷卷："那我拿去办公室了。"

"嗯，你……你去吧。"

秦卷卷抱着作业本，走出了教室。

温梓新的目光一直追随着她的身影，直到她的背影完全消失在视线范围内，才悠悠地把目光收回来。

同学甲从外头走进来，对他招了招手，说："温梓新，打不打球？"

"就来。"

声音干脆、利落，毫无刚刚的磕绊与紧张。

之后的每一天，于清有事没事就学这样的方式跟温濯说话，眼底全是狡黠："小……小星星，喝……喝……不喝水。"

一开始，温濯还会被她逗得笑出声来，然后无奈地说："别学了，老这样说话，以后舌头捋不直了怎么办？"

于清依旧照学不误。

后来，再见于清这样说话，温濯也只是宠溺地摸摸她的脑袋，没说什么。

但温濯今天格外古怪，听到于清磕磕绊绊地说话，他意味深长地瞟了她一眼，清澈的眸子莫名地沉了下来，不知名的情绪暗涌着。

于清的身子莫名抖了抖，瞬间恢复正常说话，但温濯依然用那种幽暗的眼神看着她，暗沉如墨。

当天晚上，温濯一进门就一把把于清抱了起来，然后往房间里走。

温濯把她扔到床上，单手松了松自己的领带，立刻压上去：“张嘴。”

于清下意识用手捂住嘴。

温濯直接扯开她的手，重重地吻了下去，舌头不断深入，并与她的舌头交缠着，似乎要将她整个人都吃进去。

于清受不了了，呜咽着，发出细碎的声音。

见她满脸是泪，温濯终于放缓力道，垂头吻住她的眼泪，而后含住她的下唇，温柔舔舐着：“又学我结巴？”

于清的脑子转不过弯来，一时也听不懂他在说什么，只能含糊不清地答道：“才没有……”

“别学了。”温濯吐出三个字，听着于清那软软的声音，吻得越发用力。于清睁着眼，看了他一眼，又闭上了眼睛。

温濯笑了一声，舔了舔嘴角。

《并肩走》首映后，于清和温濯的名气又翻了倍，提名了最佳荧屏情侣。这引发了网友们的热议，可一眼望去，全是吐槽。

“什么荧屏？呵呵，又撒狗粮。”

“之前去一家甜品店吃东西的时候，遇到了我老公和他老婆，眼睁睁地盯着他们两个腻歪了将近三个小时才走，上图。”

“三个小时？明星不应该忙得连恋爱都没时间谈吗？再见。”

“唉，我什么时候才能有像温濯这样的老公？”

“等你什么时候长得像于清那样再说。”

于清点进图片看了一眼。

她正低头挖蛋糕吃，温濯伸手将她垂在脸颊上的头发挽到耳后。距离有些远，看不清他的表情。

也不记得当时他有没有说话，但看到这样的画面，于清的心像是蓦地泡进了糖罐里。

她拿出手机，给温濯发了一条短信：今天想吃雪糕，给我买。

手机振动了一下。

对方回复：等你例假完了再给你买，乖。

于清也只是借个理由跟他撒撒娇，看完信息，她弯了弯唇便把手机放到一旁，对着化妆师摆了摆手："不用了，我自己卸了就好。"

今天的妆容有些浓，不然她就直接带妆走了。

卸完妆后，盯着镜子中的自己，于清还犹豫着要不要化个淡妆时，温濯打来了电话。

她立刻接了起来，从包里拿出唇膏，涂抹着："喂？"

"你在哪儿？"

"××广告公司，不过我准备回家了。"

"在那儿等我，我过去接你。"

"好呀，不过我要到楼下买甜甜圈吃，你要吃吗？"

挂了电话，于清从包里拿出一顶鸭舌帽戴在头上，然后往外走，顺带给小李打了个电话，跟他说不用来接她了。

于清记得这附近有一家甜品店的甜甜圈特别好吃，她用手机查了查位置，很快就找到了那家店，就在不远处。

她走了进去，对着店员笑了笑："帮我拿三个甜甜圈，两个巧克力味的，一个抹茶味的。"

见时间还早，温濯过来估计还要一段时间，于清干脆找了个位置坐下，并压低了帽檐，拿起一个巧克力味的甜甜圈小口吃了起来。

周围响起叽叽喳喳的声音。

"那个是于清吧……"

"好像是！好漂亮啊！"

“能跟她要个签名吗……”

于清感觉周围聚集的人越来越多，舔了舔唇，想着温濯还在开车，也没打电话催他。她抬眼，刚想收拾东西走人，却突然看到隔壁桌坐着一个男人，此时正打着电话。

“能给我找个有点演技的吗？……钱不够？前几天不是拉了个新的投资吗……这个角色不好演，新人演员演不出来……算了，我再想想。”

于清眨了眨眼，等男人挂了电话后，她才走过去和他打招呼：“崇然？”

傅崇然朝着声源望去，愣了一下才反应过来，然后站起来朝她温和地笑：“于清，好久不见。”

“是啊。”看着他有些凌乱的头发以及布满血丝的眼，于清犹豫了一下，问道，“你最近拍的那部剧找不到合适的主演吗？”

闻言，傅崇然垂下头，苦笑：“也不是。”

一时无言。

于清注意到周围的人拿起手机正在拍照，她的眉头拧起来，对傅崇然说道：“这里人太多，我就先走了，改天再聚。”

说完她便跟傅崇然摆了摆手，推门往外走去。

温濯的车很快就到了，看到车之后，于清小跑过去，直接坐到副驾驶座上。

“把安全带系上。”温濯瞟了她一眼，提醒道。

把刚刚还没吃完的甜甜圈从袋子里拿出来，于清边吃边不悦道：“你以前都会直接帮我系的，现在就知道命令我。”

听到这话，温濯笑出声，妥协着凑过去帮她把安全带系上，随后刮了刮她的鼻梁：“就知道吃和撒娇。”

于清哼了一声，吃了几口就吃不下了，放回袋子里。她有些无聊，拿起手机刷了刷微博，发现已经有人上传了她刚刚在甜品店跟傅崇然聊天的照片。

她撇了撇嘴，关上手机。

望着窗外一闪而过的画面，于清郁闷地跟温濯说："我刚刚遇到傅崇然了，就跟他聊了几句。我跟他隔着一米呢，而且没说几句话，别人就说我水性杨花！"

恰好遇上了红灯，温濯转头看她："傅崇然？"

很快，他的表情沉了下来，冷哼了一声，并把头转了回去，看着前方，不再开口。

于清很委屈："你生什么气？被骂的是我，你还生气。"

"没生气，我开车。"他的声音硬邦邦的。

于清咬了咬唇，瞪了他一眼，闷闷不乐地再次拿起甜甜圈，泄愤般连续咬了几口。

到小区的地下停车场后，于清直接下车，大步往电梯的方向走。温濯连忙跟了上去，扯住她的手一把握住："怎么了？"

于清垂着头没说话。

温濯拉着她走进电梯，戳了戳她微微鼓起的腮帮子，心底那点不舒畅和酸涩瞬间荡然无存："吃了那么多甜甜圈，还吃得下晚饭吗？"

"不想吃。"

"不吃可不行，饿坏了怎么办。"

"不高兴。"

温濯一只手拉着她，另一只手按密码锁："我家于清专一又深情，为什么不高兴？"

于清心底的那点郁闷散了些："谁对你专一……"

"你啊。"

于清忍不住再度打开了话匣子，噼里啪啦地抱怨道："我就过去跟崇然打了个招呼，都那么久没见了，算起来我五句话都没说到，莫名其妙就说我花心！气死了！”

温濯脸上的笑容缓缓收了回去，酸溜溜地重复了两个字。

“崇然。”

“干吗？”

“你以前叫他就叫得特别亲密。”

于清无奈极了：“因为是朋友啊！我刚入行的时候他帮了我很多，给我提供了不少群演的角色……不对，我不喊他崇然，那要喊什么？”

温濯瞟了她一眼：“他姓崇？”

“他姓傅……”

“那以后喊他，把姓给我带上。”

于清：“……”

当天晚上，在于清睡着之后，温濯走出房间给张良吉打了个电话：“之前傅崇然的那部剧是不是邀请我当主演了？”

“是啊，我给你拒了，片酬太低。”

“我接。”

“你要接？”

“没听到？”

“你有病啊？！那片酬超级低啊！有什么好接的！”

“我不缺钱。”

温濯回到床上，盯着缩在他怀里的于清，懒懒地笑了笑，低头吻着她的额头：“我帮你报答他了。”

所以，你只欠我了。

于清在他怀里翻了个身，嘟囔了几句，又陷入了睡梦之中。

温濯想了想，补充了一句：“不准再提别的男人。”

于清退圈后，还是没有选择重回校园念书。因为她退圈那年年初生了孩子，还生了两个出来，双胞胎，都是男孩。

虽然温濯提过让她去做自己想做的事情，但她没考虑多久就拒绝了。

因为——她的两个儿子实在是太难缠了！

走进幼儿园里，于清牵起两个儿子的手，弯下腰，低声道：“圆圆、满满，快跟老师说再见。”

两人奶声奶气的，很听话，异口同声：“老师再见！”

走出去后，圆圆用小肉手摇了摇于清的手，撒娇道：“妈妈，妈妈，我长大了，要嫁给爸爸！”

于清：“……”

虽然她很想像平时那样顺着他的话说，但这次的话题是不是有点严重？

于清转头，感觉路上的人越来越多。她想了想，牵着两个小家伙走向附近的一家甜品店。

这家店是两个孩子上幼儿园后她跟许小云合资开的，大部分时间她都待在这里。

怕孩子被熙熙攘攘的行人撞到，她干脆把圆圆抱了起来。

满满很不高兴：“妈妈，我也要抱！”

于清低头哄着：“上次抱了你，这次轮到哥哥了。”

圆圆高兴地捧着于清的脑袋亲了一口：“谢谢妈妈！”

进去后，于清跟店员打了声招呼，让她端三杯温牛奶出来。

圆圆立刻皱起脸：“妈妈，我不要喝牛奶，我要吃雪糕！”

见哥哥开始闹了，满满也开始推波助澜：“呜呜呜，我也不要，我也要吃雪糕！”

于清给温濯发了一条短信，而后抬头看着他俩，直接拒绝：“不行，最近降温了，吃什么雪糕？妈妈也喝的牛奶，公平吧？”

两人垂头生闷气。

于清忍不住凑过去同时捏了捏他们的肉脸，想起刚刚的事情，小心翼翼地问道：“圆圆，你长大了为什么要嫁给爸爸？不想娶老婆吗？”

圆圆一下子变得精神起来：“小陈老师要结婚啦，花花老师说她的老公很可靠的，让我们班的女孩子以后都要找个那么可靠的人！”

满满附和着：“爸爸就很可靠！”

于清顿时无语，把店员端上来的牛奶挪到他们两个面前。

“慢慢喝，别噎着了。”

圆圆将小肉脸埋进杯子里，呼噜呼噜地喝了一口才抬起头来，小嘴周围是一层白色的奶渍，软软糯糯道：“妈妈，你想要我长大了娶你吗？”

于清失笑，抽起一张纸巾帮他擦了擦嘴，见着那肉肉的小脸蛋儿，她又忍不住掐了一下：“你不喜欢妈妈吗？”

“喜欢呀。”圆圆的表情有些苦恼，“但我不能娶你，我今天答应了妮妮，等她长大了就娶她当老婆的！爸爸跟我说，好男人是不能脚踏两条船的！”

于清：“……”

满满喝着牛奶，小鸡啄米般地点着头。

随后，圆圆突然转头看着满满，十分郑重地说道：“满满，要不你长大了娶妈妈吧，不然她会不开心的。”

突然躺枪的满满一脸惊悚，连忙用肉肉的手捂住脸：“妈妈，不要！呜呜呜，我想娶花花老师……呜呜呜，你不要逼我……”

于清：“喝你的牛奶吧，不逼你。”

不久后，温濯也进来了。他走过来坐在于清的旁边，注意到她哭笑不得的表情，抬了抬眉，问道：“又欺负妈妈了？”

两个熊孩子异口同声：“没有呀。”

温濯揉了揉于清的脑袋，问道："晚上要吃什么？"

圆圆立刻开口："爸爸，我想吃肯德基，想吃巧克力圣代！"

满满从椅子上跳了下来，小短腿跑呀跑，抱住温濯的腿："爸爸，爸爸，我要吃甜甜圈，还想吃肉肉，雪糕也想！"

"听妈妈的，妈妈想吃什么，我们晚上就吃什么。"

闻言，满满爬到温濯的身上，再顺着爬到于清的身上，用小奶音撒着娇："妈妈，你想吃什么？满满想吃肉肉。"

于清护着他的头，怕磕到了桌子，故意逗他玩："满满今天想吃肉肉啊？但是妈妈今天特别不想吃肉肉。"

在此期间，圆圆也跑过去伸出手要温濯抱。

温濯把他抱了起来，眉眼温和带笑。

圆圆揪着于清的手指，眨着大眼睛："妈妈，你想吃雪糕吗？"

"不想。"于清憋着笑。

圆圆立刻握起小拳头："妈妈，我不要妮妮啦！我长大了一定会娶你的！"

见弟弟没有附和，圆圆瞬间有了种孤军奋战的感觉。他急了，大喊了声："满满！"

满满被哥哥吼得一愣，他扁着嘴，豆大的眼泪掉了出来："呜呜呜，我还是想娶花花老师，但是我也想吃肉肉……那……那我就先……先吃肉吧……"

于清笑了半天，伸手将满满脸上的泪擦干净："好好好，肉肉、雪糕都有。不过不能吃太多，别吃坏肚子了，听到了吗？"

圆圆欢呼了一声。

满满立刻破涕为笑，乖巧地"嗯"了一声。

温濯先把车开过来，于清牵着他们往车的方向走去，三人一同上了后座，欢闹声在后头响着。

圆圆捂住于清的眼睛，乐呵呵地问："妈妈，猜猜我是谁？"

于清想都不用想："是圆圆呀。"

圆圆把手收了回来，捂住脸，否认道："不对，妈妈猜错了，我是满满！"

满满在一旁一脸严肃："妈妈，我才是圆圆。"

于清挑了挑眉，把圆圆揪了回来，半扒下他的裤子，笑道："哪有猜错，圆圆的小屁屁上有颗痣呀，满满可没有。"

圆圆用惊讶的小肉脸看着她。

随后，于清转头看向满满："要不，再检查一下满满的？"

满满也用惊讶的眼神看她，连忙用手捂住了自己的屁股。

温濯在前面忍不住笑出了声。

于清被两个孩子闹得不行，忍不住道："真想把其中一个塞回肚子里，累死我了。"

圆圆眨了眨眼："妈妈，我四十斤啦！你可不能塞我，你把我塞回去的话就得变成一个大胖子了！爸爸就不喜欢你了！"

于清笑弯了腰："骗谁呢？你三十四斤。"

满满揪了揪于清的手指，小白牙露了出来："妈妈，你不能再胖啦！再胖的话就不好看了！"

趁着红灯，温濯开了口："妈妈怎样都漂亮，妈妈怎样爸爸都喜欢。"

圆圆立刻改了口："我也觉得！"

见状，满满捧着脸，凑过去啵了于清一口："妈妈好漂亮！"

于清捏了捏他俩的脸，无声地笑。

吃完饭后，温濯坐在驾驶座上开着车，而后头的三人渐渐消了音。

温濯停了车，往后看了一眼。

两个小团子将头靠在于清身上，睡得正香。于清的眼睛半垂着，看不出睡没睡，两只手紧抱着两个孩子。

注意到温濯的视线，于清抬起了眼，与他对上。

两人相视而笑。

那一刻，温濯在心底暗自问自己：他的这一生，是不是太圆满了。

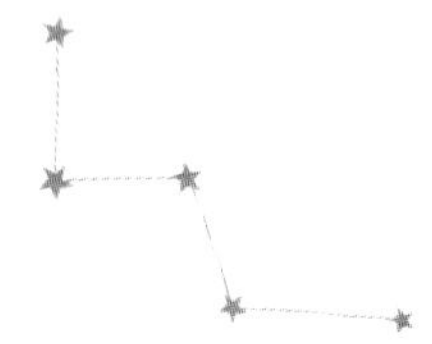

番外二

小月牙

向景时有个很有钱的爸爸，是G市的首富向何。

向何非常宠这唯一的儿子。在妻子过世之后，怕向景时会出现那种没妈妈的自卑感，他给了儿子双份宠爱，几乎让儿子到了无法无天的地步。

这也导致向景时成年后，依然还是一个动不动就想哭鼻子的小屁孩，生性单纯，不谙世事，骄纵得像是个小公主。

向景时上高中的时候，遇见了一个女生。

她的长发至腰，乌黑微卷；眼睛很大，笑起来的时候眼角有些上扬，十分勾人，不过却意外地长了颗小虎牙，收敛了她这般妩媚的气质，显得性感又可爱。

向景时对她一见钟情了。

这长相实在太符合他的审美了，每一个细节都跟他的理想型没有任何差别。他那颗如同白纸般纯洁的小心脏居然开始萌动了。

没过多久，他的女神旁边出现了另外一个女生。

女生露出一张侧脸，脑袋挡住了女神的脸，让向景时不禁皱起了眉。

“这丑姑娘能不能让一让。”他喃喃开口。

仿佛是听到了他说的话，女生转过头朝他的方向看了一眼，脸上还挂着笑，眼睛弯得如同天上的新月。

向景时心中一惊，脸颊涨得通红，有种说了别人坏话立刻被抓到的羞耻感。他将视线收了回来，轻咳了两声便抬脚走回教室。

他在心中默默想着，还是眼角上扬看着比较顺眼。

那时候的向景时还坚定地认为，自己的将来要么是跟于清在一起，要么是跟她一个同样拥有大眼睛、黑长发的漂亮姑娘共度一生。

直到他遇到了许小云，那个他口中的丑姑娘。

向景时一直有点自卑。

因为他到高考完都没长到一米七，还因为这个身高问题，被他女神的男朋友说他是个小朋友。

当时他特地找梁彻问了于清住在哪里，然后很爽快地把隔壁房子买了下来。后来，他还被于清误解成对她的男朋友有兴趣，再加上之前她对他的态度一直很差，并且在他身上吐过。

向景时一颗娇滴滴的王子心就这么碎掉了。

初恋也就这么无疾而终。

他觉得很悲伤，觉得受到了屈辱，但热度来得快，去得也快，没过多久就从那儿搬回了家。

对于清也没了兴趣。

向景时虽然贪玩，但学习这方面被父亲管得很严，所以他的成绩还是十分不错的，很顺利地考上了 Z 大。

高考后三个月的假期，他莫名长高了十厘米。虽然脸上还带着几分稚气，但至少不会再让人有“他是个小孩”的感觉。

向景时对自身魅力越发自信。

原本他以为到校门口时，会有一大群漂亮、腿长的师姐向他涌来，争抢着带他去注册，然而只有一个瘦小的女生走过来。

及肩的头发染成了亚麻灰色，上半部分的头发团成一个小小的丸子头，空气刘海显得那张脸越发小巧。

黑 T 恤上边有个咧着嘴笑的骷髅，仿佛在嘲笑向景时的自作多情。

见他半天都没说话，女生朝他笑了笑，眼角弯弯，淡粉色的唇咧开，露出一口洁白整齐的牙：“网络系的吗？”

又是这对弯眼睛，他以前偷看于清的时候总能在旁边看到这样一对眼睛，是那个丑姑娘。

听舍友说，Z 大社联宣传部这一届的部长尤其漂亮。

所以向景时想都没想，别的部门一个都没报，只报了社联宣传部。他认为他能进就是能进，就是那么自信。

当他进去面试的那一刻，心底唯一的想法就是：不要告诉我，这个丑姑娘就是宣传部那个尤其漂亮的部长。

结果答案就是这么残酷。

向景时当场就想甩脸走人。

可他又想，这样直接走人，实在太不给这个部门面子了，不给这个部门面子也就代表不给整个社联面子。

这样想想，他浑身抖了抖。

还是随便敷衍一下再走人吧。

哪知丑姑娘将他的全部资料问遍后，开口问了句：“你还报了别的部门吗？”

向景时很诚实地摇了摇头。

“确定？”

“是的。”

“那第二轮面试你不用来了……”

听到这话，向景时在心中暗自窃喜。

而后许小云继续道：“第一次开会时间我会直接发短信通知你，如果你没有来，我就直接去你宿舍找你。你不在宿舍也没关系，我这里有你的课表。所以，千万不要想着其他部门把你录取了，就不来我这个部门。”

向景时石化了：“……”

这女的有病吧？

他冷静了一下，咬着牙道：“师姐，我突然不太想加入这个部门了，我只想好好学习，这个珍贵的名额我就让给其他人吧。”

许小云面无表情：“那你为什么要报名？”

旁边的副部长甲推波助澜：“耍我们吗？这个地方是你想来就来，不想来就不来的？”

向景时瑟瑟发抖：“我……我开个玩笑，第一次开会我会准时到达的，不，我会提前一个小时来的，真的！”

见对面的三个人板着的脸稍微柔和了些，他才松了一口气，真有种被黑社会老大威胁了的感觉。

一走出去，他的眼眶就红了，抽着鼻子往宿舍走去，边走还边想，他是不是被丑姑娘看上了……

女人真可怕。

向景时过上了被压榨的生活。

因为比起别的干事，许小云好像特别喜欢找他，也特别喜欢欺负他。

部门每周每人轮两次值班，向景时和许小云分配在一起。值完班便到了晚饭点，因此，两人每周都有两天会单独一起吃饭。

学校食堂的排骨蒸饭特别好吃，因此出现了供不应求的情况。

这天向景时居然破天荒地点到了最后一碗，他喜滋滋地端着碗往许小云的方向走去，看着她羡慕的眼神，尾巴都要翘上天了。

两人找了个位置坐下。

许小云看了他一眼，突然道：“去帮我拿个勺子。”

正准备大快朵颐的向景时动作一僵，抬头盯着她，又垂头看了一眼碗里的排骨，眼里满是狐疑。但他不敢反抗，起身去放餐具的地方拿了一根勺子。

回来后，果不其然，他的排骨没了。

可更让他难以置信的是——一个女人吃东西怎么能那么快？

这可是满满一层排骨铺在上面啊！他走了还没一分钟！

向景时把勺子放进她碗里，动作很轻，但心情完全相反。他气得眼都红了，但什么都没说，只是闷闷地垂头吃饭。

见他这副模样，许小云突然很有罪恶感。

“要不我这碗给你吃，我没吃过……”

听到这话，向景时的眼眶红了，怒道：“你这碗云吞面能补偿我吗！你这碗云吞面，我晚上十点来买都能买得到！我这排骨蒸饭，开学三个月了我才第一次买到！”

他的模样看上去像是快要哭了，许小云石化了，心底更加罪恶，慌张地安慰着他：“啊……你别哭啊，我明天没课，帮你排队买行吗？绝对帮你买到。”

向景时的小公主脾气是越宠越骄纵：“我才不要！哪有你这样的，部门里那么多人，你就老欺负我。我长得很老实吗？你就只欺负我一个。你以为我不会反抗吗？！”

许小云眨了眨眼，有些心虚：“是挺老实的……”

“谁叫你长了一副惹人欺负的模样，能怪我吗？”

闻言，向景时的眼眶渐渐浮起了泪水。

许小云把面前那碗云吞面推到他的面前，抿唇笑了笑：“你先吃这碗吧。别哭了，我明天绝对帮你打到那个排骨饭。”

泪眼蒙眬之际，他看到了那双眼睛的轮廓。

又黑又亮，像个月牙儿。

真讨人厌。向景时咬着面条想着。

最讨厌弯弯的眼睛了。

第二天，向景时一觉睡到中午才起来。

一下床就看到桌子上有一个饭盒，打开一看，还冒着热气，是他垂涎已久的排骨蒸饭。旁边的舍友被这香味吸引过来，说道：“一个男生送过来的，好像说是你部长让他拿过来的。”

向景时“嗯”了一声，默默地吃着饭，傲娇地在心中想着：

就算她这样做了，也不能弥补她之前对自己心灵造成的伤害，反正自己是绝对不会原谅她的。

后来，一直到寒假开始了，许小云都没有再欺负他。

不再抢他碗里的肉吃，不再动不动就上手打他，也不再有什么事情就吩咐他做。

向景时觉得对于许小云来说，自己好像变成了一个无关紧要的人。他们两个依然一起值班，依然并肩一起走向食堂，却好像有什么东西在渐渐改变。

她依然会对他笑，可对着其他人，她也是那样笑的。

向景时不禁觉得是自己的心生病了。

他居然希望许小云能骂他、打他，在他再次打了一份排骨蒸饭的时候，涌上来的想法居然不是赶紧把这碗饭解决掉，而是希望对面吃饭的许小云能抬起头对他说——

“去帮我拿个勺子。”

向景时读大一下学期的时候，许小云交了个男朋友。

没他高，没他帅，没他有钱。

他真不明白许小云为什么会看上那样一个男生。

向景时觉得自己闷得快透不过气来了。

于清有男朋友的时候，他都没这么难受，现在却因为一个无关紧要的丑姑娘交了个男朋友而要死不活的。

他心底只有一个想法：许小云，你能不能快点分手呀，我想追你。

这次，老天爷居然听到了他内心的话。

没过多久，许小云就分手了，原因是男方劈腿了。

当天晚上，向景时去许小云前男友的宿舍，打了对方一顿，虽然他自己伤得也不轻，半张脸都肿了，还全身酸痛。

他以为自己会哭，毕竟他的泪腺比一般的女生还要发达。

可他没有。

拖着伤回宿舍的路上，他全程都在笑。

第二天，许小云果然找他了。

她嘴角僵直，把向景时扯到一旁帮他上药，她因为气愤，力道下得不轻：“你疯了吗？你打他，还跑到他宿舍去打？不会约到外面？或者把他揪到你宿舍里？”

向景时疼得发出一阵阵“嗞”。

许小云的力道更重了。

昨天没掉出来的眼泪在此刻立刻掉了出来，向景时倔强地看着她：“你居然还凶我！我帮你报仇，你居然还凶我！”

许小云看着周围人异样的眼神：“……”

向景时一边哭一边噼里啪啦地说了一大堆，说她为什么要找一个那么丑的男生，说她明明脾气那么大，为什么被欺负了，反而没了平时那副母老虎的姿态。

她没说话。

许小云药上完，向他轻轻地吐出了两个字：“谢谢。”

向景时垂着头，止住了眼泪。

他眼里含着笑：就是要让你感激我。

后来的许小云依然对向景时保持着不冷不热的态度。

于是，向景时决定主动出击。

许小云今天穿了一条到大腿根部的短裙，配一双纯黑的高跟鞋，更衬得那双腿又直又长又白，周围男生的视线总是有意无意地朝她腿上扫。

可她却好像完全没有察觉到。

向景时幽幽地从她旁边飘过，丢出一句：“哟，这腿。”

许小云嘴角一抽：“什么啊？什么啊！这腿怎么了啊！”

虽然那天许小云没做什么太大的反应，但后来向景时再也没看过她穿那么短的裙子，裤子也是。

他心满意足。

再后来，向景时跟她吃饭时，看着她沉默地坐在对面，他在内心琢磨了一下，将她最喜欢吃的牛肉丸夹了起来，再一口塞进嘴里。

许小云呆滞地看着他，石化了。她似乎想发火，但她忍了忍，还是没有发火，温和地说着：“你喜欢吃？那你吃吧。”

向景时抬了抬眉：“嗯，谢谢了。”

她忍不了多久的，向景时知道。

果不其然，持续了三天后，许小云就忍不住在桌子底下踹了他一脚。

原本她以为向景时会生气，可他没有，居然还笑了……

男人真可怕。

放暑假后，向景时依然天天没皮没脸地在微信上找许小云聊天。一开始许小云还会应付几句，后来她发现向景时是没事找事，她有些无语。有一天，她忙得不行，没有回复他，有一就有二，后来她干脆直接不回了。

几天后，向景时用语音说了句：“开学见。”

许小云突然颈后一凉。

向景时大二的时候，没有选择留在宣传部。因为换届了，许小云不在这个部门待了，他也没有继续待在这个部门的理由了。

他用一顿饭买通了许小云的舍友，拿到了她的课表，开始了天天堵人的日子。

许小云就渐渐感到有些不对劲了。

那个爱哭鬼总跟着她干吗，她喜欢成熟的男人啊！小屁孩回家喝奶行吗？

由于那几个见到向景时就把自己抛弃了的舍友，许小云几乎每顿饭都只能和向景时在一起吃，所以渐渐地她也摸通了这家伙的性格。

爱哭，幼稚，除了老跟着她这点挺烦人，其他方面倒是挺听话的。

向景时爱哭到什么境界呢？

许小云有一天试了一下，她将向景时碗里最后一块肉夹走，那时他已经撑得吃不下，然后她塞入了自己口中。

他的眼眶一下子红了。

后来演变成了这副场景，向景时在她对面哭，她也能面不改色地做自己的事情。

时间久了，许小云觉得这样确实不好。

她敢确定自己对向景时真的一点兴趣都没有，一开始也只是因为他的颜值才把他收进自己部门的，欺负他，也只是因为他看起来好欺负。

没错，她就是这么欺软怕硬的人。

不过，看到他哭了的那一天，她突然没了兴趣。

罪恶感让她没了兴趣，怕小屁孩心里有阴影。不过，这向景时怎么就看上她了？实在不懂。他有受虐倾向？

于是许小云开始躲着他。

找完于清回学校的那天，许小云回到学校附近的车站已经晚上十点了。

微信上，向景时问她：几点到学校？

许小云咬了咬唇，不想再这样暧昧下去了，所以她没有回复。

Z 大有些偏僻，车站离学校还有一大段距离。

许小云想抄近路回去，但时间晚了，她不敢，只敢乖乖地走大路。可能是因为不是周末，路上基本没看到人。

结果，她遇到抢劫犯了。

那人拿着刀，许小云不敢叫，发着抖把身上的钱都拿给对方。

突然从身后传来了向景时的声音，他冲了过来，扑到那个抢劫犯的身上。

两人在地上厮打着，那个人估计也只是求财，不想伤人，用刀在他身上划了个小伤口就跑。血不停地涌出来。

向景时还想站起来去追，许小云立刻跑过来，捂住他的伤口，眼泪一直掉，说不出话来。

许小云以为他会哭，可他没有。

他停下步伐，面无表情，仿佛腹部上流的血不是他的，而后轻声问："你不想理我，为什么不找其他人出来接你。"

许小云不喜欢幼稚的男生，也受不了爱哭鬼。

可在那一刻，她动摇了。

许小云不再抗拒，甚至开始迎合向景时。

这个现象让向景时越发得意。

到后来，许小云一天没把向景时弄哭，她就全身不自在。

渐渐地，如果向景时忙得没有时间，许小云会主动过去找他，顺便带上他最喜欢吃的排骨蒸饭。

然后看着他可怜兮兮的表情，心满意足地一个人开动。

直到他开始掉眼泪，许小云才高兴地赏他一口。

其实现在遇到很多事情，向景时都不会哭了，但许小云好像特别喜欢看他哭。

那他就哭吧。

那天，他和许小云一起去图书馆。

困意蓦地袭来，向景时低声对她说："我睡半个小时，你记得喊我起来。"

许小云点头。

窗外的阳光洒进来，落在他的脸上。许小云舔了舔唇，转头用自己的脑袋挡住阳光，然后看了他一眼。

他的半张脸都埋在臂弯里，侧脸的曲线很好看。

许小云咽了咽口水，拿出手机，打开相机偷拍，却忘记关掉声音。

旁边正在认真学习的同学不满地看了过来，许小云示以抱歉的目光，然后紧张地看向向景时。

幸好他没醒……

许小云松了一口气，满意地低头看着刚刚拍的照片。

她没察觉到，旁边那个男生突然勾起来的嘴角。

某一天，向景时突然在微博上看到了于清的照片。

她的头发剪短了不少，染成了栗棕色；她笑起来的时候，眼角依然微微上扬，那颗小虎牙也异常惹人疼爱。

向景时没了最初那种悸动的心情，因为他早已改变了自己的想法。

他知道，全世界最好看的眼睛，其实是许小云那双笑起来像月牙一样的眼。

不过，就算他的丑姑娘变得更丑，他依然会很喜欢她。

向景时抬头看了看天空，今天天气好像很好，适合跟他的丑姑娘告白。

——全文完——